CONTENTS

ユキヒョウの獣愛

赤き満月《オラーン・サラン》の昇る時、すべての獣は恋をする――。

1

雲ひとつない青空の下、その広場には無数のパラソルがひしめき合っていた。

まるで咲き乱れる大輪の花のような、真っ白な帆《はん》布《ぷ》のパラソル群は、昔からこの城下街で十日に一度開かれている市場である。

市場で扱われている商品は、色とりどりの野菜や香辛料、作りたての料理、きらびやかな衣装や珍しい工芸品等、多岐に渡る。行商人の格好も様々で、店構えも組み立て式の棚や屋台、敷布等、どれひとつとして同じ店はなかった。

ちょうど昼に差しかかった今は、そこかしこの屋台から食欲を誘ういい香りが漂い、その匂いにつられた人々が、どこからともなく集まってきている。客引きや値切り交渉の声が飛び交う広場は、敷かれた石畳がほとんど見えないほど人でごった返しており、賑々《にぎにぎ》しいことこの上ない。

――そんな市場のただ中で、ティタは荷物の入った麻袋をぎゅっと抱え込んだまま佇《たたず》んでいた。そばかすの散った頬はすっかり青ざめ、若草色の瞳は先ほどからパチパチと瞬きっぱなしだ。

というのも――。

(人、人、人……)

初めてこの市場を訪れたティタは、行き交う人の多さに圧倒されてしまい、目を回しそうになっていたのである。

旅の途中、大きな市場が開かれると聞いて、もしかしたら探している品があるかもと立ち寄ったのだが、もはや自分がどちらから来たかも分からない。人の流れに押されて辿《たど》り着いた雑踏のど真ん中で、ティタはただただ途方に暮れてしまっていた。

(こんなにたくさんの人間がいるなんて……)

つい最近まで生まれ育った土地を離れたことがなかったティタは、これほど多くの人間が一ヶ所に集まっている光景を見るのも初めてだ。これまで立ち寄った他の街でも市場は開かれていたけれど、こんなにも大きな規模のものはなかった。

それもそのはず、この広場は大国カーディアの城下町の中心にあり、国一番の広さと美しさを誇っている。そこで開かれている市場ともなれば、その規模は推《お》して知るべしというところで、ここで揃《そろ》わないものはまずないと言われているほどだった。

カーディア王国は、貴重な鉱山資源を元に周辺諸国との交易を広げ、繁栄を遂《と》げた国家である。国土の多くは乾燥した広大な大地で、国民の大半は先祖から受け継いだ家畜を遊牧して暮らしている。

四方を他国と隣接し、交易が盛んなカーディアには、東西を問わず多様な商人が集まってくるため、毎日どこかしらで市場が開かれている。その最たるものであるこの市場には、商人以外の異国の民の姿も多く見受けられた。

目を丸くし続けているティタもまた、カーディアに隣り合う土地からやってきた、異民族だ。

否、異民族というよりは――。

「あ……っ」

と、突然、背後で小さな声が上がって、ティタは思わずそちらを振り向く。すると、近くで一人の少女が転ぶのが見えた。

どうやら腕に果物を抱えていたらしく、真っ赤に熟《う》れたそれがころころと地面を転がっていく。

「気をつけろ！」

少女の向こう側で男がそう怒鳴り、忙しそうに走り去っていく。

ティタは咄嗟《とっさ》に自分の方に転がってきた果物――、トゥッファーハを拾い上げ、少女に駆け寄った。

「あの、大丈夫？　怪我はない？」

「だ……、大丈夫です。ご親切にありがとうございます」

ティタが差し出した手に摑まって立ち上がった少女は、ティタよりも背が少し低く、線も細い。まだあどけなさを残した顔立ちから察するに、十五、六歳くらいだろうか。

レースをふんだんに使った裾の長いドレスは、カーディアの民族衣装とは少し雰囲気が違っているから、きっとこの子も他国からやってきた子なのだろう。肌の色は雪のように白く、髪も珍しい銀色で、長い睫《まつげ》に縁取られた大きな瞳は、ちょうど今日の空と同じような澄んだ青だった。

ティタが渡したトゥッファーハを、ありがとうと受け取りながら、彼女がはにかむ。

「私が悪いんです。美味《おい》しそうな果物屋さんでお買い物していたら、連れとはぐれてしまって。すぐに見つかるだろうと思ってのんびり歩いていたのだけれど、楽しそうなお店屋さんがいっぱいで、ちゃんと前を見ていなかったものだから」

「そうなんだ……。……あの、よかったら僕も一緒にその連れの人を探そうか？」

こんなに人が集まっていたら、人探しをするのはきっと大変だろう。さっきみたいにまた誰かにぶつかられて転んでしまいかねないし、真っ昼間とはいえ、土地勘もなさそうな女の子が一人でうろうろしているのは危ない。

（それに、なんだかこの子、随分《ずいぶん》おっとりしてて心配だし）

これほど大規模な市場で迷子になったというのに、彼女には焦《あせ》った様子がまるでない。すぐに連れが見つかるだろうと思っているばかりか、他の店を覗《のぞ》く余裕があるなんて、いくらなんでもちょっとおっとりが過ぎる。

そう思って申し出たティタに、少女はくるんとした目を丸くして、パッと笑みを浮かべた。

「まあ、いいの？　助かります！　私、アリーシャ。あなたのお名前を伺《うかが》っても？」

初対面のティタの言うことをまったく疑っていない様子のアリーシャに、やっぱり心配だ、とティタは内心苦笑しつつ名乗った。

「僕はティタ。ティタって言います」

「ティタね。じゃあティタ、これ。さっきのお礼にお一つどうぞ」

こっちは落としていないから、とアリーシャが抱えていたトゥッファーハを一つ差し出してくれる。

「いいの？　ありがとう！」

艶々《つやつや》と輝くそれを受け取り、ティタがアリーシャとにっこり顔を見合わせた、その時だった。

「アリーシャ！」

ティタの背後で、大きな声が上がる。どうやらアリーシャの連れの方も、彼女のことを探していたらしい。

「あ、よかったね。すぐに見つかって」

これで一安心と、そう思いながら後ろを振り返ったティタだったが、視界に飛び込んできた光景に、これ以上ないほど大きく目を見開いてしまう。

「な……っ」

そこにいたのは、二頭の大きなユキヒョウ――、否、二人のユキヒョウの獣人だったのだ。


獣人とは、頭部が獣そのもので、首から下は人間と同じ体つきをしているものの、全身が獣と同じ被毛に覆われている種族のことだ。個人差はあるが、その体軀《たいく》は人間よりも遥かに逞《たくま》しく、頑強であることが多い。

目の前のユキヒョウの獣人二人も、マントのフードを深く被《かぶ》ってはいるものの、その頭は雑踏から飛び抜けている。一際目立つ悠々とした巨軀《きょく》で獣人だと気づいたのだろう、周囲の人間は彼らから距離を取り、好奇と畏怖《いふ》のこもった視線を向けていた。

二人はどちらも美しい被毛の持ち主だったが、特に右にいる男の毛並みは、ユキヒョウの獣人のことをなにも知らないティタでさえ、一目で特別だと分かるほど高貴なものだった。

おそらくユキヒョウの獣人は、後ろに控えている男のような白地に黒の斑点《はんてん》模様が普通なのだろうが、彼はまるで違っていたのだ。

淡雪のような白い被毛に散った斑点模様は、黒ではなく艶やかな銀。マントの下は長袖だが、黒く鋭い爪のある手元にも同じ銀の斑点が覗いているから、きっと背中もこの見事な斑点模様の被毛なのだろう。額と手の甲の斑紋は、まるで花のような模様をしていた。

一方、少しはだけた襟《えり》から覗く胸元は、真っ白な被毛に覆われている。厚い胸元や広い肩は、衣装の上からでも分かるほど逞しかったが、身のこなしがしなやかなせいか、その佇まいはすらりとした印象だった。

フードの奥で煌《きら》めく瞳は灰色がかった冷たいアイスブルーで、近寄りがたいほどの気高さと同時に、手を伸ばさずにはいられないような魅力を感じさせる。

きつく眇《すが》められたその瞳で、射貫《いぬ》くようにじっと見つめられ続けたティタは、知らず知らずのうちに息をとめてしまっていた。

「……この者は？　まさか、なにかされたのか？」

悠然とした足取りで近づいてきた彼が、ティタを見据えたままアリーシャに聞く。

なめらかで低く、艶のあるその声は気品溢《あふ》れるものだったが、若干の険が滲《にじ》んでいた。あからさまにティタを警戒するその男に、アリーシャがぷうと頬を膨《ふく》らませて言う。

「お兄様、失礼なことを仰《おっしゃ》らないで。こちらのティタは、不注意で転んでしまった私に手を貸してくれたのよ。親切に、お兄様たちを探す手伝いもって言ってくれたんですから」

（お兄様って……）

アリーシャの一言に驚いて、ティタはまじまじと二人を見つめた。アリーシャの連れが獣人というだけでも驚きだが、その連れが兄ということは、アリーシャもまた獣人ということだ。

獣人は、自分の意思でその姿を人間に変えることができる。おそらくアリーシャは今、人間の姿をとっているということなのだろう。

（まさか、アリーシャが獣人なんて……。ああでも、だから迷子になっても全然焦ってなかったんだ）

人間姿の今はか弱い女の子に見えるが、本来の獣人姿に戻れば並の人間など敵ではないということだろう。それに、確かに連れが彼らのような獣人なら、どこであろうが目立つから、すぐに見つかると思っていたのも納得だ。

呆気にとられつつも、先ほどまでのアリーシャの様子がようやく腑《ふ》に落ちたティタをよそに、男がアリーシャの前にスッと膝をつく。

「転んだだと？　それで、怪我は？　足を挫《くじ》いたりは……」

「していません。果物がちょっと転がってしまっただけ。それも、ティタがすぐに拾ってくれました」

「そうか……。……ティタと、言ったか」

立ち上がった彼に再び視線を向けられて、ティタは慌《あわ》てて返事をした。

「えっ、はっ、はい！」

「私の名は、ジュストと言う。先ほどは言いがかりをつけてすまなかった。妹が世話になったようで、なにか礼をしたいのだが……」

チラ、とジュストに視線を送られた後ろの獣人が、懐《ふところ》に手をやる。ティタはとんでもないと首を横に振った。

「そんな、お礼なんて！　僕はただ声をかけただけですし、お礼ならもう、アリーシャにこれをもらいましたから」

真っ赤に熟れたトゥッファーハを見せたティタに、ジュストが訝《いぶか》しげに聞いてくる。

「そんなものでよいのか？　人間は金銀宝石を好むのだろう？」

「お兄様！」

ジュストの言葉尻に被せるようにして声を上げたアリーシャが、目を三角にして兄を睨《にら》む。

「それ以上ティタに失礼なことを言うなら、私、金《こん》輪際《りんざい》お兄様と口をききませんから」

ツンとアリーシャにそっぽを向かれてしまったジュストが、途端《とたん》に呻《うめ》き声を上げる。

「分かった、謝る。ちゃんと彼に謝るから、それだけはやめてくれ」

どうやらジュストは、妹に滅法《めっぽう》弱いらしい。

見るからに立派なユキヒョウの獣人が、しおしおとうなだれる光景に、ティタは目をパチパチと瞬かせた。

「重ね重ねすまなかった、ティタ。私はあまり人間と接したことがないのだ。許せ」

「許せ？　それが人に謝る態度ですか、お兄様」

「……申し訳なかった」

アリーシャの手厳しい一言を受けたジュストが、この通りだと頭まで下げる。

ティタはすっかり慌ててしまった。

「あの、そんなに謝らないで下さい。僕は気にしてませんから」

「……そうか」

ほっとしたように顔を上げたジュストに頷《うなず》き返しながら、ティタは目の前の彼を改めて見つめた。

（獣人にもいろいろな種族がいるってことは知ってたけど……）

ユキヒョウの獣人に会うのは初めてで、なんだか緊張する。

雪のように真っ白な被毛も、煌めくアイスブルーの瞳も、今までティタが見たことのないような色合いをしている。

それはとても純粋で、高潔で、触れるのも怖いくらい綺麗《きれい》で——。

（ユキヒョウの獣人って、みんなこんなに綺麗なのかな。それとも、この人が特別なのかな……）

思わずじっと見とれてしまったティタだったが、ジュストはその視線に気づいたらしく、フッと顔を背けてしまう。

ジュストの隣で小さくため息をついたアリーシャが、背後に控えるもう一人の獣人にトゥッファーハを預け、ティタに向き直って言った。

「兄が失礼なことを言ってごめんなさい、ティタ。助けて下さって、本当にありがとう」

優雅に一礼したアリーシャが、にこっと笑みを浮かべる。ティタも首を横に振って微笑み返した。

「ううん、僕の方こそ、こんなに美味しそうなトゥッファーハ、ありがとう。……それじゃあ」

「ええ、いい旅を」

手を上げたティタに、アリーシャがそう言って手を振り返す。

歩き出したアリーシャの左右を守るように、ジュストともう一人の獣人もその場を離れていく。三人の背を見送るティタの耳に、彼らの会話が漏れ聞こえてきた。

「本当に怪我はないのだな、アリーシャ」

「……お兄様、しつこい男は嫌われますわよ」

「！」

アリーシャがそう言った途端、マントからはみ出したジュストの太く長い尻尾がぶわっと膨らむ。反対側を歩くもう一人の獣人が、なだめるように口を挟んだ。

「アリーシャ様。ジュスト様は、アリーシャ様のことを心配しておいでなのです。特にここは人間の国なのですから……」

「キリル……、まさかあなたまで、人間はすべて敵だとでも言う気？」

ムッとしたように咎《とが》めるアリーシャに、キリルと呼ばれた獣人が黙り込む。しかしそこで、ジュストの重々しい声が聞こえてきた。

「……人間だけではない。私はお前たちのこと以外、誰も信用する気はない」

誰もな、と唸《うな》るその声は頑《かたく》なで、異論は認めないと言わんばかりだった。

「先ほどの少年も、所詮《しょせん》は人間だ。妙にこちらを見つめてきていたし、本当に親切心だけでお前を助けたかどうか、疑わしいものだ」

「お兄様！　お兄様は、どうしていつもそう……」

咎めるアリーシャの声を皆まで聞かず、ティタは彼らに背を向けて歩き出した。

　ジュストたちが移動したため、彼らを遠巻きにしていた人間たちが通りに戻ってきて、ティタはあっという間にまた雑踏のただ中に巻き込まれる。

　人の流れに押されつつ、ティタはどうにか前へ、前へと一歩ずつ足を進めた。

　ティタにアリーシャを騙《だま》す気はこれっぽっちもなかったし、一時すれ違っただけの相手にどう思われようが構わない。どうしてジュストがあそこまで人間に対して頑なのかは分からないけれど、わざわざ追いかけて誤解を解くほどのことでもない。

　けれど。

（……僕も同じ、獣人なんだけどなあ）

　どうしてもそれだけは思わずにはいられなくて、ティタは内心ため息をついた。

　けれど、いくらそう主張したところで、事情を知る同じ一族以外の誰にもそれを信じてはもらえないだろうということも、知っている。

　何故《なぜ》ならティタは、生まれつき人間姿にしかなれない獣人――、本来の獣人姿になれない獣人、なのだから。

2

──それは、二週間ほど前の出来事だった。

「よ、いしょっと。……うん、綺麗になった」

つば広の麦わら帽子を被り、畑の雑草を抜いていたティタは、額の汗を手の甲で拭《ぬぐ》って、ふうと一息ついた。立ち上がって、うーんと伸びをする。

「痛たた……」

ずっと屈《かが》んで作業していたせいで、腰が痛い。

「草取りはやっぱりつらいなあ。……でも、これだけは他の人に手伝ってもらうわけにはいかないし」

ぼやきつつ、ティタはトントンと腰を叩いて、近くの小川に水を汲《く》みに向かった。

畑と言っても、ティタが手入れをしていたのは薬草畑だ。誰かが誤って踏み荒らしてしまわないよう、色つきのロープで囲いをしてあるが、見た目はほとんど雑草と変わらない。

(前にハワルが手伝ってくれた時は、まだ生育途中のニキニキ草を全部抜いちゃって、大慌てで土に戻したっけ……)

友人のハワルに悪気はなかったが、ニキニキ草の根は擦り傷や切り傷の特効薬になるし、葉を少量混ぜて煎《せん》じたお茶は不眠によく効く、大事な薬草だ。幸い、植え直したニキニキ草はどうにか元気を取り戻してくれたが、あの時は本当にどうしようかと思った。

(あのニキニキ草もそろそろ収穫して、軟膏《なんこう》にしなきゃ。そしたらハワルにも一つ、お裾分けしよう)

草取りこそ任せられないが、畑の土を運んでくれたり、珍しい薬草の種を持ってきてくれたりと、なにかとティタを助けてくれる幼馴染みは、いつも元気で小さなケガが多い。軟膏をプレゼントしたら、きっと喜んでくれるだろう。

冷たく澄んだ小川の水で手を洗ったティタは、さらさらと流れる清水をバケツに汲んだ。

ティタは、サーベルタイガーの獣人だ。

サーベルタイガー獣人族は、カーディアと隣接した地に住む、孤高の一族である。

隣接していると言っても、一族の住む里はカーディアとの国境から南に歩いて数日間ほどかかる場所にある。大きな川を越え、深い森をいくつも抜けた先の鉱山に築かれているその集落は、切り立った崖を背にした天然の要塞《ようさい》で、石造りの家が立ち並ぶ町並みはまるで迷路のように入り組んでいる。

サーベルタイガーの一族は、老若男女を問わず一《いっ》騎当千《きとうせん》の戦闘能力を備えており、人間とは比べものにならないほど強い。

古代獣を祖に持つ獣人族は他にもいくつかあるが、サーベルタイガーはその中でもとりわけ信義に篤《あつ》い、誇り高い一族として知られていた。

ティタは、そんな一族のごく普通のサーベルタイガー獣人の夫婦の間に生まれた。しかし、どういうわけか生まれつき人間の姿で、成長してからも一度も獣人姿になれないままなのだ。

夕焼け色の髪と、そばかすの散るミルク色の肌、初夏の新緑に似た若草色の瞳をしたティタの犬歯《けんし》は、少し尖った八重歯だ。幼馴染みのハワルの人間姿と比べても背が低く、線も細いティタだが、体は丈夫で滅多《めった》に風邪もひかない。

種族によって寿命が違うものの、獣人は総じて人間に比べて長命で、十八歳前後で成長がとまり、その後はゆっくり年を取る。ティタもまた、見た目は十代後半の人間の若者だが、実際の年齢はもう五十歳を越えていた。

人間に比べて力が強く、五感も鋭い獣人だが、人間姿にしかなれないティタは腕力もあまりないし、視力や聴覚も人間とほとんど変わらない。

しかし唯一、一族の誰にも負けない能力があった。それは、嗅覚《きゅうかく》だ。

ティタの小さな鼻は、一族の誰よりも鋭敏な嗅覚を持っている。通常の獣人も、人間には感じ取れないかすかな匂いに気づくことはできるが、ティタは獣人ですら気づかない、わずかな匂いの違いもかぎ分けることができた。

だが、獣人にとって人間の姿はあくまでも仮のものだ。獣と人が入り交じった姿こそ本来のものであり、サーベルタイガーの一族も皆、己の獣人姿を誇りに思っている。

だからティタは物心ついた時から自分が本当に獣人なのか、そう名乗っていいのか、迷いがあった。

いくら嗅覚が優れていたとしても、他の仲間と同じようにゆっくり年を取っていても、自分は見た目は人間そのものだ。

幸い一族の者は皆優しく、人間姿にしかなれないティタのことを蔑《さげす》んだり、疎《うと》んじたりせず、同族だと認めてくれている。たまにティタが誰かにからかわれることがあっても、ハワルともう一人の幼馴染み、ゾンが必ずティタの味方になってくれた。

だが、ティタのような者は他におらず、一族の歴史を遡《さかのぼ》っても、同様の現象が起こったという記録はない。

自分だけが、皆と違う。

幼い頃、ティタはそのことがつらくて、どうして自分は獣人姿になれないのかとしょっちゅう泣いていた。そんなティタを励ましてくれたのは、ティタの髪と同じ、夕焼け色の被毛を持つ父だった。

『お前は見た目が他の奴とちょっと違うだけで、立派なサーベルタイガーの獣人なんだぞ、ティタ』

父はよくそう言っては、ティタのことを肩車したまま、丘の上まで散歩に連れ出してくれた。夕陽に染まる美しい集落を見渡しながら、父はティタに何度も繰り返し言い聞かせた。

『いいか、ティタ。サーベルタイガー獣人族の男は皆、一族を守る強い男なんだ。お前もいつかきっと、そうなれる』

だからそんなに泣くなと笑う父は、当時の族長の右腕と言われた一族きっての戦士で、ティタの憧《あこが》れだった。ティタが十歳の頃、落石事故に巻き込まれて他界してしまったけれど、ティタは今もあの時の父の言葉を信じ続けている。

――努力し続けていれば、自分もいつかきっと、父のような強い男になれる、と。

亡き父の背を追いかけるティタに、薬師《くすし》になることを勧めてくれたのは母だ。

『ティタ、あなたは他の誰よりも優れた嗅覚を持っている。あなたがその能力を活かして、一生懸命努力すれば、きっと誰よりも優れた薬師になれると、私は思うの』

自分と同じ、若草色の瞳をした息子をじっと見つめてそう言う母の後押しもあって、ティタは薬師の道に進んだ。

人間姿にしかなれないティタは、どう鍛えても一族の男たちのような強い戦士にはなれない。けれど、薬師ならば別だ。

サーベルタイガーの一族は、方術《ほうじゅつ》と呼ばれる術がほとんど使えない。

方術とは、自然の力を操《あやつ》って風を起こしたり、生命力を分け与えて傷を治す術のことだ。ほとんどの獣人が使えるが、長年武芸を重んじ、近接戦に特化してきたサーベルタイガーの一族は方術を苦手としており、怪我や病気の際は人間と同じように薬に頼っていた。

薬師になれば、腕力のない自分でも一族の役に立てる。自分の周りの大切な人を助けることができる。そう考えたティタは、必死に医学や薬草学を学んだ。

本で得られる知識だけでは不十分だからと、雑草だろうがなんだろうが、見たことのない植物があれば母がとめるのも聞かずに手当たり次第口にし、自らの体で効能を確かめた。時には毒草に当たってしまい、寝込んで友人や母に心配をかけることもあったが、そうした努力のかいあって、ティタの作る薬はよく効くと、次第に評判になり出した。

質の良い薬を作るには、質のいい薬草を収穫する必要があるからと、集落の外れにこの薬草畑を作ったのは十数年前のことだ。畑のそばに小さな小屋を建て、そこで一人で暮らしながら、薬草茶や新しい薬を作り続けているティタのもとには、毎日のように一族の者が薬を求めてやってくる。

　今やティタは、一族きっての薬師として知られつつあった。

「……うん、いい匂い」

　バケツに汲んだ水を畑に撒《ま》き終えたティタは、畝《うね》のそばにしゃがみ込み、手塩にかけて育てた薬草の匂いを確かめる。薬師を志《こころざ》した当初は毒草の匂いも分からなかったけれど、経験を積んだ今はわざわざ自分の体で確かめずとも、匂いだけでその植物に大体どんな効能があるか見当がつくようになった。

　これならいい薬が作れそうだ、とにこにこと畑を眺めていたティタだったが、そこで風に乗って漂ってきた匂いに首を傾げる。

「……あれ？　この匂い……、ゾンだ。……なにかあったのかな？」

　ひどく慌てているような友人の匂いに、ティタはただならぬものを感じて立ち上がった。

　ティタが嗅ぎ分けられるのは、薬草の匂いだけではない。天候の急変にも誰よりも早く気づくし、ほんの少し注意すれば、遠くから近づいてくる人が誰か、どんな様子かなどは手に取るように分かる。

　そして今、こちらに向かってきているゾンの匂いには強い焦《あせ》りのような気配が漂っていた。

　一族の若者たちの中でも飛び抜けて武勇に優れているゾンは、元気でいつも騒がしいハワルとは対照的に、無口で物静かな性格をしている。そのゾンがこんなにも慌てているなんて、一体何事だろうか。

「ゾン、僕ならここだよ！　どうしたの？」

　バケツをその場に置いたまま、ティタはゾンに走り寄った。全力で走ってきたのだろう、ゾンがその濃い灰色の被毛を膨らませ、叫ぶ。

「ティタ、大変だ！　おばさんが倒れた……！」

「え……、母さんが!?」

サーッと顔を青ざめさせたティタに、ゾンが背を向ける。

「乗れ！　その方が速い！」

「……っ、うん！」

幼馴染みの広い背に一も二もなくしがみついたティタの背後で、薬草が風に揺れる。

艶やかな葉から滑り落ちた水滴は、誰もいなくなった畑にぽたり、ぽたりと濃い染みを作り続けていた——。


すう、と眠りについた母に、ほっと安堵《あんど》の息をついて、ティタはそっとイスから立ち上がった。

音を立てないよう気をつけつつ、薬草を煎じたお茶の残りを載せたお盆を手に、寝室から出る。

「……おやすみ、母さん」


小さく声をかけ、ティタは食器を下げると、すぐにテーブルへと向かった。ランプの灯《あか》りを引き寄せ、テーブルに積んである本の山の中から分厚い一冊を取って、真剣な目でページをめくる。

ティタが読んでいるこの本は、この一帯に分布する薬草をまとめたものだ。生育地からその効能、薬の作り方まで、詳しく書かれている。

ティタの母が倒れてから、一週間が経《た》った。馴染みの医者にも診《み》てもらったが、その原因は不明で、もうずっと高熱が続いている。

ティタは実家に泊まり込んで看病しつつ、毎晩寝る間も惜しんで薬草学の本を読みあさっていた。

(この薬草はもう試したし……、これは、今の季節には咲いてない花だ)

最初はただの風邪だと言っていた母だが、こんなに何日も高熱が続くなんて、普通の風邪ではない。

早くなんとかしなくてはとティタが焦るのには、理由があった。

実は、落石事故に巻き込まれて亡くなったティタの父は、事故の前に母と同じ、原因不明の高熱に苦しんでいたのだ。

数ヶ月続いた高熱の後、父は獣人の姿をとれなくなっていた。人間姿にしかなれなくなった父は、五感も回復力も人間並の能力しかなく、事故に巻き込まれて亡くなってしまったのだ――。

（もしあの事故の時、父さんが前と同じ獣人姿だったら、同じ怪我を負ったとしてもきっと死ぬようなことはなかった……）

それどころか、巻き込まれる前に落石に気づいて、避けられた可能性だって高い。

人間姿しかとれなくなったと分かった時、父はティタとお揃いだな、と笑っていた。一族きっての戦士だった父は、きっと自分本来の姿を失ったことを悔しく思っていただろうに、それでも前向きに生きようとしていた。それなのに、不幸な事故によって永遠に帰らぬ人となってしまったのだ。

（……母さんが倒れた時、高熱にうなされていた父さんと同じ匂いがした）

毒草によく似たその匂いは、他の者には分からないようだったが、ティタにはとても覚えのあるものだった。幸い、すぐに解毒作用がある薬草茶を調合して飲ませたため、今はその匂いは抑えられているが、熱が少しでも上がるとすぐにまた同じ匂いが漂ってくる。

おそらくあの匂いは、高熱と共に増す病原体が発しているもので、そしてその病原体に蝕《むしば》まれた者は、獣人の姿を保つことができなくなってしまうのだろうと、ティタは確信していた。

（あの高熱をなんとかしないと、きっと母さんは父さんと同じように、獣人の姿を失ってしまう……）

母の病気は、父と同じもので間違いないだろう。それどころか、もしかしたらティタ自身も母のおなかにいる時、同じ病気で高熱を出し、獣人の姿を失ってしまったのかもしれない。

自分や亡くなった父と同じ目に、母を遭《あ》わせたくはない。

その一心で、ティタは様々な薬草を使って解熱剤を作っては母に飲ませているけれど、今のところ効果はまちまちで、日によっては急に熱が上がることもあり、予断を許さない状況だ。母の病を治すには、もっと強力な解熱作用のある薬草を、一刻も早く見つける必要がある。

けれど、どんなにページをめくっても、これという薬草を見つけられない。

もどかしく思いながらも、ティタが次の本に手を伸ばそうとした、その時だった。

——コンコン、と遠慮がちに戸を叩く音が響く。

読んでいた本から顔を上げ、ティタはそっとイスから立ち上がった。

「……どなたですか?」

こんな夜更けに誰だろうと思いつつ、戸に近づく。するとと、思いがけない声が聞こえてきた。

「こんばんは。あの……、僕、ルシュカです」

「ルシュカ様?」

その名前に驚いたティタは、慌てて戸を開ける。

するとそこには、月の光を縒《よ》り合わせたような銀色の髪をした人間の青年、ルシュカがいた。

「どうして……」

問いかけたティタは、ルシュカの斜め後ろに立つ、黄金の被毛のサーベルタイガーの獣人に気づいて大きく息を呑《の》んだ。

「っ、ディオルク様……!」

「夜分にすまない。少しいいか?」

低い声をひそめたディオルクにそう聞かれて、ティタは目を丸くしたままこくこくと頷《うなず》き、どうぞと二人を家へ招き入れた。

一族でただ一人、暁《あかつき》の太陽のような黄金の被毛を持つディオルクは、サーベルタイガー獣人族の現族長である。そしてルシュカはディオルクの伴侶の人間——、獣人ではなく正真正銘《しょうしんしょうめい》の人間だ。

半年ほど前、それまで人間との関わりを避け、孤高を貫いていたサーベルタイガーの一族は、大きな方針転換を図ることになった。カーディアの内乱をおさめるため、人間に力を貸すことになったのだ。

ルシュカはその頃、カーディアの第二王子だった。兄の友人、ディオルクに助力を乞うため、この集落にやってきたルシュカの説得により、サーベルタイガー獣人族は彼らに力を貸すことを決めた。

恋に落ちたルシュカとディオルクは、この地で伴侶として添い遂げることを誓い合い、ルシュカは一族の一員として迎え入れられた。

繊細で優しげな風貌ながら芯の強いルシュカと、寡黙《かもく》で男らしく、一族随一の武人であるディオルクは誰の目から見てもお似合いの二人で、若者たちの憧れだ。

ティタも、族長の館に薬を届ける時に何度か二人に会い、獣人姿になれないという境遇《きょうぐう》を話したことはあったが、話すだけで緊張してしまったのを覚えている。

黄金の被毛のディオルクは、獣人姿になれないティタにとっては昔から憧れの存在だったし、その伴侶であるルシュカもまるで砂糖菓子みたいに美しくて、一言二言交わしただけでもそのおっとりした人柄が伝わってきて、夢のような時間だった。

当然、二人が家に来るなんて、これが初めてのことだ。

「あ……、あの、わざわざお二人でいらっしゃるなんて、どういうご用件で……、あっ、お茶！　今お茶を……」

慌ててお湯を沸かそうとしたティタだが、ルシュカにやんわりととめられる。

「どうぞお構いなく、ティタ。僕たちはこれを届けに来ただけですから」

ディオルク、と背後を振り返ったルシュカに頷いて、ディオルクが肩に担《かつ》いでいたなにかをテーブルの上にドサッと置く。大きな布に包まれたそれは、十数冊の厚い本で――。

「知の塔から借りてきた、薬草に関する本だ。閉架の本の中でも、貸し出し制限があるものを中心に集めてきた。この中になら、なにか手がかりが載っている本があるかもしれない」

「え……」

ディオルクの言葉に、ティタは大きく目を瞠《みは》った。

古今東西の書物を所蔵している知の塔には、閉架の書物も多くある。大概の書物は請求すれば誰でも借りることができるが、中には貸し出しに制限があり、ティタのような一般の者は読むことができない、いわゆる禁書も少なからずあった。

ディオルクとルシュカは、そういった禁書の中から、薬草に関するものを借りてきてくれたらしい。

「なんで……」

どうして族長たちがわざわざそこまでしてくれるのか。呆然《ぼうぜん》として聞いたティタに答えたのは、ルシュカだった。

「……ハワルとゾンから聞きました。ティタのお母さんが今、病気で苦しんでいるって。しかも、ティタのお父さんと同じ病気かもしれないって」

ハワルとゾンには、ティタが気づいた匂いのことも含め、母の病状について詳しく話している。

彼らは今、武術修業のために族長の館に住み込んでいるから、ディオルクやルシュカとも話す機会が多いのだろう。

腕を組んだディオルクが、声をひそめて言う。

「若い頃、俺はお前の父によく稽古《けいこ》をつけてもらった。稽古の後には奥方が手料理を振る舞ってくれて、いつもそれが楽しみでな。……その奥方が、あの方と同じ病で苦しんでいると聞いて、黙ってなどいられない」

「ディオルク様……、ありがとうございます」

族長と自分の両親の間にそんな交流があったなんて、知らなかった。二人の気持ちが嬉しくて、深々と頭を下げたティタに、ルシュカがそれと、と抱え

ていた包みを差し出してくる。

「これ、夜食です。ハワルたちから、食事もあまりとっていないと聞いたので、作ってみました」

「ルシュカ様が……!?」

手ずから夜食を作ったというルシュカに驚いたティタだったが、ルシュカは少し恥ずかしそうに付け加える。

「料理はまだ勉強中なので、見た目は不格好で申し訳ないですけど……、でも、ディオルクに教わったので、味は美味しくできたと思います」

「俺も味見したが、とても美味《うま》かった」

だから大丈夫だ、とディオルクがルシュカに優しい視線を向ける。仲睦まじい二人を前に、ティタは二重の意味で言わずにはいられなかった。

「あの、えっと……、……ごちそうさまです」

夜食のお礼だと思ったのだろう。頷いたルシュカが、真剣な瞳でティタを見つめてくる。

「お母さんのことも不安でしょうが、まずは君自身がちゃんと食べて、休んで下さい。顔色が悪いですよ、ティタ」

ルシュカに心配されてしまったティタは、いたたまれなくなりながらもぺこりと頭を下げた。

「はい、気をつけます。なにからなにまで、本当にありがとうございます、ルシュカ様」

「僕の方こそ、ティタの軟膏には旅の間、すごくお世話になったんです。一族の方たちも皆、ティタの作る薬に助けられてます。だからどうか、無理はしないで。思いつめたら駄目ですよ」

そう言ったルシュカが、ぎゅっとティタの手を握りしめてくる。思いやりに満ちたその言葉に、ティタは大きく頷き、ルシュカの細い指をぎゅっと握り返した。

「それじゃあ、僕たちはこれで。お母さん、早くよくなりますように」

「なにかあったらすぐ館に来い。ハワルとゾンにも、時々様子を見に来るよう、言っておく」

ティタと母の負担を考え、最初から長居しないと決めて来たのだろう。サッと出口に向かう二人に、ティタは慌ててお礼を言った。

「お二人とも、ありがとうございました……！」

ティタに手を振った二人が、静かに去っていく。寄り添い合うその背に、ティタはもう一度深く、深く頭を下げたのだった。


ディオルクとルシュカが帰った後、ティタは早速書物を開いてみた。本来であれば自分は目にすることができない書物の山を前に、緊張しつつページをめくる。

（すごい……。どれも、見たことのない薬草ばっかりだ。この抽出の仕方も、初めて見る……）

貸し出しに制限がある書物だけあって、知らない薬草や、薬の生成の仕方がいくつも載っている。


——けれど。

（今、僕が母さんに調合してる薬草茶みたいに安全な薬草は、ないみたいだ……）

何冊目かの本に目を通し終えたところで、ティタは重いため息をついた。

ティタの薬草茶は、様々な効能を持つ薬草を、患者の状態に合わせてブレンドして作る。母のために調合したお茶は、とても強い解毒と解熱の作用がありつつも、副作用が出ないよう、細心の注意を払って作ったものだった。

禁書に乗っていた薬草の中には、今ティタが使っている薬草以上に強い解熱作用のあるものも、確かにあった。しかし、いずれも手足の痺れや幻覚を引き起こす等の副作用を伴うものばかりだったのだ。

抽出方法を変えたり、量を調整すれば妙薬になる可能性もなくはないが、危険性が高い。

（それでも、母さんの熱が下がるなら使うべきなんだろうか。……でも、危険を押して使ってみて、もしも効かなかったら？）

少し開いた扉の隙間からは、奥の部屋が見える。灯りを落としたその部屋からかすかに聞こえる、母の寝息に耳をそばだてて、ティタはぎゅっと眉を寄せた。

普通の病にならば強い解熱作用を発揮するはずの薬草を使っていても、母の容態は安定せず、ひどい熱を出すこともある。幸い解毒の薬草はよく効いているようだが、あの高熱をなんとかしなければ、病は完治しないだろう。

体力のある獣人だからこそ、何日も続く高熱にも持ちこたえられているが、それでも母が苦しい思いをしていないわけがない。

（父さんも僕も、この病で命を失うことはなかった。でも……、母さんも大丈夫だとは、限らない）

赤ん坊の自分も乗り越えたはずの病だからと思うけれど、本当に同じ病だったのか確信はない。

もしこのまま母を失うようなことになってしまったら、自分はどうしたらいいのだろう。

人間姿にしかなれない自分が、これまで周囲から爪弾《つまはじ》きにされずに済んだのは、紛れもなく両親のおかげだ。

もちろん、サーベルタイガー一族がなによりも同族を大事にする種族で、結束が固く、弱者に寛容だということも幸いだったのだろう。しかし大前提として、ティタが一族に受け入れてもらえるよう、両親が尽力してくれたことは疑いない。

父と母が自分を全力で守り、深い愛情を注いで育ててくれたから、ひ弱な自分も一族の一員として認めてもらえたのだ。

父が亡くなってからも、母はずっと気丈に振る舞い、ティタが薬師として一人前になれるよう、応援し続けてくれた。十数年前にティタが独り立ちし、住まいは別々になったが、それでも母がティタのたった一人の家族で、一番の味方で、理解者だということに変わりはない。

その母に危険な薬なんて、使えるわけがない。

でも、このままでは父と同じ病気で、母は獣人の姿を失ってしまうかもしれない――……。

――思いつめたら駄目ですよ。

別れ際のルシュカの言葉が甦《よみがえ》って、ティタはぎゅっと唇を引き結んだ。

(……ルシュカ様の仰る通りだ。思いつめて悪いことばかり想像してたら、いい考えなんてなにも思いつかなくなる)

少し休憩しようと、ティタは立ち上がり、お湯を沸かした。自分の小屋から持ってきた、リラックス効果のある薬草茶を淹《い》れ、ルシュカが作ってくれた夜食をいただく。

「美味しい……」

小麦のいい香りがするパンに葉野菜と共に挟まれていたのは、甘辛く味付けされた鶏肉だった。やわらかくジューシーな肉は焼き目が香ばしく、あまり食欲を感じていなかったティタでも食べやすい。

差し入れの夜食を完食し、ティタはゆっくりとお茶をすすった。カップから立ち上る、爽《さわ》やかで優しい香りを胸いっぱいに吸い込むと、ほっと肩の力が抜けていくのが分かる。

「……ごちそうさまでした」

小さく呟《つぶや》いて、ティタはよし、と再び本の山に視線を向けた。

(とにかく、ディオルク様たちが借りてきて下さった本を全部読んでみよう。もしかしたらいい薬草があるかもしれないし、他になにかヒントが転がってる可能性だってある)

まだすべての本を読み終えてもいないのに、弱気になっていては駄目だ。

ティタは自分を奮《ふる》い立たせて、次の本に手を伸ばした。厚い表紙をめくり、なにか役立ちそうな薬草は載っていないか、注意深く目を通していく。

(この本に載ってるのは、寒い地方の植物が中心みたいだな……)

ティタが手にしたそれは、寒冷地の植物について紹介している本だった。様々な効能のある薬草がたくさん載っているが、どれも春から夏にかけてが成長期間で、冬のこの時期に使えそうな薬草はほぼない。

(でも、もしよさそうな薬草があれば、乾燥させたものが売られていないか、探してみるのも手だ)

もしそうなったら、カーディアや別の国に薬草を探しに行くことも必要になってくるだろう。ティタは緊張しつつも、その覚悟を決めた。

ティタは生まれてこの方、一度も集落の外に出たことがない。

サーベルタイガー一族の者は、人間との関わりを長年断ってきたこともあり、これまで人間の国に近づくことはほとんどなかった。しかし、それにしても、ティタのような若者が今までただの一度も集落の外に出たことがないというのは、やはり珍しい。

それはひとえに、ティタが人間の姿にしかなれない、特殊な生まれだからに他ならなかった。

(集落の外れに住むって決めた時も、なにかあったらって母さんにはだいぶ心配されたっけ)

自分は一族の中で一番弱いのだから、せめてなるべく周囲に心配をかけないようにしなければと、今まではそう思ってきたけれど、今回ばかりはそうは言っていられない。

今そばを離れることは不安だが、母の大事にかかわることを、他の人任せになんてできない。誰かに頼んで、もし手に入らず手遅れになってしまったら、悔やんでも悔やみきれないだろう。

だったら、解毒の薬草が効いている今のうちに母のことは親しい者に頼んで、自分が強い解熱作用のある薬草を探しに行くほかない。

母を助けるためならば、どんなに遠い地でも行く覚悟はある。そう思いながらティタがページをめくった、――その時だった。

「……っ、これ……!」

目に飛び込んできた、とある薬草の解説に、ティタは思わず息を呑む。

——それは、青い花心に半透明の白い花弁を持つ、とても美しい花だった。

根には強い毒性があるものの、花弁を煎じたものには強い強壮作用と解熱作用があると書かれている。その花が効く有効な症例として上げられている病名は、いずれも死に至るほどの高熱が特徴の病気ばかりだった。

この花を使った煎じ薬ならば、今ティタが母に使っている薬草よりも強力な解熱作用があるだろう。しかも。

「副作用が……、ない。それに、冬だけ咲く花ってある……」

分布地は、カーディアの更に北にある、バーリド帝国を越えた極寒の地。

めったに人が立ち入らない、北の果てに咲くその花の名前は、『氷の花』——。

「これだ……！」

立ち上がり、ティタは羊皮紙を引き寄せると一心不乱にその花を模写した。本に書かれている分布地や特徴、脇に描かれていた小さな青い種などについてもすべて書き写し、慌ただしく荷物をまとめる。

大きな麻袋に着替えと最低限の食料、母の縫ってくれた薬入れや路銀《ろぎん》などを詰め終える頃には、夜が白々と明けていた。

「ティタ？」

物音で起きてしまったのだろう。奥の部屋で、母が咳き込む気配がする。

ティタはそっと部屋に入り、母の寝ている寝台に歩み寄った。

「……母さん。僕、氷の花っていう薬草を探しに行ってきます。その薬草なら、きっと母さんの病気によく効くと思うんです」

「氷の、花……？」

はい、と頷いて、ティタは母の手を取った。やわらかな被毛に覆われた大きな獣人の手は、発熱で指先まで熱い。

（本当に……、本当に今、母さんのそばを離れて大丈夫だろうか）

自分のこの決断は、正しいのだろうかと、不安が頭をよぎる。

いくら強い解熱作用があると書かれているとはいえ、本当にこの花が母の病にも効くのかは分からない。手に入れられる保証もないし、それどころか自分が離れている間に母の病状が悪化し、解毒の薬草が効かなくなる可能性だってある。

――けれど。

（お医者さんも、母さんのこの病気は長引く可能性が高いって言ってた。父さんの時と同じように、何ヶ月も高熱が続くだろうって）

それほど長い間高熱が続けば、当然母の体力は落ちてしまうし、あの嫌な匂いを消し去るためにはやはり熱を下げるのが一番だ。


ティタは思いきるように強く頭を振り、母の瞳をじっと見つめて告げた。

「急にこんなこと言って、驚かせてごめんなさい。でも、このままじゃ母さんは父さんと同じように、獣人の姿を失ってしまうかもしれない」

ティタの言葉に、母は驚いた様子はなかった。自分でも、その可能性に気づいていたのだろう。ティタをじっと見つめて、穏やかに言う。

「ティタ……。私は、姿形にこだわったりは……」

「分かってます。でも、父さんはあの病で獣人の姿を失わなければ、亡くなることはなかった」

たとえ人間の姿にしかなれなくなったとしても、母はきっと父と同じように強く生きていこうとするだろう。けれど、それが原因で、父と同じように命にかかわるようなことが起きてしまったらと思うと、怖くてたまらない。

母の手をぎゅっと握って、ティタは続けた。

「だから、僕はどうしても母さんのこの病気を治したい。治さなくちゃ、ならないんです」

父が苦しんでいた時、自分はまだ幼くてなにもできなかった。だからこそ、薬師を志したのだ。

自分の周りの大切な人を、今度こそ助けるために。

ここで母を助けられなければ、自分はなんのために薬師になったのか分からない。

「母さんのことは、お医者さんとハワルたちによくよく頼んでいきます。必ず戻ってくるから、それまでどうか待っていて下さい」

「……………」

息子の熱いその言葉に、母はしばらく無言だった。やがて、苦笑を浮かべて言う。

「……あなたは昔から、こうと決めたら譲《ゆず》らない子だったわね。その頑固なところも、思いついたらすぐに行動に移さずにはいられないところも、お父さんそっくり」

「母さん……」

「私のために、ありがとう。でも、決して無理はしないで。あなたはいつも頑張りすぎるから……」

言葉の途中で、苦しそうに母が咳き込む。ティタは慌ててその背を支え、母を寝台に寝かせた。

「母さん、僕……」

「私なら大丈夫。……待っているから、必ず無事に戻ってきてちょうだい、ティタ」

約束よ、と微笑む母の手を握って、ティタは強く、強く頷いた。

窓から差し込む白い朝陽が、見た目の異なる、けれど確かに親子の絆《きずな》で結ばれた二人を照らしていた。

3

それからすぐ、ティタは族長ディオルクの館を訪ねた。幼馴染みたちに母のことを頼むためである。

『は!? 一人で旅に出る!? なに言ってるんだよ、ティタ! だったらオレも行く!』

バーリド帝国の先まで行くと告げたティタにそう言ったのは、ハワルだ。

『ありがとう、ハワル。でも、ハワルとゾンには母さんのことを頼みたいんだ』

『……俺たちがその氷の花を取ってくるから、ティタはおばさんのそばについててやったらどうだ』

必ず取ってきてみせる、とそう言ってくれたゾンに、けれどティタは首を横に振った。

『ありがとう、ゾン。でも、本の解説では、氷の花は取り扱いがすごく難しい薬草みたいなんだ』

氷の花の茎は短く硬く、摘むのが困難な上、無理に引き抜いて根が傷つくと、途端に毒が花弁にまで回ってしまう。しかも、花弁だけ採取したとしても、その花弁が傷ついてしまうと、今度は解熱や強壮の効果が激減してしまうのだ。

つまり、氷の花の解熱効果を最大限活かすためには、花弁を傷つけないうちに、できれば採取したその場で煎じて、薬湯を作らなければならない。

それができるのは、薬師の自分しかいない。

『二人には無理を言って申し訳ないんだけど、僕が帰るまでの間、交代で母のそばにいてほしい。少しでもなにかあったら、すぐにお医者さんを呼んでほしいんだ』

医者の見立てでは、母の病は伝染性が低いとのことだった。父の時も、看病していた母や見舞い客に病がうつることはなかったし、今回の母の発症も、父からの感染にしては潜伏期間が長すぎる。

この病は、原因こそ不明だが、看病をしていてうつる可能性は低い。

母のために調合した大量の薬草茶のストックを手

渡し、お願いしますと頭を下げるティタに、二人は顔を見合わせ、分かったと頷いてくれた。

『絶対、絶対、絶対無茶すんなよ、ティタ！　お前、見た目は人間だけど、人間のことなんも知らないんだからな！』

『おばさんのことは、俺たちに任せろ。お前が帰ってくるまで無理させないし、この薬草茶も毎日欠かさず飲ませる。必ずどっちかがそばにいて、熱が上がったらすぐ、医者を呼ぶから』

そう請け負ってくれた二人に見送られて、ティタは集落を出発し、まずはカーディアを目指して北へと進んだ。

集落から出たことのないティタは、当然旅をするのもこれが初めてで、しかも一日も早くと焦るあまり、誰にも旅についての詳細を相談せずに飛び出してきてしまった。そのため、慣れない旅路は困惑することばかりだった。

まず第一に、毎日長時間歩き通しというのが思ったよりもこたえた。人間姿とはいえ自分も獣人だし、毎日畑仕事をしているから足腰は丈夫だと思っていたが、その考えはどうやら甘かったらしい。

一日も早く氷の花を見つけなければと焦るあまり、無理を押して長時間歩き続けたティタの足は、あっという間に肉刺《まめ》だらけになり、軟膏を塗りつつ、痛みを堪《こら》え、歯を食いしばって歩く日々が続いた。

移動のことだけでなく、食料の問題も大きかった。ずっと自炊しているし、食べられる野草にも詳しいから、多少手持ちの食料が乏しくなっても大丈夫だと思っていたが、今は冬だ。

集落の周辺は常にあたたかく、この時期でもなんらかの野草が生えているからティタは知らなかったが、北へ進めば進むほど野草は少なくなる。ティタはカーディアまでの食料配分を見直し、一日一回のごくわずかな食事でどうにか乗り切らなければならなかった。

野宿一つとっても、簡易テントの中にイノシシが入ってきたり、大雨でテントを立てることすらままならず、結局木陰で夜を明かしたりと、つらい日々が続いた。

途中の川は増水して危うく流されかけたし、森の中で方向が分からなくなり、道に迷いかけたことも一度や二度ではない。

そんな思いをしてカーディアに着いた時には、どうにかこれで食料の調達もできるし、宿にも泊まれるとほっとしたが、それも考えが甘かった。

出立前ハワルに言われた通り、ティタは見た目は人間だが、人間のことはなにも知らなかったのだ。

（……よし。今日こそ、ここに……）

雲まで真っ赤に染まった夕焼け空の下、宿屋の看板が下がった大きな建物の前で、ティタはぐっと唇を引き結んで立ち尽くしていた。その手には、昼間ユキヒョウ獣人の少女、アリーシャからもらった、真っ赤なトゥッファーハが握りしめられている。

一族の集落を出立して数日が過ぎ、ティタはカーディアの首都に辿り着いていた。だが、これまで立ち寄った街々で、ティタが宿屋に泊まれたことはたったの一晩もない。

というのも——。

「おととい来やがれ、この貧乏野郎！」

バンッと目の前で開いた扉から怒声が響いたかと思うと、宿屋の主人と思《おぼ》しき大男がみすぼらしいなりの旅人を建物の外へと追い出す。痛ぇ、と呻きながらごろごろと道端に転がる旅人を見て、ティタは真っ青になってしまった。

（こ……、怖い……っ！）

戦慄《せんりつ》に身を震わせ、あわあわと旅人をよけたティタに、宿屋の主人がじろりと視線を向けてくる。

「なんだ、お前。うちになにか用か」

「い……っ、いえっ！」

ひっくり返った声でどうにかそう答えて、ティタはピュッと道の端まで逃げた。

（だ……、駄目だ……。やっぱりここも、怖い）

おそらく宿屋の主人は、きちんと金を払わない宿泊客をたたき出しただけなのだろう。けれど、荒事《あらごと》に慣れていないティタは、目の前であんな修羅場《しゅらば》を見せられて怖いと思わずにはいられなかった。

今までティタは、人間というのは自分やルシュカのような背格好の生き物だろうとばかり思っていた。ハワルやゾンの人間姿は見たことはあったが、彼らは獣人だから、人間の姿になっても逞しい背格好なのだろうとばかり思っていたのだ。

けれど実際に人間しかいない土地、カーディアに来てみて、ティタは驚いた。

(人間って……、人間って、僕よりずっと大きいし、それにすごく、荒っぽい)

人間よりも遙かに逞しい、サーベルタイガーの獣人に囲まれて育ったのに、獣人よりもひ弱な人間が怖いなんて、おかしいだろうか。

けれど、一族の者は皆、ティタに常に優しかった。声を荒らげられたこともないし、当然あんな場面を見たことなんてない。

自分が今まで、いかに周囲から過保護にされていたのか痛感したティタだったが、それとこれとは別で、怖いものは怖い。

おまけに、街の宿屋は大抵酒場も併設していて、なにかとトラブルの絶えない場所であるせいか、店主は軒並み先ほどのような強面《こわもて》の大男ばかりだ。

(あ、あんな人に話しかけるとか、絶対無理!)

今日、ティタは一日中市場を歩き回り、薬草を扱っている店を見つけては、勇気を振り絞って店の人に氷の花のことを聞いて回った。だが、どの店でもそんな薬草は知らないと言われ、空振りに終わってしまったのだ。

揃わないものはないとまで言われている市場だから、ひょっとしたら氷の花から作られた薬が手に入るのではないかと期待していただけに、なんの手がかりもないというのはつらかった。

精神的にも体力的にもぼろぼろな今のティタに、

あんな厳《いか》つい大男の店主に話しかける勇気はもう残っていない。

（でも、この辺りで他に宿屋はなかったし……）

市場で手がかりがなかった以上、明日にもこの首都を出発しなければならない。

だが、連日の野宿で体は疲れきっているし、氷の花の分布地はまだまだ北だ。そろそろちゃんとした寝台で体を休めたい。

それに、今日は薬草の店を探すことに集中していたから、食料を調達できなかった。宿屋に泊まれば食事にもありつけるだろうが、もしまた野宿となったら、今日の晩ご飯はアリーシャからもらったこのトゥッファーハ一つきりになってしまう。

足音荒く建物の中に引き上げていった宿屋の主人の背を見送りつつ、諦めきれずに道の端でまごまごしていたティタだったが、その時、数人の男がティタに近づいてきた。

「……なあアンタ、今夜の宿を探してるのか？」

「それならオレたちが、いい宿を紹介してやるぜ」

「え？」

にこやかに話しかけてきた男たちに驚いて、ティタはぱちぱちと目を瞬かせた。

「ほ……、ほんとですか？　助かります……！」

男たちは皆そう大柄な方でもなく、先ほどの宿屋の主人に比べると線も細い。この人たちが間に入ってくれるなら、自分も宿に泊まれるかもしれない。

「安くていい宿を知ってるんだ。ついて来な」

「はい！」

促《うなが》されて、ティタはほっとしながら男たちの後についていった。

（なんていい人たちなんだろう）

見ず知らずの自分に宿を紹介してくれるなんて親切な人たちだなと思いつつ、ティタは彼らに導かれるまま路地の奥へと入っていく。

だが、先頭の男がぴたりと足をとめたのは、薄暗い路地の突き当たりで――。

「？　あの、どこに宿が……」

不思議に思ったティタが聞くなり、男たちはにやにやと嫌な笑みを浮かべた。

「は？　そんなもん、あるわけないだろ」

「いいから、さっさとその荷物置いてけよ。怪我したくないだろ？」

「え……」

男たちに周囲を囲まれて、ティタはようやく気づいた。

（この人たち……、最初から金目のものを奪おうと思ってたんだ……！）

昼間、アリーシャのことを危なっかしいと思ったばかりだというのに、まさか男の自分がターゲットにされるなんて思ってもみず、油断してしまった。

荷物の入った麻袋をぎゅっと抱きしめて、ティタは足の震えをなんとか堪えながら男たちを睨む。

「い……、嫌です！　これは僕の大事なもので……、あっ！」

けれど、皆まで言う前に近寄ってきた一人に突き飛ばされてしまう。ドッと地面に倒れ込んだティタの肩を足でぐりっと踏みつけて、男が凄んできた。

「命より大事か？　ああ？」

「そうそう、この人数相手にお前一人で勝てるわけないだろ？　痛い思いしたくないなら、荷物捨てた方が得策だって」

しゃがんだ一人が、ティタの手から麻袋をむしり取ろうとする。ティタは痛みと恐怖に涙を浮かべながら、必死に荷物にすがりついた。

「嫌です！　これは……っ、これは、僕のです！」

この中には、氷の花について書き写した羊皮紙が入っている。母が縫ってくれた薬入れも路銀も、大事なものが全部入っているのだ。

ここでこの男たちに奪われたら、旅が続けられなくなってしまう。

「離して……っ、離せってば！」

恐怖に身を強ばらせながらも懸命に荷物に取りす

がるティタに、男たちが苛立《いらだ》ち始める。

「ったく、手間取らせやがって！」

「往生際《おうじょうぎわ》悪いな！　さっさとよこせ！」

荷物にしがみついて離れないティタに業《ごう》を煮《に》やした男たちが、次々にティタを足蹴《あしげ》にし始める。

「ぐ……っ、うぐ……っ！」

肩や腹に走る激痛に、ティタが口の端から血を滲ませながら呻いた、その時だった。

「……醜悪《しゅうあく》な」

うんざりしたような低く冷たい声がその場に割って入った、と思った次の瞬間、一人がギャッと声を上げる。

悲鳴を上げた男に、残された仲間たちが慌てて振り返るのと、その男が容赦なく地面に投げ捨てられるのとは、ほとんど同時だった。

「な……っ、獣人!?　うわあっ！」

怯《ひる》んだもう一人が胸ぐらを摑まれ、その足が宙に浮く。腕一本で男を軽々と持ち上げるその巨軀を見上げて、ティタは大きく目を見開いた。

（あの人、は……）

長いマントを羽織ったその獣人は、淡雪のように真っ白な被毛に、艶やかな銀色の斑点模様が散った美しいユキヒョウ――、ジュストだったのだ。

「……これだから人間は嫌なのだ。愚かで卑劣《ひれつ》で、目にするのもおぞましい」

心底嫌そうに言ったジュストが、胸ぐらを摑んだ男を壁めがけて放り投げる。ドンッと壁に激突し、苦悶《くもん》の声を上げる男を見た仲間たちが、見る間に真っ青な顔になった。

「じゅ……、獣人が、なんで……」

「なっ、なんでもいいだろ！　獣人だろうがなんだろうが、一気にかかれば敵じゃねえ！　いくぞ！」

奇声を上げた一人を皮切りに、残っていた男たちが全員でジュストに襲いかかる。ティタは思わず目を瞠《みは》り、叫んでいた。

「危ない……っ！」

いくらジュストが獣人で、相手は人間でも、丸腰の今、数人がかりでかかってこられたらさすがに危ないのではないか。そう思ったティタだったが。

「思い上がるな……！」

カッとそのアイスブルーの瞳を見開いたジュストが、マントを脱ぎ捨てるなり、襲いかかってくる男たちを次々に投げ飛ばす。

相手の勢いをそのまま受け流し、まるで重さなど関係ないかのように宙へと放り投げていくジュストに、ティタは啞然《あぜん》としてしまった。

（こんなに力の差があるなんて……）

獣人は、人間よりもずっと強いということは、知識としては知っていた。けれど、実際に獣人と人間が争っている場面なんて、初めて見る。

真っ白なユキヒョウの獣人は、群がる男たちに一切拳《こぶし》や蹴りを入れてはいない。それなのに、まるで赤子の手をひねるように、次から次へと男たちを投げ飛ばし、あっという間に叩きのめしている。

流れるようなその身のこなしは、武術を得意としているサーベルタイガーの一族の鍛錬《たんれん》を間近で見てきたティタが驚嘆してしまうほど、洗練されたものだった。

（今まで、ディオルク様こそが獣人の中の獣人だと思ってたけど……）

比類なき黄金の被毛の族長が、鍛錬で他の者と手合わせしているところを見かけるたび、その美しさ、強さに憧れ、見とれていた。

けれど。

（この人もすごく、……すごく強くて、綺麗だ）

鮮《あざ》やかに身を翻《ひるがえ》し、最後の一人を強《した》たかに地面に投げ打ったユキヒョウの獣人、ジュストを見つめて、ティタはこくりと喉を鳴らした。

振り返ったジュストの白銀の斑点模様が、路地に差し込む夕陽に反射し、きらりと煌めく。夕焼け色に染まった純白の被毛をぶるりと震わせ、埃《ほこり》を払ったジュストが、じろりとこちらを見て唸った。

「……これで借りは返した」

「あ……」

その言葉に、ティタは昼間のことを思い出す。借りというのは彼の妹、アリーシャのことだろう。

いつ気づいたのかは分からないが、ジュストはティタが男たちに絡まれているのを見かけて、助けてくれたらしい。

「あ、の……」

お礼を言わなきゃと思ったティタだったが、ジュストは荷物を抱きしめたまま座り込んでいるティタからふっと視線を外すと、踵《きびす》を返してしまう。

羽織り直したマントの裾を翻して立ち去ろうとするジュストに、ティタは慌てて追いすがろうとした。

「あっ、ま……っ、待って下さ……っ」

と、その時だった。

「お兄様！」

路地の向こうから、こちらに駆け寄ってくる人影がある。小柄なその少女を見て、ジュストが不機嫌そうに唸った。

「アリーシャ……。キリルはどうした。一緒に待っていろと言っただろう」

「お手洗いに行くと言って撒きました！」

「撒くな……」

天を仰いで呻くジュストをよそに、アリーシャが一直線にティタに駆け寄ってくる。

「ティタ、大丈夫？　血が……」

「だ、大丈夫。……あの、アリーシャはどうしてここに？」

綺麗なレースのハンカチを取り出したアリーシャが、ティタの口元にそれをあてがってくる。痛、と顔を歪めたティタに、アリーシャがぎゅっと眉を寄せながら言った。

「宿の二階から、あなたが変な人たちに連れていかれるのが見えたの。お兄様に助けに行くようお願いしたのだけど、気になってしまって。ティタが危ない目に遭う前に、すぐ助けてって言ったのに……」

男たちに蹴られたせいで、あちこち汚れているティタの様子を見たアリーシャが、キッと兄を振り返って言う。

「……ティタにこんな怪我をさせるなんて、どういうことですか、お兄様」

「…………」

「しかも今、お兄様は手当てもせずに立ち去ろうとなさいましたわよね？」

アリーシャに睨まれたジュストが、ふいっと横を向いて言う。

「……私は人間は嫌いだ」

「ティタは私の恩人ですのよ!?」

噛みつかんばかりの勢いのアリーシャに呆気にとられながらも、ティタは二人の間に割って入った。

「ま……、待って下さい、アリーシャ。僕はちゃんと助けてもらいましたし、そもそもこの人たちについていった僕が悪いんですから……」

助けてくれたジュストを責めるのはお門違《かどちが》いだ。

そう言ったティタに、ジュストがすうっとその瞳を細める。

「ほう。見た目よりは物分かりがいいではないか、人間」

「お兄様！」

目を三角にしたアリーシャに怒られたジュストが、憮然《ぶぜん》とした表情になる。

耳をぺたんと寝かせ、まるでふてくされた子供のような表情を浮かべるジュストに、ティタは思わず吹き出してしまっていた。

「……何故笑う」

どうやらますます機嫌を損ねたらしいジュストが、太い尾をイライラと揺らし、低い声で唸る。ティタはくすくす笑いながら、ジュストに告げた。

「いえ、仲がいいんだなと思って。……あと、実は僕、人間じゃないんです」

「……？」

わけが分からないと言いたげに、ジュストとアリーシャが顔を見合わせる。ティタは苦笑して、二人に打ち明けた。

「僕はサーベルタイガーの獣人です。……獣人姿には、なれないんですけど」

息を呑む二人の後ろで、夕陽がゆっくりと沈んでいく。

薄紫色がかってきた空には、小さく明るい一番星が輝き始めていた。


ほわ、と唇の端があたたかくなる。

初めて施される方術での治療に少し緊張しつつ、ティタは身動きしないよう、イスに座ってじっと前を向いていた。

「……これで、傷は塞《ふさ》がりました」

そう言ったキリルが、ティタの口元にかざしていた、真っ白な被毛に覆われた大きな手をスッと引く。

ティタはおそるおそる、指先でそこに触れてみた。

「わ……、ほんとだ。傷口がなくなってる。ありがとうございます」

「いえ……」

固い表情で呟いたキリルが、終わりました、と傍《かたわ》らのジュストに告げる。

「……ご苦労」

「ティタ、他に痛いところはない？　遠慮なく言ってね」

心配そうに眉を寄せたアリーシャが、ティタの隣のイスに腰かけて身を乗り出してくる。ティタは微笑んで頷いた。

「ありがとう、アリーシャ。でも、大丈夫」

蹴られた肩や腹は少し痛いけれど、軽い打ち身くらいだからたいしたことはない。後で湿布を貼っておこうと、ティタは手持ちの薬で湿布薬が作れるかどうかを頭の中で思い浮かべた。

ジュストに助けられたティタは、アリーシャに誘われ、彼らが取っている宿の部屋に来ていた。

『とにかく、そのケガの手当てをしなくちゃ。それに、今夜の宿を探しているんでしょ？』

まだ部屋が空いていないか聞いてみましょうと言ってくれたアリーシャのおかげで、ティタもようやくこの宿に部屋を取ることができた。

彼らが一緒にいてくれなければ、強面で大男の主人に声をかけることなど、到底できなかったに違いない。それどころか、今頃荷物を全部奪われて、途方に暮れていたことだろう。

ティタは改めてジュストにお礼を言った。

「あの……、先ほどは助けて下さってありがとうございました。おかげでなんとか旅を続けることができます」

ぺこりと頭を下げると、ジュストが憮然とした表情で呟く。

「……わざとではないからな」

「え？」

意味が分からず、なんのことだろうと首を傾げるティタに、ジュストが苛立ったようにぶんと尻尾を振って言った。

「そなたをすぐに助けなかったことだ。言っておくが、私はなにも、そなたがあの男共に暴行を受けるのを黙って見ていたわけではない。追いかける途中で姿を見失い、匂いを追ったが探すのに時間がかかったのだ。……だから、わざとではない」

「…………」

早口で言いつのるジュストはどうやら、先ほどアリーシャに責められたことを気にしていたらしい。

呆気にとられたティタをよそに、ジュストは更に続ける。

「それに、私に礼を言う必要はない。そなたを助けたのは、妹に頼まれたからだ。妹の件がなければ、人間など……」

「お兄様。ティタは人間ではなく、私たちと同じ獣人ですわ。それに、人間だからといって誰彼構わず嫌うのは、いい加減もうおやめ下さい」

思いがけず強い口調で、アリーシャがジュストを遮る。しかしジュストは目を伏せると、低い声で呟いた。

「……なんと言われようと、私は人間は嫌いだ」

その途端、ジュストから漂ってきた香りに、ティタは目を瞠った。

(え……、なんで……)

人間は嫌いだと言うからには、てっきり攻撃的な気持ちを抱いているのだろうと思っていたが、ジュストから漂ってきたのは重く苦しい、悲しみに満ちた香りだったのだ。

しかし、ティタが戸惑っている間にも、ジュストはひとつため息をつき、こちらに向き直って問いかけてくる。

「……それで、そなたは何故カーディアに？ サーベルタイガーの一族だと言っていたが、族長の名代《みょうだい》で、王に謁見《えっけん》にでも来たのか？」

低い声で問いかけてくるジュストの視線は険しく、鋭い。ティタは少したじろぎながら、慌てて首を横に振った。

「いっ、いえ、そんなまさか！ 僕に名代なんて務まるわけがありません」

ディオルクとルシュカの婚姻により、カーディア王室がサーベルタイガー一族と姻戚関係になったことは、今や広く知られている。だが、長年人間との関わりを断ってきたサーベルタイガー一族と人間の交流はまだ始まったばかりで、カーディアに獣人がいること自体が珍しい。

「僕、実は薬師なんです。母が病気で、その薬になる薬草を探して、北に向かっていて……」

ティタはかいつまんで事情を説明した。

母が、原因不明の病で倒れたこと。

その病は、父がかつてかかった病と同じかもしれないこと。父はその病が原因で獣人姿をとれなくなり、そのために落石事故に巻き込まれて亡くなったこと。

調べたところ、北の果てに咲くという、氷の花が妙薬になる可能性が高いこと——。

「氷の花……」

呟いたジュストに、ティタは頷いた。

「はい。バーリド帝国を抜けた先にある、めったに人が立ち入らないような土地に咲いているらしいんです。この花なんですけど……」

自分の荷物を引き寄せたティタは、麻袋の中から折りたたんだ羊皮紙を取り出した。

テーブルの上に広げられたその書き写しを見た途端、ジュストがキリルと顔を見合わせる。

無言のまま、素早く目配せを交わし合う二人に気づいて、ティタは息を呑んだ。

「っ、もしかしてこの花のこと、なにかご存じなんですか!?」

勢いよくイスから立ち上がり、ティタはジュストに詰め寄った。

「なにか知ってるのなら、なんでもいいから教えて下さい！　どこに咲いてるんですか!?　本当にこの記述通り、副作用はないんでしょうか!?」

あんなに大きな市場でも、なんの手がかりもなかったのだ。もしかしたら自分はこのまま氷の花を見つけられないのではないか、いや、分布地に近づけばなにか情報が得られるはず、とすがるような気持ちでいたティタは、必死にジュストに頼み込んだ。

「お願いします、教えて下さい！　僕はどうしても、この花を見つけなきゃならないんです……！」

故郷に残してきた母はきっと、今も高熱に苦しんでいるだろう。一日も早くこの氷の花を見つけて、母に届けなければならない。

どんなに些細な情報でもいい。とにかくこの花のことが知りたいと頭を下げたティタだったが——、ジュストはややあって、冷ややかな声を発した。

「……そなた、この花のことをどこで知った？」

「え……？　それはあの、書物に載っていて……」

責めるような響きの声に戸惑いつつ答えたティタに、ジュストがじろりと鋭い視線を向けてくる。

「だとすればそれは、禁書のはず。一介の薬師が、何故禁書に載っている花のことを知っている？　それともそなたの一族では、そのような禁書が広く出回っているのか？」

「いっ、いいえ、僕は……、っ！」

慌てて答えようとした途端、大きな手に肩を摑まれ、ドンッと壁に背を押しつけられる。

「お兄様！」

「アリーシャ、そなたは下がっていろ。……この者、どうもあやしい」

悲鳴のような叫びを発した妹にそう言って、ジュストはティタに顔を近づけてくる。

間近に迫ったユキヒョウが、低い唸りを発しながら牙を剝き出しにする。心臓に突き刺さるようなその敵意と、凍りつきそうなほど冷たいアイスブルーの瞳に、ティタはたちまち震え上がってしまった。

「……そなた、本当に獣人か？　もしやなにかよからぬ思惑を抱き、我々の信用を得ようと偽《いつわ》りを申している、ただの人間なのではないか？」

「そ……、そんな、ことは……」

「ないと言うのなら、本当に獣人であるという証拠を見せてみろ！　できぬと言うなら……！」

片腕を上げたジュストが、大きく広げた手を宙にかざす。

ギラリと光る、黒く鋭い爪を向けられたティタは、思わずぎゅっと目を閉じ、息をとめてしまった。

(なん……っ、なんで……!?　なんで、こんなことに……っ)

どうしてこんなにもジュストが怒っているのか分からなくて、恐ろしくてたまらない。

このまま自分はあの爪で引き裂かれてしまうのではないか、あの牙で食い殺されてしまうのではないか。そう思うと手も足も震えがとまらなくて、怖くて怖くて、——でも。

「ほ……っ、本は族長が……っ、族長が特別に、貸してくれました……！」

強く強く目を瞑《つむ》ったまま、ティタは強ばる舌を必死に動かして叫んだ。

「僕が獣人だっていう証拠は、ないです……！　でも……っ、でも、僕は人間じゃない……！」

ありったけの声を振り絞って、ティタは訴えた。

こんなところで、こんなことで、氷の花を諦めるわけにはいかない。

自分はどうしても、なにがあっても、母を助けなければならないのだ。

今ここで、この人に殺されるわけにはいかない。

「僕は、獣人です……！　誇り高きサーベルタイガー一族の、男です……！」

声を限りにそう叫んだティタに、ジュストはしばらく無言だった。

「……っ、……っ」

真っ青な顔のまま膝を震わせ、息をするのもやっとのティタをじっと見つめていた白銀のユキヒョウの手が、やがて肩から離れていく。

ジュストの手が離れた途端、へなへなとその場にへたり込んでしまったティタの元に、アリーシャが駆け寄ってきた。

「ティタ！　大丈夫？　なんてことをなさるんです、お兄様！」

「……私はただ、その者の正体を確かめようとしただけだ」

ふい、と二人から視線を背けたジュストが、腕を組んで唸る。

「どうやら、思っていたよりは気骨《きこつ》があるようだな。だが、そなたの言葉をすべて信じることなど、到底できない。薬師かどうかも怪しいものだ」

「…………」

無言で唇を引き結んだティタを一瞥したジュストは、続いて思いがけないことを口にした。

「それに、氷の花は我らユキヒョウ一族の管理下にある。……よそ者に渡すわけにはいかぬ」

「え……！」

（氷の花が、ユキヒョウ一族のもの……!?）

そんなこと、あの書物には書かれていなかった。

驚きに目を見開き、なにも言えないでいるティタを見下ろし、ジュストがフンと鼻を鳴らして言う。

「その写しにもある通り、氷の花の根は強い毒性を持つ。花弁は確かに解熱と強壮作用があるが、扱いを間違えれば猛毒にもなり得る、危険な花だ」

だからこそ、氷の花が載っている書物は禁書とされ、カーディアの市場でも売られていないどころか、知る者すらいなかったのだ。

（そんな花のことを、僕みたいなただの薬師が知っていたから、あんなにも警戒したんだ……）

ジュストの苛烈《かれつ》なまでの反応にようやく納得がいって、ティタはこくりと喉を鳴らした。

険しい瞳でティタを見据えたジュストが、低い唸り声を上げながら続ける。

「氷の花の毒は無味無臭で気づきにくく、古来から悪用する者が後を絶たない。だからこそ、北の果てに住む我らユキヒョウ一族は氷の花を管理し続けてきたのだ。一族以外の者に、あの花は渡せぬ」

きっぱりとそう言い渡されたティタは、一度ぎゅっと唇を引き結ぶと、立ち上がってジュストに相対した。

震えそうになる足を懸命に踏ん張って、背の高いユキヒョウを見上げて言う。

「……お話は、分かりました。でも、どうかあなた方の族長と話をさせていただけませんか？　僕の口から直接、事情を話して……」

どうにか話の糸口を掴もうと思ったティタだったが、皆まで言う前にジュストが口を開く。

「その必要はない。私が長だ」

「……っ」

息を呑んだティタだが、確かにジュストの威厳ある態度や美しさ、高貴な雰囲気はただ者ではない。

妹のアリーシャの身なりや言動からも育ちのよさを感じるし、彼がユキヒョウ族の長だというのは本当なのだろう。

黙り込んだティタをじっと見据えたまま、ジュストが厳然とした表情で続ける。

「そなたの話はもっともらしいが、なにひとつとして証拠はない。そなたが獣人である証拠も、母が病だという証拠もな」

「お兄様、それは……」

抗議しようとしたアリーシャだが、ジュストの険しい視線に口をつぐむ。妹から視線を移したジュストが、太く低い声でティタに言い渡してきた。

「私は長として、悪用する可能性がわずかでもある者に氷の花を渡すわけにはいかぬ。分かったのなら、もう諦めて故郷に……」

頭上から降るその声に、けれどティタは——。

「い……、嫌です……！」

——ありったけの勇気を振り絞って、抗った。

「……なんだと？」

アイスブルーの瞳をますます剣呑に眇めて、ジュストがその長く太い尾を床に打ちつける。響く唸りに震え上がりながらも、ティタはジュストを見上げて再度訴えた。

「僕は……っ、僕は、母を助けたい……！　そのために、どうしても氷の花が必要なんです……！」

この人が長だというのなら、考えを変えてもらえるよう説得する他ない。

それしか、氷の花を手に入れる術はないのだ。

だったら。

「お願いします！　僕に氷の花を譲って下さい！　決して悪用はしません！」

膝をつき、額を床に擦りつけて、ティタはジュストに懇願した。

「証拠は……っ、証拠はありません！　だから、信じて下さいとしか言えません！　お願いです、僕の話を、僕のことを、信じて下さい……！」

せめて、自分が獣人姿になれたなら、ジュストは話を信じてくれたかもしれない。そう思うと悔しくてたまらなかったが、今ここでそれを言っても始まらない。

自分に今できるのは、この人に少しでも信じてもらえるよう、お願いすることだけだ。

「お願いします……！」

「………」

震えながら訴え続けるティタに、ジュストは無言だった。

だがその時、ティタの傍らに膝をついたアリーシャがそっと背に手を置いて言う。

「ティタ……。どうか顔を上げて。大丈夫、私たちと一緒にユキヒョウ族の里まで行きましょう？」

「え……」

驚いて身を起こしたティタだが、それを聞いたジュストは地を這うような声で妹を咎《とが》めた。

「……アリーシャ」

「お兄様がなんと言おうと、私はティタを信じます。ティタは嘘なんかついてないわ」

きっぱりとそう言いきったアリーシャが、ティタの手を取り、ぎゅっと握ってくる。目を瞠ったまま固まっているティタに、アリーシャは優しく微笑みかけてきた。

「私たちはカーディアの新王、セリク陛下にご即位のお祝いを申し上げに来たの。ご挨拶《あいさつ》ももう済んだから、明日にもここを発つ予定だったのよ。だから、よかったらティタも一緒に行きましょう？」

「で……、でも……、いいの？」

ティタにとっては願ってもない話だが、どう見てもジュストは納得していない顔をしている。

長である彼が承諾していないのに、そんなに強引に話を進めていいのだろうかと戸惑うティタだったが、アリーシャは強かった。

「もちろんよ。だって私の自慢のお兄様は、ここまで誠意を見せる相手に少しの譲歩もしないほど、狭《きょう》量《りょう》な方ではないはずだもの。そうよね、お兄様？」

「………………」

にこにこと押しきるアリーシャに、ジュストが黙り込む。

どうなるのだろう、とハラハラしながら見守っていたティタだったが、やがてジュストは先ほどと同じく地を這うような声で唸った。

「……分かった」

「ジュスト様！」

声を上げたのは、それまで黙って控えていたキリルだ。ちら、とティタを一瞥した彼は、たまりかねたようにジュストに詰め寄った。

「私は反対です。先ほどジュスト様が仰った通り、この者を信用していいかどうか、まだ分かりません。共に旅をするなど……」

「……言うな。そのようなことは私も重々承知だ」

呻くジュストだが、キリルはそれまで堪えていたように小言を並べ始める。

「そもそも、いくらアリーシャ様の頼みとはいえ、何故この者を助けたのですか。我らユキヒョウ族がカーディアの民に危害を加えたことが表沙汰になれば、わざわざカーディアまで来た意味が……」

「だからと言って、追いはぎなどという醜悪な行為を見過ごせるわけがなかろう。それに、十分に手加減はした」

憮然として言ったジュストに、だとしても、とキリルが尚も続けようとする。

片手を上げてそれを制し、ジュストは頭が痛いとばかりにもう片方の手で自分のこめかみを押さえてティタに言った。

「……同行は、許す。共に来たければ来るがいい。だが、氷の花のことは別だ。私はそなたを信じるつもりはない」

「分かりました。信じていただけるよう、何度でもお願いします」

ジュストを見つめて、ティタはそう返した。

（……この人は多分、いい人だ）

先ほどは恐ろしくて仕方なかったし、今だって怖いと思うけれど、でも悪い人ではなさそうなことはその言動の端々から感じられる。

（氷の花を譲れない理由も、悪用されないためだって、そうはっきり言っていた）

ティタをすぐに助けられなかった理由についても、ジュストはティタの姿を見失い、匂いを追ったけれど探すのに時間がかかったと言っていた。

姿を見失った時点で放置してもよかったはずなのに、彼はそうしなかった。わざわざ匂いを辿ってティタを探し、助けてくれた。

（さっきの、追いはぎは許せないって言ってたのも、きっと本心なんだろうな）

新王即位の祝いに来たということは、ユキヒョウ族もまた、サーベルタイガー一族と同様に、カーディアと友好を結ぶつもりだということだろう。そんな状況なのに、もめ事になる危険も省みずティタを助けたのは、言葉通り、彼が卑劣な行為を見過ごせない性格だからだ。

他人を無闇に信用しないのも、アリーシャという守るべき存在が一緒だからだろう。

ティタのことはさておき、ジュストはとても正義感の強い、妹思いの優しい兄に思える。

（だとしたら、僕のことを信じてもらえれば、氷の花を融通《ゆうづう》してもらえるかもしれない）

なにより、この人に信じてもらえなければ、ティタが氷の花を手にできる可能性はほぼない。

「よろしくお願いします……！」

深く頭を下げたティタに、ジュストが低く呻く。

「勝手にするがいい……」

よかった、と喜ぶアリーシャにありがとうとお礼を言って、ティタはほっと笑みを浮かべた。

窓の外では、白と赤の半月が二つ、薄闇にその姿を現し始めていた。

4

身を切るように冷たい風が、正面から強く吹きつけてくる。

凍《い》てつく空気に、そばかすの散った頰を赤く染めながら、ティタは両手を吐息であたためた。

（寒……）

持ち合わせの衣類をできる限り重ね着しているが、それでも骨まで染みてくるような寒さは到底防ぎきれるものではない。冷たくなった手を擦り合わせて、ティタは前を行く三人の背を懸命に追った。

数日前にカーディアの首都を出立した一行は、バーリド帝国へと足を踏み入れていた。

厳しく長い冬で知られるバーリド帝国だが、今年の冬は特に寒さが厳しいらしい。カーディアとの国境に近い、南方のこの地方でも早くから雪が降り始めているとのことで、街道ですれ違う人は誰もが皆、毛皮の厚いコートを着込んでいた。

「ティタ、疲れたの？　大丈夫？」

ジュストとキリルと談笑しながら歩いていたアリーシャが、ティタの遅れに気づいて声をかけてくる。ティタは慌てて小走りに走り寄り、微笑んだ。

「ありがとう、アリーシャ。大丈夫だよ」

「そう？　もう少しで次の街だから、頑張りましょうね。お兄様たちに移動の方術をお願いしてもいいのだけど……、あれは難しい術だから、なるべく使わずに旅をしたいの」

私もちょっと疲れたのだけど、と笑うアリーシャに、ティタはもちろんと頷いた。

族長であるジュストと、その側近であるキリルはユキヒョウ一族の中でも随一の術者であるらしい。それでも、移動の方術は高度なもので扱いが難しいので、三人はカーディアに来る時も徒歩でこの道を来たとのことだった。

「私、こんなに長い旅をするのは初めてなの。帰りはティタと一緒で楽しいわ」

嬉しそうに言うアリーシャは、出会った時からずっと獣人ではなく、人間の姿をしている。どうやら人間嫌いの兄への抗議として、もう何年もこうして人間姿で過ごしているらしい。

しかし、その服装はカーディアにいた時とそう変わっておらず、コートも薄手のものだ。豊かな被毛に全身が覆われているジュストやキリルはともかく、人間姿の彼女が厚着しないでも平気なのは、寒いところの生まれだからなのだろうか。

ティタは手を擦り合わせながら聞いてみた。

「アリーシャは寒いの平気なんだね」

「ええ、これくらいは全然。よかったら私のコートを貸しましょうか？」

心配そうにコートを脱ごうとするアリーシャに、ティタは慌てて首を横に振った。

「ううん、大丈夫。ありがとう」

いくら寒くても、女の子から上着を奪うような真似はできない。気持ちだけもらっとく、と強がったティタに、アリーシャが首を傾げて言う。

「そう？　いつでも貸すから遠慮なく言ってね。ユキヒョウ族の城は、一年のほとんどが雪に覆われているから、もっと寒いのよ。夜は月明かりに雪がキラキラ光って、とても綺麗なの。着いたらあちこち案内するわね」

「うん、ありがとう」

アリーシャの話を聞くだけでも、ユキヒョウ族の城はとても美しいだろうことが窺《うかが》える。けれど今のティタは、そこに着いた時のことを考えると不安を覚えずにはいられなかった。

何故なら――。

「アリーシャ、そのような約束は無用だ。その者は我らの城に着く前に、寒さに耐えきれず引き返すに決まっている」

吹きつける寒風よりも更に冷たい声でそう言うのは、こちらをちらりとも見ないジュストだ。隣のキリルも大きく頷いて言った。

「ジュスト様の仰る通りかと。大体、南の国の出だというのに、そのような軽装でバーリド帝国を越えようなど、あまりにも軽率では？」

「キリル、お兄様も、どうしてそう意地悪ばかり言うの？　……ごめんなさいね、ティタ」

二人に憤慨《ふんがい》したアリーシャに謝られてしまって、ティタは慌てて首を横に振った。

「ううん、確かに旅支度が足りなかったのは僕の落ち度だから。ありがとうございます、キリルさん。僕、次の街で防寒具を探してみます」

やんわり笑うティタを一瞥したキリルが、どうぞご勝手に、と肩を竦《すく》める。元より興味のなさそうなジュストは、ティタの方を見ようともせず、まっすぐ前を向いたままだった。

（今日も、話しかけるなオーラが出てる……）

ジュストの広い背を見つめながら、ティタは内心でこっそりため息をつき、仕方なく歩みを進めた。

この数日間、ティタは幾度となくジュストに話を聞いてもらおうと試みていた。しかし、歩いている途中も、宿屋でも、ジュストは話しかけるなという雰囲気を全身から醸《かも》し出していて、取りつく島もないのだ。

それでも、どうしても氷の花のことを説得しなければならないからと、怒らせることも覚悟の上で必死に話しかけているけれど、今のところまるで相手にしてもらえていない。

（このままじゃ、ユキヒョウ族のお城に着いても、そのまま追い返されるだけなんじゃ……）

カーディアでジュストたちに出会った時には、とにかく彼らに同行させてもらわなければと、食らいつくことに必死だった。

けれど、数日一緒に旅をしていても、自分のことを信じてもらうどころか、ジュストの警戒は日に日に強くなっていくばかりだ。氷の花について話すことはおろか、ろくに目も合わせてもらえていない。

なんとかしてジュストと話さなければと思い悩む

あまり、ティタはここ数日ほとんど眠れていない。

旅に出てからずっと、母は今どんな容態だろうかと心配で眠りが浅くなっていたのだが、最近では毎晩悪夢を見て、夜中に飛び起きてばかりいる。

（母さん……、今どうしてるだろう）

薬は十分置いてきたし、ハワルとゾンもついてくれているから滅多なことはないと思うけれど、それでも心配でたまらない。

苦しんだりしていないだろうか。熱は、少しは下がっただろうか。

（せめて僕が普通の獣人で、獣人姿になれたら、ジュスト様も少しは信用する気になってくれたかもしれないのに）

どうしようもないことだと分かっていても、そう思わずにはいられない。

一日も早く母の元に氷の花を届けなければいけないのに、どうすればジュストに自分を信じてもらえるのだろう。

このままでは、彼《か》の地に着いたところで氷の花を手に入れることはできないのではないか——……。

（……いや、こんなことで諦めちゃ駄目だ）

込み上げてくる焦りをぐっと堪えて、ティタは自分に言い聞かせた。

さんざん探して、これこそはと思った薬草なのだ。故郷で待っている母を助けるためには、こんなことくらいで引き下がるわけにはいかない。

（ユキヒョウ族の里までは、まだかかる。その間に、もっとジュスト様に話しかけないと……）

ティタがそう自分を奮い立たせたその時、ちょうどなにか用があったらしく、アリーシャがキリルを呼ぶ。

「キリル、ちょっといい？　これなんだけど……」

一人で前を歩く白銀のユキヒョウを見やって、ティタはとりあえず会話の糸口を掴もうと、意を決してジュストの隣に並び、話しかけようとした。

「あの……」

しかし、ジュストは睨むようにまっすぐ前を見つめたまま、歩み続ける。

険しいその視線の先には、人間の親子連れがいた。どうやら家族でカーディアに向かっているらしいが、皆歩みをとめ、こちらをまじまじと見つめている。おそらく獣人姿のジュストやキリルが珍しく、驚いているのだろう。

「こんにちは」

通り過ぎざま声をかけたティタに、母親らしき女性が我に返り、こんにちは、と笑顔で返してくる。けれど一緒にいた子供は、ジュストが通り過ぎようとすると怯えたように後ずさり、母親の影に隠れてしまった。

鼻の頭に皺《しわ》を寄せたジュストが、不機嫌そうにブンと太い尾を振るのを見て、ティタは思い出す。

（そういえば、この間、人間は嫌いだって言ってた時、すごく悲しそうな匂いがしてた……）

カーディアの市場でもアリーシャたち以外誰も信用する気はないと言っていたし、ジュストはよほど人間が嫌いらしい。

一族を預かる長として、異種族を警戒する気持ちは分かるけれど、あんなにも人間を拒絶するのは、なにか理由があるのではないだろうか。

そう思いながら顔を上げたティタだったが、見上げたジュストは厳しい視線をこちらに向けていた。

思わずびくっと肩を揺らしたティタを冷然と見つめ、ジュストがその牙を覗かせて言う。

「……愚かだな」

「え……」

戸惑うティタに一つため息をつき、ジュストが歩みを速める。慌ててその背を追いかけたティタに、ジュストが低く唸った。

「そなたは何故、見知らぬ者に声をかけるのだ。しかも、人間相手に」

「声をって……、あの、挨拶しただけで……」

旅をする者同士、すれ違えば挨拶くらいはするものではないのか。そう思ったティタだったが、ジュストは呆れたように言う。

「そのような心構えだから、無用なトラブルに巻き込まれるのだ。そなたには警戒心が足りぬ」

「そう、でしょうか……」

確かに、ティタはカーディアで追いはぎに遭いそうになった。そこを助けてもらった身としては、ジュストに強く反論はできない。

(でも、人間は皆警戒しなきゃならないなんて、そんなことはないと思うんだけど……)

黙り込んだティタをちらりと見たジュストが、鼻を鳴らして冷たく言う。

「もっとも、そなたが本当はただの人間で、なにか思惑があって我らについてきているということなら、なにも不思議はないがな。真実サーベルタイガーの獣人だったとしても、旅支度もろくにしていないこととと言い、本気で氷の花を得るつもりだったとは到底思えぬ」

「……っ」

手厳しいその指摘に、ティタは俯《うつむ》いてしまった。

(確かに、ジュスト様から見たら、僕は疑わしく見えるのかもしれない……)

集落を一度も離れたことがないというのに、自分はとにかく一刻も早く氷の花を手に入れなければと焦るあまり、旅支度もそこそこに故郷を飛び出してきてしまった。

ジュストからしてみたら、あまりにも軽率で、本気かどうかも疑わしいというところなのだろう。

——でも。

「……僕は、嘘はついていません」

ぎゅっと拳を握りしめて、ティタはそう言った。

どんな目に遭おうとも、必ず氷の花を手に入れて帰る。その決意は今だって変わっていないし、偽りではない。

「僕は、獣人としては半端者です。それでも一族の役に立ちたくて、一人前の男になりたくて、薬師になりました。そして、僕に薬師の道を勧めてくれたのは、母です」

「…………」

「このまま母の病が進行したら、父と同じように、……僕と同じように、獣人の姿になれなくなってしまうかもしれない。僕はどうしても、母の病を治したいんです。治さなきゃ、ならないんです」

握った拳を震わせ、顔を上げたティタを、ジュストがじっと見つめてくる。

唇を引き結び、冷たく鋭いアイスブルーの瞳を見つめ返し続けるティタに、ジュストが再び口を開いた、その時だった。

「……そなたは……」

「お兄様！」

突然、後ろを歩いていたアリーシャが悲鳴を上げる。振り返ったティタは、目に飛び込んできた光景に大きく息を呑んだ。

「な……っ、キリルさん！」

そこには、アリーシャを遠ざけるように片手を上げ、道の端にうずくまったキリルがいたのだ。その足には、薄黄色の細いヘビが絡みついていて──。

「キリル！」

すかさず駆けつけたジュストが、キリルの足からヘビを引きはがし、遠くの草むらへと投げ捨てる。

（あのヘビ……！）

しゅるしゅるっと逃げていくヘビにピンと来たティタは、痛みに呻くキリルに駆け寄り、その傍らにしゃがみ込んだ。

「見せて下さい！」

「この程度、たいしたことは……」

「いいから、早く！」

抗おうとするキリルに構わず、服の裾をぐいっとめくって患部を露《あらわ》にする。

服の上から咬まれたのだろう。真っ白な被毛には鮮血が滲んでいた。

ティタは躊躇《ためら》うことなく屈み込むと、スンッと匂いを嗅いだ。

(この匂い、やっぱり……！)

鋭い嗅覚で嗅ぎ分けた匂いに眉を寄せ、すかさず患部に口をつける。目を瞠ったキリルが、ティタを振り払おうとした。

「……っ、なにを……！」

「あれは毒へビです！」

短く叫んだティタに、三人が目を見開く。ティタは構わず、もう一度患部に口をつけ、吸い出した毒を地面に吐き出した。

「あれが、毒へビ？　そのような色はしていなかったが……」

毒へビというと、もっと見るからに危険そうな色をしているものだという先入観があるのだろう。訝《いぶか》しげにしていたジュストだが、次第にキリルが苦しげに唸り始めたのを見て、顔色を変える。

「まさか、本当なのか!?」

「そんな……、キリル……！」

「……っ、リーガック草を探して下さい！」

呆然としているジュストとアリーシャを振り返り、ティタはそう叫んだ。

「白っぽい葉で、毒消しになります！　さっきまでの道に生えてました！　早く採《と》りに行って！」

解毒治療は、時間との勝負だ。遠慮もなにも捨て、患部から必死に毒を吸い出すティタを見たジュストが、すぐさま踵を返す。

「分かった、すぐ……、……っ」

「っ、これ！」

と、その時、道の向こうから転げるようにして女性が駆けてくる。

厚い毛皮のコートを着たその女性は、先ほどティタが挨拶した人で――。

「使って！」

差し出された白い葉の薬草――、リーガック草に、ティタは一も二もなく飛びついた。

「ありがとう！」

素早く薬草を嚙み砕いて、即席の解毒薬を作る。患部にそれを塗ったティタは、自分の荷物の中から取り出した布をビッと引き裂いて、手早くキリルの足に巻きつけた。

「……今晩は高熱が出るかもしれません。でも、これで大丈夫です」

大方の毒は吸い出したし、すぐにリーガック草で処置もしたから、毒はそう回っていないはずだ。

持っていた水で自分の口をすすいだティタに、女性が笑いかけてきた。

「あなた、薬師ね？　私もなの。騒ぎに気づいて、ちょうど近くにリーガック草があったから……」

女性の家族も遅れてこちらにやってくる。無事よ、と彼らにも微笑む女性に、ティタはお礼を言った。

「助かりました。本当にありがとうございました」

「いいえ、お互い様よ。それにしてもあなた、若いのにあのヘビのこと、よく知っていたわね」

女性はティタのことを人間だと思っているのだろう。ティタは頷いて答えた。

「以前、同じヘビに咬まれた人がいたんです。それで、匂いを……」

毒ヘビの毒の匂いを覚えていたのだと言いかけて、ティタは思い直した。

普通の人は、毒の匂いなんて分からないだろう。

「……いえ、それでよく覚えていたんです。その人は手当てするのが遅くて、足を切り落としたので」

「足を……!?」

ティタの話を聞いたアリーシャが、顔を蒼白《そうはく》にしてキリルを見やる。ティタは慌ててアリーシャをなだめた。

「だ、大丈夫だよ。キリルさんの場合は手当ても早かったし、このまま二、三日安静にしていればなんてことはないから」

「……そう……。あの、助けていただいてありがとうございました。ティタも、ありがとう」

ほっとしたように女性にお礼を言ったアリーシャ

が、ティタにも視線を向けてくる。

「私がいけないの。草むらを歩いていたらあのヘビがいて、びっくりしてしまって……。キリルは私が咬まれないように、庇《かば》ってくれたの」

　ということは、もしかしたらアリーシャがヘビに咬まれていたかもしれないということだ。キリルよりも遙かに体格が小さい彼女が咬まれていたら、毒が回るのももっと速かっただろうから、命の危険もあったかもしれない。

　想像して身を強ばらせたティタだったが、その時、大きな影が差すのに気づく。

　見上げると、ちょうど傍らにジュストが片膝をつくところだった。

「……礼を言う、ティタ。キリルを助けてくれて、ありがとう」

「え……、あ、い、いえ……」

　正面きってお礼を言われるなんて思ってもみなかったし、それにジュストに名前を呼ばれるのもこれが初めてだ。

　なめらかな低い声で紡《つむ》がれた自分の名前に、ティタはどぎまぎしてしまった。

「その……、ジュスト様がヘビをよけてくれたから、僕もすぐに治療ができたんです。……あっ、でも、もしかして方術で治癒した方が早かったですか？」

　ジュストやキリルは方術が得意のはずだ。今からでも方術で治療をした方がいいのではと思ったティタだったが、ジュストは首を横に振って言う。

「いや、方術で治療できるのは怪我だけだ。毒を消すことはできない」

「……そうなんですね」

　キリルがヘビに咬まれているのを見た時には、とにかく早く手当てをしなければということで頭がいっぱいで、方術のことなど思いつきもしなかった。

だが、方術で毒が消せないのなら、自分がすぐに治療に当たったことは、結果的にはよかったということなのだろう。

胸を撫で下ろして、ティタは念のためジュストにも確認する。

「ジュスト様は、咬まれたりしてませんか?」

「ああ、私は大丈夫だ」

頷いたジュストが、続いて女性に向き合う。

(あ……)

ジュストの人間嫌いを思い出し、一瞬心配したティタだったが、それはまったくの杞憂《きゆう》だった。

「……そちらのご婦人も、私の従者が世話になった。この通り、礼を申し上げる」

深く頭を下げたジュストの隣で、アリーシャもありがとうございました、とお辞儀《じぎ》をする。いいえ、と微笑んだ女性は、立ち上がると自分の荷物を探って小さな紙包みをティタに手渡してきた。

「これ、もし熱が出たら使ってあげて。よく効く熱冷ましよ。リーガック草の解毒薬と併用しても問題はないわ」

「助かります……! ありがとうございます!」

「それじゃあ、お互いよい旅を」

にこっと笑った女性が、家族の元へと戻っていく。彼女を待っていた子供がこちらに向かって手を振るのを見て、ティタはバイバイ、と大きく手を振り返した。

ティタの隣に立ったアリーシャが、遠ざかる一行に向かってもう一度深く、頭を下げる。

立ち上がったジュストもまた、その姿が道の向こうに消えるまで彼らを見送り続けていた。

澄んだ湖面のように静かなそのアイスブルーの瞳は、風の冷たさも忘れ去るくらい、美しかった。

「それじゃあ、アリーシャ。あとはお願いしていいかな」

寝台に寝かせたキリルの足の包帯を換え終えたところで、ティタはアリーシャにそう声をかけた。

腕まくりをしたアリーシャが、大きく頷く。

「ええ、もちろん。キリルが寝つくまで、ちゃんと見てるわ」

ヘビに咬まれたキリルをジュストが背負い、次の街に辿り着いた一行は、宿に部屋を取った。そこで改めてキリルの治療をしようとしたティタに、アリーシャが手伝いを申し出たのだ。

『キリルは私を庇ってこんな目に遭ったのだから、私にも手伝わせて』

途中、リーガック草を摘みながら来たティタは、アリーシャにも手伝ってもらい、改めてきちんと解毒薬を作った。処置を終え、熱冷ましも飲ませたから、あとは安静に寝かせておくだけだ。

(ジュスト様ももうすぐ帰ってくるだろうし……)

ジュストは今、キリルになにか精のつくものを買ってくると言って外に出ている。食べやすくて消化がいいものにしてあげて下さいと言っておいたから、きっとなにか見繕ってくるだろう。

頼むね、とアリーシャに言い置いて部屋を出ようとしたティタだが、その時、かすれた声が上がる。

「ティタ……」

「キリル！　駄目よ、まだ起きちゃ……」

呻きつつ身を起こしたキリルを、アリーシャが慌てて寝かせようとする。大丈夫ですから、と心配するアリーシャに微笑みかけたキリルが、ティタを見つめ、複雑そうな声で言った。

「その……、世話をかけて、すまない。……ありがとう」

「いいえ、そんな。それよりも、今はちゃんと寝て下さい」

戻ってキリルを寝台に寝かせ、ティタは改めてアリーシャにあとを頼み、部屋を出た。

「とりあえず明日の朝、また包帯を換えなきゃ」

リーガック草は十分摘んできたから、もう一回分くらいの解毒薬はすぐに作れるだろう。

宿の裏庭にある井戸で使った器具を洗い、ティタは自分の部屋に戻った。

「うう、冷た……」

器具を片付け、かじかむ指先を吐息であたためる。

ティタが取った部屋は三人とは違い、一番安い部屋のため、すきま風がひどい。

(ジュスト様は、今日のお礼にいい部屋をって言ってくれたけど……、一人で広い部屋にいても落ち着かないし、それに僕は同行させてもらってるんだから、宿代は自分でちゃんと払いたいし)

今までもティタは、宿では三人とは別に安い部屋を取っていた。

これは自分なりのけじめなのでと言ったティタに、ジュストも分かったと頷いてくれたけれど、それはそれとして、せめて二番目に安い部屋にすればよかったかもしれない。

(でも、今更部屋を変更してもらうのも悪いし……。とりあえず薬草茶でも飲んでおこう)

ここのところ不安なことだらけであまり眠れていないこともあって、体力が落ちているのを感じる。

背筋にぞくぞくとした寒気を感じて、ティタは荷物の中から茶葉の入った缶を取り出した。体をあたためる作用のあるこの薬草茶は、風邪のひき始めだけでなく、ティタが普段からよく飲んでいるお茶だ。

(お湯は……、下で分けてもらえるかな)

この宿屋は、一階部分が食堂になっていて、二、三階部分が客室になっている。お茶や水がほしければ食堂へと言われていたことを思い出したティタは、部屋を出ようと扉を開け——。

「っ!?」

廊下に一歩踏み出した途端、ぼふっと顔面がなにかやわらかいものに埋まって、思わず息を呑んだ。

(えっ!? えっ、なにこれ! なんなの!?)

目の前が、ふかふかで真っ白なものに埋め尽くされて、息ができない。

一体どういうことなのかとパニックを起こしかけたティタだったが、その時、艶のあるなめらかな低い声が頭上から降ってくる。

「……大丈夫か？」

一歩下がったその巨軀の主を見上げて、ティタは驚いた。

目の前にいたのは、小脇に紙包みを抱えた美しい白銀の斑点模様の被毛のユキヒョウ――、ジュストだったのだ。

「ジュスト様？　どうして……、あっ、もしかしてキリルさんになにかあったんですか!?」

ジュストはどうやら今、自分の部屋の目の前に立っていたらしい。だとすると、自分になにか用事があったということだろう。

もしやキリルの容態が、と危惧《きぐ》したティタだったが、ジュストはゆっくりと首を横に振ってそれを否定した。

「いや、そうではない。キリルには今、アリーシャがトゥッファーハをすり下ろしてやっている」

「そうですか……。トゥッファーハのすり下ろしなら栄養価も高いし、消化にもいいと思います」

ティタの言葉に頷いて、ジュストが言う。

「ああ。……ここに来たのは、そなたに用があったからだ。少し、話ができないだろうか」

そう告げたジュストの声は、いつもより少し硬く、どこか緊張しているように聞こえる。よく見ればその白い耳も、ピンと先まで張りつめ、外側を向いていた。

ジュストが自分相手に緊張しているなんて一体どうしたのだろうと思いつつ、ティタは頷く。

「はい、大丈夫です。あの、それなら一緒にお茶でもいかがですか？　今ちょうど、下でお湯をもらおうと思っていたんです」

「よいのか？　……ありがとう、いただこう」

ほっとしたように肩の力を抜いたジュストが、ティタの先に立って階段を降りていく。やっぱり緊張していたんだ、でも何故、と戸惑いながら、ティタは大きなその背を追った。

夜遅い時間ということもあり、食堂にはもう誰も客が残っていなかった。カウンターで片付けをしていた宿の主人が、二人に気づいてにこにこと声をかけてくる。

「おや、こんばんは。なにか夜食でも作りましょうか？」

「こんばんは。いえ、お茶を飲みたくて……。申し訳ないんですが、お湯をいただけますか？」

「ええ、ええ。それくらいお安いご用ですよ」

そちらへどうぞ、とテーブルを示す主人にお礼を言って、ティタはジュストと共にテーブルに着く。

先に口を開いたのは、ジュストの方だった。

「今日のことだが、改めて礼を言わせてほしい。キリルを救ってくれてありがとう、ティタ」

「いいえ、そんな。僕は薬師として、当たり前のことをしただけですから」

医術に携《たずさ》わる者として、ケガ人や病人が目の前にいたら力を尽くして助けるのはごく当然のことだ。

そう言ったティタに、ジュストが小脇に抱えていた紙包みを差し出してくる。

「これは、せめてもの礼だ。先ほど街で探してきた。よかったら使ってほしい」

「え……」

まさかジュストがそんなものを用意してくれたなんて思ってもみなくて、ティタは戸惑ってしまう。

(どうしよう……。でも、お礼って言ってるし、遠慮するのもかえって失礼かな)

迷っている間にも、ジュストがティタを促す。

「開けてみてくれ。気に入るといいんだが……」

「あ……、はい、ありがとうございます。それじゃあ……」

おずおずと紙包みを開けて、ティタは驚いた。

「これ……」

それは、分厚い毛皮のコートだったのだ。あたたかそうなブーツも一緒に入っている。

ふわふわした毛皮のコートは、袖と裾に美しい刺繍が施されており、真新しくとても手触りがよい、一目で上等なものと分かる品だった。

呆気にとられているティタに、ジュストがまた耳を外側に向けながら言う。

「その……、そなたの好きな色が分からなかったから、髪に合いそうな色を選んでみた。サイズは合っていると思うが、もし合わなかったら、また別のものを……」

「………」

「ティタ？　……気に入らなかったか？」

そっと窺うように聞かれて、ティタはこくりと喉を鳴らし、やっとの思いで声を紡ぎ出した。

「こ……、こんなに高価なもの、いただけません。僕はただ、手当てをしただけです」

いくらお礼といっても、これは過分だ。

そう思ったティタだったが、ジュストはきっぱりと言う。

「私にとってキリルは、大切な腹心だ。その命を救ってくれたそなたには、いくら礼を尽くしてもし足りないほどだ。本来であれば、このような品だけでは到底礼になどならぬ」

「それは……、でも……」

ジュストの考えは分かるが、それでもこんなに高価そうなものを受け取るのは気が引ける。迷うティタに、ジュストは更に告げた。

「それに、これには今までの詫びも含まれているのだ。今までさんざんそなたのことを疑って、悪かった」

「……っ」

この通りだと、ジュストが頭まで下げる。驚きに大きく目を瞠ったティタだったが、そこで主人がテーブルに歩み寄ってきた。

「お待たせしました。お湯が沸きましたよ。こちら、使って下さい」

熱湯を入れたポットとカップをテーブルに置いた主人が、続いて焼き菓子を載せた小皿を運んできてくれる。

「こちらはサービスです。私はもう上がりますが、食器は後でカウンターに下げておいていただければ結構ですので」

「あ……、ありがとうございます」

ぺこりと頭を下げたティタに続いて、ジュストも主人に声をかける。

「主人、遅くにすまなかった。……礼を言う」

「いえいえ。ごゆっくりどうぞ」

にこにこと笑いながら、主人が奥に引っ込む。ジュストと主人のやりとりを見ていたティタは、ますます驚いてしまった。

(ジュスト様が人間にお礼を言うなんて……)

今までの道中、ジュストは人間に必要以上に声をかけることはなかった。それが、あんなふうにお礼を言うなんて、一体どういう心境の変化だろうか。

戸惑いつつ、けれど口に出して聞くことも躊躇われて、ティタはポットに茶葉を入れた。

しかし、ティタの戸惑いは表情に表れていたのだろう。ジュストが苦笑しながら聞いてくる。

「珍しいこともある、と思ったのだろう?」

「えっと、その……、……ちょっとだけ」

躊躇いながらもこくんと小さく頷いたティタに、ジュストが打ち明けてくる。

「正直、人間に対してわだかまりはある。……私の両親は十年前、人間に殺されたのだ。氷の花の毒を、盛られてな」

「……っ、そう、なんですか……」

衝撃的な一言に、ティタは目を見開いた。

(ご両親が、氷の花の毒で……。それで、ジュスト様はあんなに人間のことを毛嫌いしていたし、氷の花を求めている僕を警戒していたんだ……)

なんと言っていいか分からず、黙り込んでしまったティタだったが、ジュストは穏やかな声で続ける。

「どのような事情があるにせよ、人間だからと一括《ひとくく》りにして相手を憎むのは愚かしいことだ。それは私も理屈では分かっていたし、アリーシャからも再三言われていた。……両親は生前、人間と積極的に交流を図っていて、アリーシャもそういった場によく同席していてな」

だからアリーシャは、人間嫌いの兄の考えをなんとか改めさせようとしていたのだ。

優しい口調で妹のことを語ったジュストは、そのアイスブルーの瞳を苦しげに眇め、胸のうちを吐露《とろ》した。

「だが、私はこれまでどうしても感情が制御できなかった。毒を盛った下手人《げしゅにん》は、両親が親しくしていた商人でな。後から調べて分かったことだが、その者が献上してきた菓子に、毒が盛られていたのだ。下手人は毒など盛っていないと主張していたが、その後牢の中で自殺してしまい、結局その動機も、毒の入手経路も明らかにはならなかった」

当時のことを思い出したのか、ジュストが苦々しげに言う。

「……下手人とは、私も顔見知りだった。善良な男だと、そう思っていた。だからこそ、何故両親に毒を盛ったのかと、憤《いきどお》りを覚えずにはいられなかった。そして愚かしいことと知りつつも、どうしても、両親の命を奪った存在として、人間に対する憎しみを打ち消すことができなかった……」

「っ、それは、当たり前だと思います。自分の両親がそんな目に遭えば、誰だって……」

たまらずそう言ったティタに、ジュストが少し表情をやわらげる。

「ありがとう、ティタ。だが、私は父の跡を継いで長になった身だ。いつまでも私怨《しえん》に囚《とら》われていては、道を見誤りかねない」

ジュストはきっと、一族を率いる立場にある者として、ずっと葛藤《かっとう》し続けてきたのだろう。その思いを想像して、ティタは俯いてしまった。

（……つらかった、だろうな）

出会ったばかりの頃、人間が嫌いだと言っていたジュストは、重く悲しげな匂いを発していた。

　普通、嫌悪の感情はもっと攻撃的な匂いがするはずなのにと不思議に思ったけれど、あれは、親交のあった人間に裏切られたことに対する悲しみの匂いだったのだ。

　下手人が自殺してしまったことで、ジュストは憎しみの矛先《ほこさき》を人間という種そのものに向けるしかなくなってしまった。そうしなければ、両親を失った悲しみを、信頼していた人間に裏切られた悲しみを、乗り越えることができなかったのだろう。

　けれど、責任感の強い彼は、族長という自分の立場上、その偏《かたよ》った考えを改めなければならないことも十分に分かっていた。

　ジュストはこの十年間ずっと、自分の立場と人間への憎しみの間で苦しみ続けてきたのだ――……。

　思わず唇を噛んだティタだったが、続くジュストの言葉は意外なものだった。

「しかし、今回のことでそういった感情も多少払拭《ふっしょく》することができた。昼間のあのご婦人と……、そしてティタ、そなたのおかげだ」

「あの人と……、……僕？」

　顔を上げたティタに、ジュストが強く頷く。まっすぐティタを見据え、ジュストは一言一言嚙みしめるように言った。

「ああ。そなたたちがキリルに手当てするのを見ていて、感じたのだ。そなたたちは相手が誰であろうと、怪我や病気で苦しんでいる者には等しく力を尽くして治療に当たるのだろう、となる。そう気づいたら、私は狭量な己が恥ずかしくなった」

「そんな……、あの、でも僕の場合は本当に、咄嗟に体が動いただけですから」

　獣人のキリル相手に、すぐに薬草を差し出してくれたあの女性はともかく、自分はたいしたことはしていない。

　そう思ったティタだったが、ジュストは首を横に振ってそれを否定する。

「それだけではない。私はこれまで、そなたに対してもわだかまりを感じていた。本当にそなたが獣人なのか、どうしても信じられなかった」

「……はい」

獣人の姿になれない獣人なんて、普通は信じられなくて当然だ。ましてやジュストの境遇を考えれば、人間の姿をした自分を信じられないのも仕方がない。

そう思って頷いたティタだったが、ジュストはじっとティタを見つめて問いかけてきた。

「だが、そなたは一族の役に立ちたくて薬師になったと、そう言っていただろう？」

「あ……、は、はい」

自分は獣人としては半端者だが、それでも一族の役に立ちたくて、一人前の男になりたくて、薬師になった——。

そう言ったことを思い出し、頷いたティタに、ジュストが重々しい口調で言う。

「いくら薬師といえど、あのような場面で冷静に処置ができるのは、そなたのこれまでの努力あってのことだ。生まれつき獣人の姿になれないそなたが、どれほどの努力を重ねたのか、自分や亡くなった父と同じ病に苦しみ、獣人姿を失ってしまうかもしれない母をどれだけ心配して故郷を飛び出してきたのか……。そう考えたら、これまでそなたの言葉に耳を傾けることもせず、闇雲に疑うばかりだった己を恥じずにはいられなかった」

きっぱりと己の非を認めるジュストに、ティタは驚いてしまった。

ジュストがまっすぐで真面目なことは、出会ってすぐにその言動の端々から感じていた。けれど、こんなにもきちんと向き合ってくれるなんて思ってもみなかった。

目を瞠ったままのティタに、ジュストが再度静かに告げる。

「……人間に対してのわだかまりは、正直まだある。しかし、人間だからと一括りにすることはもう二度とせぬ。そう思えるようになったのは、あの女性とそなたのおかげだ」

「ジュスト様……」

「私の曇った目を開かせ、キリルを救ってくれたのはティタ、そなただ。心から、礼を言う」

深々と、ジュストがもう一度頭を下げる。

「そなたは立派な獣人で、薬師だ。これまでの私の過《あやま》ちを、どうか許してほしい」

「い……っ、いえ、許すなんて、そんな……」

真摯《しんし》に謝られて、ティタは慌ててしまった。

「アリーシャも一緒ですし、お兄さんのジュスト様があやしい者を警戒するのは普通のことで……。だから、許すとかそんな……、そんな、ことは……」

ジュストの境遇を抜きに考えても、初対面の自分のことをそう簡単に信じられないのは当たり前のことだ。だから許すもなにもないと、そう言いたいのに、咄嗟にうまく言葉が出てこない。

(だって……、だって、ジュスト様が、僕のことを認めてくれた……)

立派な獣人で、薬師だ、と。

そう言ってくれたことが、嬉しくてたまらない。

今まで自分が頑張ってきたことは決して無駄ではなかった、こんな自分でもそう言ってもらえるのだと、そう思ったらもう、胸がいっぱいで――。

言葉が続かず、ぎゅっと拳を握りしめたティタをじっと見つめていたジュストが、ふっと表情をやわらげる。

「……ありがとう。ティタは、優しいのだな」

「……っ」

ジュストが目を細めた途端、彼からふわりと花のような香りが漂ってきた気がして、ティタは大きく目を見開いた。

この香りは一体、なんだろう。ごくかすかだけれど、それでもこんなにいい香りは初めて嗅ぐ。

まるで夜露《よつゆ》を纏《まと》った朝摘みの野花のように、涼やかで青く、ほのかに甘い匂い。

それに、あのジュストがこんなに優しい顔をするなんて――……。

戸惑いのあまり、固まってしまったティタをよそに、ジュストが続ける。

「氷の花のことも、もう心配はいらぬ。城に着いたら、必ずそなたに授《さず》けよう」

「っ、本当ですか⁉」

ジュストのその言葉を聞いた途端、ティタは弾かれたように立ち上がり、身を乗り出していた。

「本当に……、本当に、氷の花を……⁉」

聞き間違いではないのか、本当に氷の花を譲ってもらえるのかと目を瞠るティタに、ジュストが大きく頷く。

「ああ。一族の掟もあって、その場で薬にするのを確認しなければならないが、ユキヒョウ族の長として、そなたに氷の花を授けると誓おう。そなたの母を助けるため、氷の花を使ってくれ、ティタ」

深くなめらかな声で紡がれたその言葉を、ティタは無言のまま胸の内で噛みしめた。

（氷の花を、譲ってもらえる……。これで……、これできっと、母さんを救える……）

脳裏に、別れ際の母の姿が思い浮かぶ。

何度も、何度ももう駄目かと思った。

川で溺《おぼ》れかけ、食料も底をつき、獣に襲われかけ、市場でもなんの手がかりも見つけられなくて、自分は母を助けることはできないのではないか、もう故郷に帰って母のそばにいた方がいいのではないかと、何度も諦めかけた。

母の容態を思うと心配で、夜も眠れなくて。

でも、自分は氷の花を母に届けることができるのだ。

母を救うことが、できるのだ――……。

「……ティタ」

そっと声をかけられて、ティタは我に返った。

つうっと頬に涙が伝う感触に、慌てて瞬きをする。

「あ……、ご、ごめんなさい。これで母さんを救えると思ったら、勝手に……」

人前で泣くなんて、父が亡くなった時以来だ。

恥ずかしくなり、袖口で拭おうとしたティタだったが、その手首は大きな獣人の手に摑まれる。

黒く鋭い爪の生えた手で優しくティタの手を押しとどめたのは、ジュストだった。

「……泣くな」

「え……」

立ち上がったジュストが、ティタの方に回り、するりと腰に手を回してくる。戸惑ってジュストを見上げたティタに、ジュストが低く呟いた。

「そなたに涙は似合わない」

「ジュストさ……」

静かなアイスブルーの瞳が近づいてきた、と思った次の瞬間、頰にざらりとした感触が触れてくる。太くて熱い、濡れたそれは、ジュストの舌で――。

「……っ、……っ!?」

驚きのあまり、涙どころか息もとまってしまったティタのそばかすを優しく舐めたジュストが、よし、と呟く。

「涙はとまったな?」

「え……? あ……、は、はい……」

ジュストに手を引かれて促され、イスにすとんと座ったティタは、とりあえず頷き返しながらも混乱に頭をぐるぐるさせていた。

(今……、今僕は、なにを……)

今自分は一体、なにをされたのだろう。

というか、ジュストは一体なにをしたのだろう。

いや、涙を舐めてくれたのだということは分かる。分かるけれど、一体どうしてそんなことをしたのだろうか。

(……いや、ジュスト様はきっと、アリーシャによくこういうことをしてるんだ。だから、それと同じ感覚で泣きやませようとしただけだ、多分)

自分だって、子供の頃はよく両親に涙を舐めてなぐさめてもらった。

さっきのはきっとそれと同じことだ、と無理矢理自分を納得させ、ティタはジュストに向き直った。

「あ……、あの、氷の花のこと、ありがとうございます。それからこのコートも。すごく、すごく嬉しいです。大事に使わせていただきます」

ぺこりと頭を下げると、ジュストがああ、と目を細める。途端に、またあの花のようないい香りがふわんと香ってきて、ティタは内心首を傾げた。

(本当になんなんだろう、この香り。薬草茶の中に、こんな香りのお花入れてたっけ……?)

ポットに手を伸ばし、蓋《ふた》を開けてみる。ふわっと広がった薬草茶の香りは、心が落ち着くようないい香りだったけれど、やはり花の香りはしない。

うーん、と眉を寄せたティタだったが、その時、鼻をひくひくとうごめかせたジュストが呟いた。

「……よい香りだな。これは、そなたの一族の茶なのか?」

「あっ、はい。一族のというか、僕が作ったものです。僕、自分で薬草を育てていて……」

蓋を元に戻して、ティタはカップにお茶を注いだ。湯気と共に、清涼な香りが辺りに広がる。

どうぞ、と前に出された薬草茶をじっと見て、ジュストが感心したように聞いてきた。

「薬草を自分で? それはたいしたものだな。薬を作るためとはいえ、大変ではないか?」

「大変ですけど、自分で育てた方が安定して薬を作れるし、それに新鮮で質の良い薬草の方が、効果の高い薬を作れるんです。僕、獣人姿にはなれないけど、嗅覚は一族の誰よりも敏感みたいで、そういうのが気になっちゃって」

熱いお茶をすすりながらそう言ったティタに、ジュストが思い出したように唸る。

「ああ、それでキリルがあの毒ヘビに咬まれた時、匂いを嗅いでいたのか。しかし、毒の匂いまで分かるような嗅覚ともなると、普段の生活でも苦労は多かろう」

鋭すぎる嗅覚のために支障も出るのでは、と心配してくれるジュストに、ティタは笑みを浮かべて答えた。

「強い匂いを嗅ぐとちょっと気分が悪くなったりもしますけど、大体は意識しなければ大丈夫です。どうしても鼻が敏感な時は、洗濯バサミで挟んじゃいますし」

「それは……、痛そうだな」

想像したのだろう。鼻の頭に皺を寄せてしかめ面をしたジュストにくすくす笑って、ティタはそっとお茶を勧めた。

「ジュスト様……、冷めないうちにお茶、どうぞ」

先ほどからジュストはお茶に手をつけていない。このお茶にはリラックス効果のある薬草も使っているし、寝る前に飲めば気持ちが落ち着くと思うからと、再度勧めたティタだったが、ジュストはますます難しい顔つきになった。

「あの……？」

どうしたんだろう、お茶が気に入らなかったのだろうか、でもさっきはいい匂いだと言っていたし、と戸惑ったティタだったが、そこでジュストが低い声で呟く。

「……冷めるのを、待っているのだ」

「え？」

首を傾げたティタに、ジュストは憮然として言った。

「私は猫舌だ」

「…………」

たっぷり数秒間黙った後、ティタは思わず吹き出してしまった。

「ね……っ、猫舌って……っ」

慌てて横を向くけれど、とても堪えきれない。

（こんなにカッコよくて、ものすごく高貴な雰囲気なのに、猫舌？）

ついにはおなかを押さえ、苦しいと悶《もだ》えながら笑い出したティタに、ジュストがますます憮然とした顔つきになる。

「そこまで笑うことはなかろう。大体、そなたの一族もサーベルタイガーならば、熱いものは苦手なのではないのか？」

「それはそうですけど……っ、でも、これくらいのお茶が飲めないほどでは……」

確かに、カップに注いだ時には熱かったけれど、もうあらかた熱は取れているはずだ。これが飲めないというのは、相当な猫舌だろう。

くっくっと笑みを押し殺しながら、涙の滲む目元を指先で拭ったティタだったが、ジュストはムッとしたように言う。

「私とて、こちらの姿なら……」

ふうっと大きく息をついた途端、ジュストの姿が変化し始める。

笑っていたティタは、は……、と口を開けたまま固まってしまった。

まるで朝露を纏った花が、風でその花びらを散らすように、真っ白で美しい被毛がなめらかな肌へと変わっていく。

スッと高い鼻梁《びりょう》と薄い唇、彫りが深いその顔は整っていて、力強く、気高い。ゆるやかな癖がある髪も、閉じられた瞳を縁取る長い睫も、月光に輝く雪のような銀色をしていた。

（う……、わ……）

思わずたじろいだティタの前で、男がスウッと目を開ける。

銀色の睫の間から覗くアイスブルーの瞳が、ランプの光に揺れる。

それはまるで、星の瞬く深い闇夜に浮かぶ、青白いオーロラのようで——。

「……こちらの姿なら、この程度の熱さはなんともない」

形のいい唇から零《こぼ》れる艶やかな低い声は、確かにジュストその人のものだった。

くい、とカップを傾け、お茶を口に含んだジュストが、驚いたようにその美しい瞳を瞠る。

「これは……、……美味いな」

「…………」

「薬草茶と言っていたが、なにを入れているんだ？　とても香りがいいが……、……ティタ？」

「え……、あ……」

名前を呼ばれて、ティタはようやく我に返る。

「どうした？　どこか、具合でも？」

怪訝《けげん》そうに聞かれて、ティタはつい、本音をほろりと口に出していた。

「いえ、あの……。あんまりにも、ジュスト様が綺麗で……」

「…………」

ティタの言葉に、ジュストはしばらく無言だった。

やがて、ふいっと横を向き、ぼそりと呟く。

「……からかうな」

「えっ、からかってないです！　本当に綺麗だと思って……！」

慌てて否定するティタだが、ジュストは複雑そうな顔つきでお茶をすすりながら言う。

「この姿を褒められてもな。そなたには悪いが、やはり私にとってこちらは仮の姿なのだ。もっとも、そなたにとって同族以外の獣人は、違和感を感じるものなのかもしれないが……」

「そんなことないです！　僕、最初に会った時から、なんて美しいんだろう、こんなに綺麗な獣人見たことないって、そう思ってて……！」

いつの間にか、ティタはイスから立ち上がって身を乗り出し、拳を握りしめて力説していた。

「今だって、獣人姿があんなに綺麗だから、人間姿になっても綺麗なんだなって、そう思ってたところです！　人間の姿も素敵《すてき》ですけど、ジュスト様は獣人の姿が一番カッコいいと思います！」

鼻息荒くまくし立てるティタを、ジュストがじっと見つめてくる。

やわらかく細められた青い瞳に気づいた途端、テ

ィタは息がとまってしまった。

「……そうか」

優しく笑ったジュストが、ふ……っと息を吐き、その姿を獣人のものに戻す。

まるで雪の花が咲くように、その肌は一瞬でふわりとなめらかな被毛に覆われ、ティタの目の前には美しく気高い、白銀のユキヒョウが現れた。

「そなたにそうして褒められるのは、悪い気はしないな」

「……っ」

ふわあっと、一際強くあの花のような香りが香って、ティタは耳まで真っ赤になってしまった。

どうしてかは分からないが、どうやらジュストがやわらかな表情を浮かべると、この香りが漂ってくるらしい。

無性に胸がドキドキして、頬まで熱くなってしまうのは、青くて甘い、この香りのせいだろうか。

それとも、ジュストの微笑みがあまりにも綺麗だからだろうか――……。

「……っ、お、お菓子！　お菓子、いただきましょう！　せっかくですから！」

何故だか焦るような気持ちが込み上げてきて、ティタはお茶のお代わりを二人のカップに注いだ。

ほかほかと湯気の立つお茶を前にしたジュストが、べっしべっしと尻尾を床に打ちつけながら恨めしそうに言う。

「……熱そうだな」

「待ってればすぐ冷めますよ」

苦笑しつつ、ティタはカップに顔を近づけた。湯気と共に立ち上る薬草茶の香りを、胸いっぱいに吸い込む。

（……いつもの香りだ）

清涼感のある、落ち着く香りにほっとする。

けれど、その香りにはあの甘い残り香が、ほんのりと混じっている気がして――。

泡雪のように儚《はかな》いのに、いつまでも漂い続けるその香りに、ティタはどぎまぎと視線を泳がせた。

結局この夜、ティタの赤くなった耳の先は、なかなか元には戻らなかった。

5

――暗闇に、ぼうっと母の姿が浮かび上がる。

けれどそれは見慣れた獣人姿ではなく、人間の姿だった。

『母さん……』

ティタの呼びかけに振り返った母が、少し悲しそうに微笑む。

『仕方がないわ、ティタ。……間に合わなかったんですもの』

『間に合わなかったって……』

衝撃的な一言に息を呑んだティタだったが、その時、母の背後でガラガラと崖が崩れ落ちているのに気づく。

転がり落ちてきた大きな岩が、今にも押し潰しそうに母へと迫ってきていて――。

「……っ、母さん！」

叫びと共に、ティタは跳ね起きた。

瞠った目に映るのは簡素な板張りの壁だけで、母の姿はない。

「あ……」

うっすらと朝陽の差し込む部屋の中、ティタは寝台の上で大きく息をつき、膝を抱え込んだ。

(また、この夢……)

びっしょりと汗をかいた首筋を、吹き込む寒風が冷たく撫でていく。ドッドッとまだ荒い鼓動にぎゅっと目を瞑って、ティタは唇をきつく引き結んだ。

この悪夢を見るのは、もう何度目だろうか。

ティタが間に合わず、人間姿になってしまった母が、父と同じ事故に遭う夢。

(大丈夫……、大丈夫だ。母さんはきっと無事で、僕の帰りを待ってくれてる……)

目を閉じたまま自分にそう言い聞かせて、ティタは寝台から降りようとした。しかし。

「……っ」

床に足を下ろした途端、強い目眩《めまい》に襲われてしまう。全身を襲う重い倦怠感《けんたいかん》に気づいて、ティタは眉を寄せた。

(……風邪、かな)

昨夜はジュストと一緒に薬草茶を飲んだ後、できる限り重ね着して寝たけれど、それでも体調を崩してしまったらしい。自分の額に手を当てたティタは、熱っぽさにため息をついた。

(こんなところで休むわけにいかないのに……)

せっかくジュストが氷の花を融通すると約束してくれたのに、これくらいの風邪で休んでなどいられない。キリルの足の具合次第ではあるけれど、できる限り早く旅を再開させて、ユキヒョウ一族の里に向かわなければ、さっきの夢が現実になってしまいかねない。

ティタは昨日旅の女性からキリルにともらった熱冷ましを取り出すと、残りの数を数えた。キリルの分をよけ、残りのうちの一つを飲む。

(……これできっと、大丈夫)

本当なら、熱が下がるまでゆっくり体を休めて回復に努めるべきだということは分かっている。けれど、今はそんな悠長なことを言ってはいられない。

ティタは手早く着替えると、荷物から乳鉢《にゅうばち》を取り出し、昨日摘んでおいたリーガック草で解毒薬を作った。階下で朝食を済ませて部屋に戻り、解毒薬と換えの包帯を手にジュストたちの部屋へと向かう。

「おはようございます、ティタです」

ノックして声をかけると、中からアリーシャが出てくる。

「おはよう、ティタ」

「おはよう。キリルさんの包帯を換えに来たんだけど、もう起きてる？」

「ええ、起きてるわ。でも……」

言葉を濁したアリーシャが、困ったようにチラリと部屋の中を窺う。キリルを心配しているのともまた少し違うようなその表情に、ティタは首を傾げて聞いてみた。

「……どうしたの？」

「どうもこうもない。……入ってくれ、ティタ」

ティタの声に応《こた》えたのは、アリーシャではなくジュストだった。中から聞こえてきた、苛立ちを滲ませたその声に、ティタは戸惑いつつ部屋に足を踏み入れる。

——するとそこには、ベッドに腰かけたキリルの前に、仁王立ちになっているジュストがいた。

「あの……、どうかしたんですか？」

ただならぬ雰囲気に驚いて聞いたティタに、ジュストがため息交じりに告げる。

「今朝起きたら、キリルが歩き回っていたのだ。驚いて、傷の具合を見せろと言っても頑《がん》として見せようとしなくてな」

「……治ったのですから、もういいでしょう。歩行も十分可能ですので、手当ては不要です」

頑なな声で言い張るキリルに、ジュストが鼻に皺を寄せる。

「さっきからずっとあの調子なの」

困りきったように小声でそっと言ったアリーシャに分かったと頷いて、ティタは二人に歩み寄った。

「キリルさん。手当てが要《い》らないかどうか、とりあえず僕に診せてもらえませんか」

いくらキリルが獣人とはいえ、毒ヘビに咬まれたのだ。昨日の今日ですっかり治るはずはない。

「毒がちゃんと抜けたかどうか、僕なら匂いで分かります。僕は普通の獣人よりも鼻がいいんです」

「……それは、ジュスト様から聞いている。だが、自分のことなら自分で分かる」

憮然とした表情で言ったキリルは、どうあっても傷を見せる気はないらしい。困ってしまったティタだったが、そこでアリーシャがスッとキリルの足元にしゃがみ込んだ。

「キリル……。お願いよ。万が一まだ毒が残っていて、キリルになにかあったら、私……」

「アリーシャ、様……」

潤んだ瞳で見上げたアリーシャに、キリルが一瞬怯む。その隙を、アリーシャは逃がさなかった。

「だから、大人しくティタに傷を診せなさい！」

「っ、アリーシャ様、なにを……っ」

一喝《いっかつ》したアリーシャが、がしっとキリルの足を抱え込み、強行手段に出る。

慌てて制止しようとするキリルだが、相手がアリーシャとあって、ろくな抵抗もできないらしい。

キリルの足を強引に抱え込み、裾をぐいぐいとまくるアリーシャに、ティタとジュストは呆気に取られてしまった。

「まったく、どうしてそんなに嫌がるの！　そんなに治療が怖いの!?」

「いえ、そうではなく……っ、アリーシャ様！」

情けない声を上げたキリルの臑《すね》から、アリーシャが包帯を取った途端、ティタは驚いて息を呑んだ。

「え……、どうして……」

現れた患部は、まだ腫《は》れは残っているものの、傷口がすっかり塞がっていたのだ。いくら獣人は人間よりも怪我の回復が早いとはいえ、一晩で傷が治るなんてあり得ない。

もしかしてジュストかアリーシャが方術を使ったのだろうかと思ったティタだったが、隣に立ったジュストはぐぐっと眉間を寄せ、低く呻いた。

「キリル……。そなた、自分で治癒の方術を使ったな？」

「……っ」

責める口調のジュストに、キリルが俯いて口をつぐむ。何故ジュストがキリルを責めるのかと当惑したティタに、アリーシャが小声で教えてくれた。

「治癒の方術は、自分で自分にかけることもできるけれど、他の人の治癒をするよりもずっと力を使ってしまうの。例えるなら、自分自身を食べるようなものなのよ。その場しのぎにはなっても、寿命は縮んでしまうわ」

「え……」

キリルはそんな危険なことをしたのかと驚いてしまったティタをよそに、アリーシャが怒ったような視線をキリルに向ける。

「どうしてこんなことをしたの、キリル。きちんと毒が抜けきったかティタに診てもらってから、お兄様か私が治癒の方術を使うからと言っておいたはずでしょう？」

「……これ以上、私のことでお二人にご迷惑をかけるわけには参りません」

二人の視線を受け、気まずそうにしながらも、キリルが頑なな声できっぱりと言う。

「従者である私が、いつまでもアリーシャ様のお手をわずらわせるなど、あってはならないこと。ましてやジュスト様に力を使わせるなど……」

「そなたは阿呆《あほう》か」

ため息交じりにキリルを遮ったのは、ジュストだった。

「私がそなたの助けを必要としているのは、今日明日を乗り越えるためではない。一年後、十年後、百年後も一族の礎《いしずえ》であり続けるために、私にはそなたの力が必要なのだ」

「ジュスト様……」

呻くキリルを、ジュストが叱咤する。

「過ぎたことは仕方がない。だが、二度とこのような勝手な真似は許さぬ。……よいな」

「……は。申し訳ありませんでした」

かしこまるキリルを見つめるジュストの視線は、厳しくもあたたかい。垣間見《かいまみ》えた二人の信頼関係に、ティタはほわっと胸が熱くなるのを感じつつも、一通りキリルの傷口をあらため、忠告した。

「キリルさん。今回は幸い毒も抜けきっているようですが、ご自分の判断で傷口を方術で塞ぐのはやっぱり危険だと思います。今後こういったことがあっても、同じことはしないで下さい」

昨日手当てした時は、一応礼を言ってくれたキリルだが、その時も複雑そうだった。最終的には自分で治してしまったということだし、今更ティタの言うことなど、聞いてくれないかもしれない。

それでも一言言わずにはいられなかったティタだったが、キリルの反応は思いがけないものだった。

「ああ、肝《きも》に銘《めい》じておく。……すまなかった」

「！」

素直に謝るキリルがあまりにも意外で、思わず目を丸くしてしまったティタの横で、アリーシャが苦笑を浮かべて言う。

「……ユキヒョウの一族は、とても疑り深いの。でもそれは、厳しい環境で仲間を守るため。本当はなによりも礼節を重んじる、情の深い種族なのよ。それに、自分に非があったらそれを認めるのは当然のことでしょ？」

アリーシャの言葉にはい、と頷いて、キリルがティタに重ねて謝ってくる。

「これまでのことも、どうか許してほしい。疑って悪かった」

「い……、いいえ、そんな。あの、頭を上げて下さい、キリルさん」

深々と頭を下げるキリルに、ティタは動揺してしまう。昨夜のジュストも同じように真摯に謝ってくれたが、こんなに立派な獣人である二人に頭を下げられるなんて、どうしていいか分からない。

あわあわと慌てたティタだったが、キリルは顔を上げると微笑みかけてくる。

「ともかく、これで今日も旅を続けられる。改めてよろしく頼む、ティタ」

「キリルさん……」

その一言で、ティタは察してしまった。

ジュストやアリーシャに迷惑をかけられないからと自分で方術を使ったキリルだが、彼はおそらくそれと同時に、先を急ぐティタのことも考えてくれたのだろう。

一日も早くティタが氷の花を手にできるようにとそう慮《おもんぱか》って、キリルは自分で治癒の方術を使ったに違いない。

そう気づいたらなんだか胸がいっぱいになってしまって、ティタはじっとキリルを見つめて告げた。

「……ありがとうございます、キリルさん。こちらこそ、よろしくお願いします」

ぺこりと頭を下げるティタの手を取ったアリーシャが、出発しましょう、と笑いかけてくる。

頷くティタの紅潮した頬を、ジュストがそのアイスブルーの瞳でじっと静かに見つめていた——。


ティタがキリルと和解したその日、街道を行くジュストが足をとめたのは、いつもよりも少し早い、まだ陽の高いうちのことだった。

「……今日はこの街に泊まる」

通り過ぎる予定だった街に着いた途端、そう宣言したジュストに、ティタは戸惑いつつ言う。

「え……、でも、今日の予定ではもう一つ先の街まで行くはずで……」

ここから隣街までは少し離れているが、夕方までには着けるだろうし、今のところキリルの足の怪我も悪化した様子はない。

「ジュスト様、私のことでしたらお気遣いいただかなくとも大丈夫です」

キリルもそう言って先を促そうとするものの、ジュストは鼻の頭に皺を寄せると、低く唸る。

「……お前ではない」

言うなり、宿屋の看板が下がっている建物へとまっすぐ向かってしまうジュストの後を、残された三人は慌てて追った。

「二人部屋を一部屋と、一人部屋を二部屋。すべて一番よい部屋を頼む。一泊だ」

「二人部屋？　あっ、あの、一人部屋の一つは、一番安いので……」

宿屋のカウンターで部屋を取ろうとしているジュストの後ろから顔を出し、ティタはどうにかそう付け加えた。

ジュストがどうしてこの街に泊まることにしたのか、今まで彼らはいつも三人部屋に泊まっていたのに、どうして部屋を分けようとしているのかは分からない。だが、人数から考えても、二部屋取ろうとしている一人部屋のうちの一つはティタのものということだろう。

だとしたら自分は安い部屋で十分だ。

しかし。

「そなたは黙っていろ。主人、一番よい部屋だ」

断固とした口調で押し通したジュストが、宿屋の主に支払いを済ませて鍵を受け取り、後ろで控えていたキリルに鍵を二つ渡して言う。

「そなたらの部屋だ。荷物を置いたら、市場で熱冷ましとトゥッファーハを買ってきてくれ」

「熱冷まし、ですか？　分かりましたが……」

面食らったように頷くキリルに、頼んだと言い残したジュストが、さっさと階段を上がって部屋に向かってしまう。呆気にとられているキリルとアリーシャをその場に残し、ティタは慌ててその背に追いすがった。

「ジュスト様!? あの、どういうことですか？」

キリルに鍵を二つ渡したということは、二部屋とった一人部屋はキリルとアリーシャで使うように、ということなのだろう。だが、そうなると残りの二人部屋をジュストとティタで使うことになる。

「二人部屋って……、それに僕、そんなに路銀はなくて……」

「知っている。そなたは払わずともよい」

「そういうわけには、……っ！」

廊下の途中で、ジュストが急に足をとめる。小走りに追いかけていたティタは、勢い余ってジュストにぶつかりそうになり、慌てて足をとめたが、その腰に逞しい腕がするりと絡みついてきた。

アイスブルーの瞳を眇めたジュストが、咎めるように唸る。

「バタバタ走るな。……熱が上がるだろう」

「え……」

目を瞠ったティタだったが、ジュストは身を屈めると片腕でティタをひょいと抱き上げる。

「わっ、え……っ、えっ!?」

「騒ぐな。落としたりはせぬ」

なにが起きているのか、状況がよく飲み込めないまま、普段よりもずっと高い視界にパニックに陥《おちい》ってしまったティタにそう囁いたジュストが、悠然とした足取りで廊下を進む。

力強い腕に腰かけるように抱えられたティタは、なにがなんだか分からず呆然としつつ、ぎゅっとジュストの肩に掴まった。

(な、なに？ なんで僕、抱っこされてるの？ どういうこと？)

目を白黒させているティタには構わず、ジュストは部屋へと辿り着くと、持っていた鍵で扉を開け、二つ並んだベッドにまっすぐ突進した。敷布の上にティタをそっと降ろし、大きな手でブーツを脱がせ、続いてコートも脱がせてくる。

「あの……、ジュスト様、一体どうして……」

肩に斜めにかけていた荷物を取り上げられたところで、ティタは混乱しつつもどうにかジュストを見上げ、そう聞いた。

ふうとため息をついたジュストが、呆れたようにティタを見下ろし、指摘してくる。

「ティタ。そなた、風邪をひいているだろう」

「え……、……っ」

目を見開いたティタの赤い頬を指先でさらりと撫で、ジュストが鼻先を近づけてくる。ふんふんと確かめるように匂いを嗅いだ後、ジュストはその黒い鼻先をティタの額に押し当ててきた。

冷たい鼻先の感触に驚いて身を竦めたティタだったが、ジュストは顔を離すなり不機嫌そうに唸る。

「朝から、もしやとは思っていたのだ。……やはり、熱が上がっているようだな」

「っ、もしかして、それでこの街に……？」

この街に泊まると宣言した時、ジュストはキリルに『お前ではない』と言っていた。あれはつまり、キリルの怪我の具合を心配してではなく、ティタが熱を出していたことに気づいていて、早めに休むことにしたという意味だったのだ。

「あの……っ、僕なら大丈夫です。朝ちゃんと熱冷ましも飲みましたし、まだ歩けます。部屋も、こんなにいい部屋、僕には勿体《もったい》ないですから……」

そういうことならば、わざわざこの街に滞在する必要はない。

確かに朝よりも少し熱っぽさは感じるが、これくらいの体調不良で休んでなどいられない。自分なら大丈夫だからと言ったティタだったが、ジュストはますます不機嫌そうに瞳を眇めると、その太い尻尾をべしんとベッドに打ちつけた。

「うるさい、黙れ。そなたも阿呆か。つべこべ言わず、もう寝ろ」

力強い腕がティタを無理矢理寝台の上に横たわらせ、布団をかけてくる。わ、と驚いて身を起こそうとしたティタだったが、アイスブルーの鋭い視線に思わず首を竦めてしまった。

「……目先のことに囚われてどうする」

厳しい声が、ティタを叱咤する。

「今日無理をすれば、そなた、明日は起き上がれぬぞ。それでもよいのか」

「それ、は……」

確かに、今日はなんとかなっても、明日には悪化してしまう可能性は否めない。そして、そうなってから後悔しても、遅い。

視線を伏せたティタは、反論できずに黙り込んだ。ジュストが瞳の色を少しやわらげて言う。

「そなたの焦る気持ちは分かる。だからこそ私も、せめてこの街まではと様子を見守っていたのだ。だが、これ以上無理をすればそなたは倒れてしまいかねない。そうなっては、元も子もあるまい」

「……はい」

「部屋のこともそうだ。安い部屋では十分に休めぬ。体を休めねば、治るものも治らんだろう」

ジュストの言うことはもっともで、ティタは頷くほかない。しおしおと布団の中で縮こまったティタに、ジュストが重ねて言う。

「心配せずとも、そなたから宿代を受け取る気はない。キリルが世話になった礼をしたいと、再三言っているだろう」

「でも……」

お礼というならもうコートももらったし、さすがに宿代まで面倒を見てもらうわけにはいかないと訴えようとしたティタだったが、その時、部屋の扉を控えめにノックする音がする。

顔を覗かせたのは、アリーシャだった。

「お兄様、熱冷ましとトゥッファーハです。宿の方が譲って下さって……」

ベッドに寝かされたティタを見たアリーシャが、心配そうに眉を寄せる。

「ティタ、具合が悪かったの？　ごめんなさい、私気づかなくて……」

「ジュスト様、看病でしたら私が……」

アリーシャの後ろから、キリルの声も聞こえてくる。しかしジュストは薬と果実を受け取ると、さっさと部屋の扉を閉めてしまった。

「ティタのことは私が面倒を見る。そなたらも今日は早く休め」

よいな、と言ったジュストがこちらに戻ってくるのを見て、ティタはようやくこの部屋割りの意図を理解した。

（そうか……、ジュスト様、僕の看病をするつもりで……）

まだ足の怪我が全快したとは言えないキリルに病人の面倒を見させるわけにはいかないし、アリーシャに風邪がうつってもいけないと思ったのだろう。

（でも、僕と一緒にいたらジュスト様にだって風邪がうつるかもしれないのに……）

ティタの上半身を起こさせ、背にクッションをあてがったジュストが、ベッドの隣にイスを引き寄せて座り込む。小さなナイフでトゥッファーハの皮をするする剝き始めたジュストに、ティタはおずおずと申し出た。

「あの、ジュスト様、お気遣いありがとうございます。でも、それなら僕、一人部屋に移ります」

ジュストの言う通り、今日はもうこのまま休むべきだろう。だが、宿代のことはとりあえず後回しにするとしても、このままジュストに面倒を見てもらうのは心苦しすぎる。

「ジュスト様に風邪がうつったら大変ですし、一人で寝ていれば治ると……、……っ!?」

しかし、言葉の途中で口になにかを押し込まれる。甘い果汁の滴《したた》るそれは、食べやすく切られたトゥッファーハの一切れだった。

「そなたはとことん阿呆だな」

ティタの口にトゥッファーハを咥《くわ》えさせたジュストが、呆れたように問いかけてくる。

「自分に置き換えて考えてみよ。そなたが逆の立場なら、病人を一人で放っておくか？　いくら宿とはいえ、見知らぬ土地で一人、薬を飲んで寝ていろと突き放すのか？」

「い、いいふぇ」

トゥッファーハを咥えたまま、ふるふると首を横に振ったティタに、そうであろうと頷いて、ジュストは残りを切り分けながら言った。

「分かったのなら、これを食べて薬を飲んで、今日はもう寝ろ。今日の遅れを、明日取り戻したいと思うのならばな」

素っ気なくそう言い、綺麗な瞳を伏せてもう一つトゥッファーハを剝き始めたジュストを、ティタはじっと見つめた。

（ジュスト様って……、言葉は厳しいけど、でも、……優しい）

言葉を後回しにしがちなジュストには驚かされることも多いけれど、その行動は彼の思いやりから来るものばかりだ。それに、言い方は厳しいけれど、どれも正論で優しさに満ちている。

いったん懐に入れた者に対するその厳しさと優しさは、彼がユキヒョウ一族の族長たる所以《ゆえん》のように、ティタには感じられた。

（僕は氷の花を譲ってもらう立場なんだし、ユキヒョウの一族でもないんだから、あまり甘えちゃいけないと思うけど……）

でも、こうして思いやってもらえるのは、……一緒にいてもらえるのは、嬉しい。

（今日は……、今日だけは、甘えさせてもらおう）

「……いただきます」

ティタは呟くと、剝いてもらった果実を咀嚼《そしゃく》した。しゃくしゃくと口の中に広がる甘酸っぱさに、ほっと肩から力が抜けていく。

しかし、一切れ、二切れと食べているうちに、ぞくぞくとした寒気も襲ってくる。どうやらジュストの指摘通り、歩いている間に熱が上がってしまっていたらしい。

「寒いのか？」

ぶるりと身を震わせたティタに気づいたジュストが、先の丸い耳を伏せて聞いてくる。

「えっと……、……はい、少し」

正直に答えたティタに、ジュストはぐっと表情を強ばらせた。

「トゥッファーハは、もうよいのか？　ならば、薬を飲んでもう寝ろ」

手早く薬を飲まされ、再びベッドに寝かしつけられる。やわらかな毛布と布団をかけられたティタは、それでも込み上げてくる不快な寒気に肩を震わせた。

朝飲んだ薬が切れてしまったのか、どんどん頭が熱でぼうっとしてくる。

体がだるくて、背中にぞくぞくと悪寒が走って、目の前がなんだか、くらくらして――。

は……、と苦しげに息を乱したティタを見て、ジュストが唸った。

「これでも寒いのか……。……ならば」

「……？」

イスから立ち上がったジュストをぼんやりと見上げたティタに構わず、ジュストが手早く自分の上着を脱ぎ、イスの背にかける。豊かな被毛に覆われた上半身を露わにしたジュストは、ティタの布団の中に躊躇うことなくするりと潜《もぐ》り込んできた。

ギシッとベッドを軋《きし》ませ、体を横たえたジュストに前からぎゅっと抱きしめられ、ティタは驚いて目を見開き、固まってしまう。

「あ……、あの……？」

逞しい胸元を覆うふわふわの被毛に顔が埋まって、これ以上ないほどの混乱に襲われる。

一体これは、どういうことだろう。

「……あたたかくないか？」

そうっと、まるで壊れ物に触れるような手つきで、獣人の大きな手がティタの後頭部を撫でてくる。するするとなめらかな肌触りの被毛に頰をくすぐられながら心配そうに聞かれて、ティタの心臓は一気にドッと跳ね上がってしまった。

「あ……、あったかい、です……」

というか、鼓動が速くなりすぎて、今は熱いくらいだ。

「そうか」

よかった、と耳元でほっとしたように呟かれて、ティタはまだ混乱を引きずりながらも、思わずぎゅうっとジュストの被毛にしがみついた。

深くて低い、なめらかな声が近すぎて、体の中に直接響いているような気がする。

淡雪みたいな真っ白な被毛からは、あの朝摘みの野花のような、甘くて青い香りがほんのり漂ってきていて——……。

「あ、の……」

込み上げてきたわけの分からない羞恥に、そばかすの散った頰をカアッと染め、ティタはジュストの腕の中で身じろぎした。どうしてだかは分からないけれど、とにかく逃げ出したくてたまらなくなってしまったのだ。

しかし、起き上がろうとした気配を察したジュストは、かえってぎゅっと強く抱きしめてくる。息を呑んだティタの背をぽんぽんと叩いて、ジュストはゆっくりと言い聞かせるように囁きかけてきた。

「心配せずとも、そなたの風邪がうつるほど、私はやわではない。それに、風邪の時はあたたかくして眠るのが鉄則だ。そうだろう、薬師殿？」

「それは……、……はい」

おずおずと頷いたティタに、ふっと頭上でジュストが息をつく気配がする。

あの甘い、青い匂いがまた少し強くなった気がして、ティタはどぎまぎと視線を泳がせた。

「……それが分かっているのならば、このまま少し眠れ。目覚める頃にはきっと薬が効いて、熱も下がっている」

ぽんぽん、とティタの背をもう一度優しく叩いたジュストが、するりと尻尾を回してくる。

長く太いその尻尾の先を、まるで小さな子を寝かしつけるようにたしたしと腿に軽く打ちつけられるうち、ようやく少し気持ちが落ち着いてきて、ティタはくすりと微笑んだ。

「……はい」

ジュストに抱きしめられていると、胸の内が風邪の熱などではない、やわらかなあたたかさで満ちていくような気がする。

（なんだろう……。こうしてるとドキドキするのに、不思議とすごく、落ち着く……）

たし、たし、とゆっくりリズムを刻む尻尾の先に導かれるように、とろりとした眠気が込み上げてくる。花のような香りのするふわふわの被毛に顔を埋め、ふう、と大きく息をついて、ティタは心地よいその眠気に身を委《ゆだ》ねた。

ここのところずっと、あまりよく眠れなかったり、眠りについても悪夢を見たりしていたから、こんなに穏やかな心地は久しぶりだ。

目を閉じたティタの夕焼け色の髪を、大きな獣人の指先がそっと梳《す》く。

優しく細められたアイスブルーの瞳は、すうすうと穏やかな寝息を立てるティタをいつまでもじっと、見守っていた——……。


ふわふわしたいい匂いのするものが、手の中でもこもこ動いている。

「んー……」

口元に引き寄せたそれをもぐもぐと喰《は》みながら、ティタはうとうとと微睡《まどろ》んでいた。

（あったかい……）

背中がなにか、ふんわりしたものに包まれている気がする。あたたかくてふかふかなそれは、まるで雲の上に寝ているみたいで、この上なく心地いい。

鼻先をふこふこくすぐるものを、はむっと咥えて、ティタはふにゃりと顔を蕩《とろ》けさせた。

（これ、好きー……）

やわらかくてなめらかな被毛に覆われたそれは、中に硬い芯みたいなものがある。

甘くて青い、摘みたての野花みたいないい香りにうっとりしながら、夢中でちゅうちゅう吸っていると、頭上で突然、低い呻き声がした。

「……っ、こら、いい加減にせぬか」

「…………？」

張りのある深い声は、体の中に響いているのではないかと思うくらい近い。

ティタは咥えていたものを口から離して、とろんとした目をぼんやりと開けた。

「ん……？」

「……起きたか。気分はどうだ」

問いかける声は、頭の後ろの方から聞こえてくる。

ティタはまだ眠気を引きずったまま、濡れた口元を手の甲で拭い、後ろを振り返った。だが、まだ頭がうまく働かなくて、しばらくじいっと目の前の光景に見入ってしまう。

ティタの背後には、美しい白銀の斑点模様のユキヒョウがいた。

こちらを見下ろすアイスブルーの瞳の奥には、ぼんやりした表情の自分が映っていて――。

「…………。…………？　…………っ!?」

思考がはっきりしてきた途端、ティタは目を見開いて息を呑んでいた。

愕然《がくぜん》とした表情のティタを見下ろしたジュストが苦笑を浮かべ、再度問いかけてくる。

「ようやく目覚めたか。……どうだ、気分は」

「え？　……えっ？」

そう聞かれても、まだよく状況が飲み込めない。

混乱するばかりのティタだったが、ジュストはお構いなしにティタをぐいと抱きしめると、額に鼻先を押し当ててくる。

「ジュ……っ、ジュスト様!?」

「……ああ、熱はもうひいたようだな。薬がよく効いたのだろう。よかったな」

そう言ったジュストが、パッとティタを解放する。しかしティタは驚きのあまり目を丸く見開いたまま、身じろぎもできずに固まってしまっていた。

「な……、なんで……」

「なんだ、覚えていないのか？　そなたが寒そうにしていたから、私が布団代わりになってやったのではないか」

言われてみれば、眠りにつく前、そんなやりとりがあった気がする。どうやらティタは数時間眠っていたらしく、ベッドサイドにはランプが灯《とも》され、窓の外はもうすっかり夜の帳《とばり》が降りていた。

呆然としつつ身を起こしたティタだったが、その時、視界の端にたしたしと敷布を叩くジュストの尻尾が映った。

ふわふわの被毛に覆われたそれは、何故か先端だけがびしょびしょに濡れそぼっていて——。

「……っ」

こく、と喉を鳴らして、ティタはまじまじとジュストを見つめた。震える声で、聞いてみる。

「あ、の……、あの、まさか……」

夢うつつに、自分がなにかをちゅうちゅうしゃぶっていた覚えがある。

やわらかくてなめらかな被毛に覆われていて、中に硬い芯があり、甘くて青い、いい香りがしていたあれは、まさか——……。

「まさか、これ……」

おそるおそる聞いたティタに、しかめ面をしたジュストがため息交じりに告げる。

「……無論、そなたがやらかしたのだ」

「っ、すみませんでした！」

布団の上で正座したままガバッと頭を下げ、ティタは真っ赤な顔を両手で覆った。

（うわあ、うううわああ！　僕なにしてんの！　よりにもよって、ジュスト様の尻尾を……！）

いくら寝ぼけていたとはいえ、あろうことかジュストの尻尾をしゃぶっていたなんて、恥ずかしくてたまらない。

耳まで真っ赤に染め、敷布に額を擦りつけながら身悶えるティタだったが、不意にフッと吹き出すような声が漏れ聞こえてくる。

（え……）

思わず顔を上げたティタは、愉快そうにくっくっと笑みを漏らすジュストに驚いてしまった。

「ジュスト、様？」

「ああいや、すまぬ。そなたの慌てようがおかしくてな」

ぽかんとするティタに、ジュストがその大きな手を伸ばしてくる。くく、と忍び笑いを漏らしながら、ジュストはティタの頭をぽんぽんと撫でてきた。

「……仕方がないな。そんなに慌てられては、怒れぬではないか」

「……っ」

ジュストがそう言って目を細めた途端、あの花のような香りがふわっと一層強く香ってきて、ティタは戸惑う。

「どうして……」

ティタの呟きが聞こえたのだろう。ジュストは苦笑しながら言った。

「まあ、考えてみれば我が一族の子供は皆、親の尻尾を咥えて眠るしな。大体私は、そなたがよく眠れるように添い寝したのだし」

だからこの程度は怒るまでもない、と言うジュストだが、ティタはその穏やかなアイスブルーの瞳を見つめて考えずにはいられなかった。

（ううん、そうじゃなくて……）

どうしてジュストは、自分に微笑みかける時、こんなにいい香りがするのだろう。

どうして自分はこの香りを嗅ぐと、やたらと胸がドキドキして、恥ずかしくてたまらなくなってしまうのだろう――……。

「ティタ？」

ぼうっとしていたティタに、ジュストが怪訝そうな顔をする。ハッとしたティタは、慌てて言葉を探した。

「こ……、子供扱いはやめて下さい。こう見えても、僕はもう大人です」

どぎまぎと視線を泳がせて、精一杯そう返したティタを、ジュストがからかってくる。

「そう言われてもな。あのようにあどけない寝顔を半日も見せられて、挙げ句尻尾をしゃぶられては、とても大人扱いなど……」

「忘れて下さい！」

寝顔まで見られていたのかと、ティタは羞恥に顔を赤くして叫んだ。くっくっとまたおかしそうに笑ったジュストが、寝台から降りながら言う。

「さて、では夕食の前に入浴を済ませておくか。ティタにびしょびしょにされたこれも、洗っておかねばならぬしな？」

からかうように、先端が濡れそぼった長い尻尾を振ってみせるジュストに、ティタは赤い顔のまま呻いた。

「……っ、洗うの、お手伝いします……」

では頼もう、とほがらかに笑ったジュストが、先に立って部屋を出る。広いその背を追いながら、ティタはまだふわふわと漂ってくるほのかな甘い香りにこっそり頬を染めた。

下がったはずの熱が、ぶり返してしまいそうだった。

6

数日後、バーリド帝国を北上し続けた一行は、ユキヒョウ一族の領地との国境へと近づいていた。

寒さは一段と厳しさを増しており、辺りは一面深い雪に覆われている。

ズボッ、ズボッと厚い雪をものともせず進むジュストの腕の中で、ティタは荷物をぎゅっと抱えて謝った。

「すみません、ジュスト様……」

雪が深くなってきたこともあり、ここ数日、ティタはこうしてジュストに抱えられて移動している。後ろでは、キリルが同じようにその片腕にアリーシャを乗せていた。

「気にすることはない。大体、この大雪ではそなたらはあっという間に埋まってしまうだろう？」

一度、自分の足で歩きますと言って雪原を進もうとしたティタだが、あっという間に雪に埋まってしまって、ジュストに救出してもらう羽目に陥った。

ティタの両脇を抱え、すぽんと引き抜いた時のことを思い出したのか、ジュストがくっと低く笑う。

「あの時は肝が冷えたが……、雪まみれで呆然としているそなたの顔は、愉快だった」

「……ひどいです、ジュスト様」

許せと笑うジュストの、牙の生えた口元から零れる吐息は真っ白だが、ふかふかの被毛に覆われたその胸元はとてもあたたかい。逞しい片腕に腰かけるようにして抱き上げられたティタは、ジュストの胸元にしがみつきながらも、落ち着かない気持ちを味わっていた。

（……だって、あの匂いがずっと、してる）

夜露を纏った朝摘みの野花のようなあの香りに、ティタは八重歯でそっと唇を嚙んだ。

ティタがこの香りに包まれるのは、今や移動の時だけではない。というのも、風邪をひいてしまったあの日以来、ティタはずっとジュストと同じベッドで寝ているのだ。

ティタが、ジュストの眠りを妨《さまた》げるわけにはいかないからと遠慮しようとしても。

『これから先、夜の冷え込みはどんどん厳しくなる。そなたに風邪をひかれては困るからな』

そう言って有無を言わさずジュストのベッドに連行されてしまう。

どうやら先日ティタが風邪をひいた一件で、ジュストにとってティタはすっかり庇護《ひご》の対象になってしまったらしい。あの夜以来、ティタはくしゃみのひとつでもしようものなら、ジュストに即抱き上げられ、ふわふわの胸元であたためられてしまうようになった。

たまらずアリーシャに相談してみたが。

『あら、でも皆一緒の部屋の方が楽しいじゃない?』

あっけらかんとそう言われてしまったばかりか。

『お兄様、あれで案外世話焼きなのよ。私が小さい頃も、それはもうものすごく構われたわ。抱っこで運ばれたり、添い寝されたり、ちょっと転んで泣いただけで頰を舐められたり……。今はもう嫌ってはっきり言っているから、ここ何十年もそんなことはないけれど』

『え……っ』

てっきりいつもアリーシャにしているから、自分もその延長線上で添い寝や抱っこをされているのだろうとばかり思っていた。驚くティタに、アリーシャは更に追い打ちをかけてきて。

『でも、おかしいわね。ティタが嫌がっているのなら、お兄様も無理強いはしないと思うのだけど……』

『いや……、嫌なわけじゃなくて、あんなに気遣ってもらって申し訳ないだけで……』

『あら、それなら気にせず抱っこされてあげて。お兄様、最近ティタを抱っこしているととても機嫌がいいの』

もちろん添い寝もね、と笑いながら言うアリーシャに、ティタは真っ赤になってしまった。

困ったことに、ティタはあの一件以来、すっかりジュストの尻尾をしゃぶりながら眠るくせがついてしまったようで、朝起きると必ずジュストの尻尾はびしょびしょになってしまっている。

ジュストはまたかと言いつつも怒らず、苦笑するばかりだけれど、ティタは毎朝恥ずかしくてたまらなかった。

ユキヒョウ一族の子供は怖い時や興奮した時など、気持ちを落ち着かせるためによく親や自分の尻尾を咥えるとのことだったが、サーベルタイガーの一族にそんな習慣はない。だというのに、何故かジュストの尻尾を咥えると、とてもよく眠れるのだ。

『ティタが安心して眠れるのならば、それでいい』

そう微笑むジュストは、最近ではそう雪が深くない街道を歩く時も、決まってティタを抱き上げる。

『あの、ジュスト様。今日は僕、自分で歩きますから……』

ただの同行者である自分が、雪深い場所でもないというのに、こんなにぬくぬくとあたたまりながら運ばれていいはずがない。

そう思ったティタだったが。

『それがどうも、アリーシャはキリルのことを好いているようなのだ。例の毒ヘビに咬まれた時に看病しているうちに、そういう気持ちになったらしい』

ジュストは複雑そうな顔でこっそり、そう打ち明けてきた。

『実はキリルの方も、昔からアリーシャのことを好いていてな。まあ、あれは朴念仁《ぼくねんじん》だから自分の気持ちは忠誠心だと思い込んでいるようだが、アリーシャもとなれば話は変わってくるだろう』

妹に対して過保護なジュストは、たとえ信頼できる腹心であっても可愛い妹をとられるのは癪《しゃく》だが、どこの馬の骨とも知れない他の男よりはまし、という心境らしい。

ジュストの人間嫌いが解消されたと知った後も、アリーシャは変わらず人間の姿をとり続けている。

こちらの姿で慣れてしまったし、旅には人間サイズの衣装しか持ってきていないから、と言っていたアリーシャだが、どうやら単純にそれだけが理由というわけではなかったようだ。

『私がそなたを抱いて運べば、必然的にキリルもアリーシャを抱いて運ぶ。アリーシャはそれが嬉しいようなのだ。……業腹だが、妹の恋路を邪魔するわけにもいかぬしな』

唸るジュストに、ティタもそうですねとしか言えず、結局ティタはほぼ一日中ずっとジュストとくっついて過ごすことになってしまった。

別に、ジュストと一緒なのが嫌なわけではない。ふかふかの被毛はいつだってあたたかいし、逞しい腕に抱きしめられるととても安心する。

それにジュストはサーベルタイガーの一族のことにも興味津々で、いろいろなことを聞いてくる。ティタもまた、ジュストからユキヒョウ一族について教えてもらうのが楽しくて、道中はいつも夢中でお喋《しゃべ》りをしていた。

しかし。

(ジュスト様のこの匂い……。いい匂いだけど、なんていうか……、……そわそわする)

昼も夜もずっとこの匂いに包まれているという事実を思うと、どうしても落ち着かない気持ちになってしまうのだ。

ずっと嗅いでいたいくらい、いい匂いなことは確かなのに、どうしてかこの匂いを嗅ぐと恥ずかしくてたまらなくなる。しかも、ジュストから漂ってくるその匂いは、日に日に甘さを増していっている気がして……。

(僕が変に意識しすぎなのかな……)

自意識過剰なのだろうかと、そばかすの散る頬を赤らめたティタには気づかない様子で、ジュストが行く手を指差す。

「あの森の湖の近くに、手頃な洞窟《どうくつ》がある。そこでいったん休もう」

腹ごしらえもしたいしな、と言うジュストにティタも頷く。時刻はそろそろ夕方に近づこうというところだったが、今日は途中、休む場所が見当たらなかったので、まだ昼食を食べていないのだ。

「今朝、出立前に市場で豆を買えたのでそれと、昨日ジュスト様が獲《と》ってきてくれたキジの残りで、スープを作りますね。あったまるように、薬草もちょっと使って」

朝と夕は宿屋で食事をとるが、昼食はティタが担当している。ジュストはいくらティタが言っても宿代を受け取ってくれないため、それならせめてその代わりにと作るようになったのだ。

とはいえ、肉や魚はキリルやジュストが道すがら獲ってきて捌《さば》いてくれるため、ティタは他の食材を買ってきて調理するだけだ。

今日の昼食は、あとはパンと薬草茶です、と献立を告げたティタに、ジュストが破顔《はがん》する。

「ああ、頼む。ティタの作る料理はどれも美味いから、楽しみだ。キリルも料理はできるが、基本的に肉は焼くだけで、味つけも塩胡椒のみでな」

どうやら行きはキリルが昼食を作っていたが、ジュストもアリーシャも少々飽きてしまっていたらしい。最初にティタが昼食を作りたいと申し出た時にはちょっとムッとしていたキリルも、主たちが喜ぶ様子を見て、自分の料理の味つけが単調だったことに気づいたようだった。

差し出がましいことをしてすみませんと謝ったティタに、かえってありがたい、是非《ぜひ》毎日お願いできないかと言ってくれたのもキリルだ。そういう度量の大きなところに、きっとアリーシャも惹《ひ》かれたのだろう。

（……あの二人、うまくいくといいな）

辿り着いた洞窟で、そっと地面に降ろしてもらってお礼を言うアリーシャと、いいえと微笑むキリルを見つめて、ティタはそう思った。

自分にとってアリーシャは、初めてできた異種族の友達だ。知り合ってまだ日は浅いけれど、彼女には幸せになってほしいと思う。

　ジュストの腕から降りたティタは、ありがとうございますとお礼を言うと、さて、と気持ちを切り替えた。

　ジュストからマントを預かり、パッパッと雪を払いのける。被毛の上で固まってしまった雪を、ぶるるっと胴震いをして振り落としたジュストは、濡れてしまった上着も脱ぎ、近くの壁に引っかけた。

　ティタはなるべく乾燥していそうな小枝を集めると、キリルに方術で火を点《つ》けてもらった。手早くお湯を沸かして、薬草茶を淹れる。

「皆さん、先にお茶であたたまっていて下さい。すぐにご飯作りますね」

「ティタの淹れる茶は、どうしていつもこんなに熱いんだ……」

「熱い方があったまるし、美味しいからです！」

　恨めしげに言うジュストに笑って、ティタは肉と豆のスープを作る。狭い洞窟の中には、あっという間にいい匂いが広がった。

「お待たせしました。はい、どうぞ」

　めいめいの皿にスープをよそい、たき火であたためたパンと一緒に昼食をとる。

「……スープも、熱い……」

　それでも美味いがと、複雑そうに唸りながら慎重にスープをすするジュストに、ティタはくすくすと笑みを零した。

　キリルも猫舌ではあるようだが、ジュストはそれ以上に熱いものが苦手なようで、食事時はいつも四苦八苦しているのがおかしくてたまらない。

（宿ではいつも冷めるまで手をつけないのに、お昼の時は頑張って食べてくれるんだよな……）

　ジュストが昼食を急ぐのは旅路の途中だからだとは分かっているけれど、それでもなんだか嬉しい。

　ティタがくすくす笑っていると、ジュストがブンッと尻尾を揺らして唸った。

「……熱いものが苦手なんて、族長らしくないと思っているのだろう」

「えっ、そんなこと思ってませんよ?」

(可愛いなあとは、思うけど)

後半の言葉は呑み込んで、ティタは苦笑しながら言った。

「一つくらい苦手なものがあった方が、親しみがあっていいと思います。前にもちょっとお話ししましたけど、僕の一族の族長は黄金のサーベルタイガーで、すごくカッコよくて完璧で……。だから僕なんかは話しかけるのも恐れ多いっていうか、ずっと憧れてたから、近くにいるだけで緊張して頭が真っ白になっちゃって」

だからたとえ族長でも少しくらい隙があった方がいいと、そうフォローしたつもりなのに、ジュストはますますムスッとした表情になってしまう。ブンッブンッと空を切る尻尾は明らかに苛立っていて、耳も不機嫌そうに寝たままだ。

どうしたんだろうと戸惑ったティタに耳打ちしたのは、アリーシャだった。

「ティタ、それじゃ逆効果よ。嘘でもいいから、お兄様が一番格好いいって言ってあげて」

「え? えっと……」

当惑するティタだが、ジュストの耳にはしっかりアリーシャの声が届いていたらしい。

「……ティタ、そのような嘘はつかなくていい」

仏頂面《ぶっちょうづら》のまま、低い声でそう言うジュストに、ティタはまごつきながらも告げた。

「あの、別に嘘をつくわけじゃないですけど、僕はジュスト様もすごくカッコいいと思ってますし、それこそ完璧だと思ってます。瞳も被毛も、見たこともないくらい綺麗だし、いつも優しいし……」

「そなたの一族の長よりもか?」

問い返されて、ティタは咄嗟に言葉に詰まった。

ふい、と顔を横に向けたジュストが、拗《す》ねたような声で言う。

「私が一番と言わねば、今夜は一緒に寝てやらん」

（えっと……）

先ほど嘘はつかなくていいと言ったばかりなのに、それはあまりにも棚上げすぎやしないだろうか。

どう答えれば、と躊躇うティタの視界の端で、アリーシャとキリルが揃って両の拳を握りしめ、口をぱくぱくさせてこちらにエールを送ってくる。

自分は一体なにを応援されているんだろうと戸惑いつつ、ティタはおずおずとジュストに告げた。

「あの……、僕にとってはジュスト様が一番頼りになります」

「……本当か？」

そろり、と耳だけティタの方に向けて、ジュストが聞き返してくる。ピンと立った尻尾の先が、そわそわと揺れるのがおかしくて、ティタはくすくす笑いながら頷いた。

「はい、もちろん。母さんと同じくらい、僕にとってジュスト様は特別な人です」

「………」

さらりと告げたティタに、けれどジュストはしばらく無言だった。じょじょに力なくうなだれていく尻尾に、ティタはあれ、と内心首を傾げる。

（……特別って言われたの、嫌だったのかな）

あまりにも漠然《ばくぜん》とした言葉すぎただろうか。

でも、自分がジュストのことを大切な友人と言うのもなんだかおこがましい気がするし、他にジュストが自分にとって大きな存在だということを言い表すいい言葉が思いつかない。

けれど、なんだかジュストは意気消沈《いきしょうちん》したような雰囲気だし、視界の端ではアリーシャとキリルまでがっかりしたような表情を浮かべている。

「あの……、僕、本当にジュスト様のこと……」

伝わらなかったのだろうかと焦り、なんとか他に言葉を重ねようとしたティタだったが、ジュストはどこか寂しげな笑みを浮かべてそれを遮った。

「ああ、そなたの気持ちは分かった。……いや、分かっていた、と言うべきか。そう言ってくれて、私も嬉しい。……ありがとう、ティタ」

大きな手を伸ばしたジュストが、ぽんぽんとティタの頭を撫でてくる。

切なげに細められた瞳に、どうしてかもどかしくなったティタだったが、ジュストはスープの残りを片付けると立ち上がった。

「……さて、この森を抜ければ、国境の街だ。今夜はそこに泊まるぞ」

早く食べろと急《せ》かされて、ティタは仕方なく自分の食事を進める。けれど、喉がつかえたような感覚がして、美味しいはずのスープも、なんだか味気なく思えてくる。

(……僕、なにか間違ったこと言ったのかな)

嬉しいと言ってくれたジュストだけれど、そのアイスブルーの瞳はとても悲しげだった。

自分はただ、ジュストに親愛の気持ちを伝えたかっただけなのに、悲しませてしまうなんて、どうしたらいいのか分からない。

(なんて言えばよかったんだろう。どう言えば、喜んでもらえたんだろう)

食器を片付けながらももどかしくてたまらず、ティタは助言を求めようかと、ちらりとアリーシャを見やった。

しかしその時、視界の端に映ったジュストが険しい表情で洞窟の外を見つめているのに気づく。

「……ジュスト様?」

声をかけたティタに、ジュストはきつく眉を寄せたまま突然、叫んだ。

「皆、その場に伏せよ! 敵だ……!」

「え……」

ティタが目を瞠った、その時だった。

「っ、ティタ!」

ヒュンッとなにかが飛来する音と共に、ジュストが素早くティタをその腕に抱き込み、地に伏せる。

隣で、同じくアリーシャを腕に抱き込んだキリルが地に伏せるのが見えたと思った次の瞬間、一行の頭上を何本もの矢が飛んでいった。

「……っ！」

「ジュスト様っ!?」

ビッと肩先をかすめた矢に息を呑んだジュストを見て、ティタは叫んだ。

真っ白な被毛に、見る間に鮮血が滲む。

しかしジュストはそれには構わず、ティタを大きな岩の向こうに押しやると、低い唸り声を洞窟中に轟《とどろ》かせた。

「ティタ、アリーシャ！　私が戻るまでそこから一歩も動くな！　参るぞ、キリル！」

「は……！　ティタ、アリーシャ様を頼む！」

抱き上げたアリーシャを、ティタと同じ岩陰に降ろしたキリルが、ジュストと共に洞窟の外へと飛び出していく。

飛んでくる矢に微塵《みじん》も怯むことなく、白い光線のように駆けていった二人の背を、ティタは咄嗟に追いかけようとした。

「ま、待……っ！」

「ティタ！　今は駄目！」

しかしその途端、小さな手がティタの袖を掴んでくる。ティタはハッとして、アリーシャを振り返った。

「大丈夫……！　お兄様たちが負けるわけない！」

「アリーシャ……」

白いその手は、堪えきれない恐怖に震えていた。

『ティタ、アリーシャ様を頼む！』

キリルの言葉を思い出し、ティタは岩陰で震えるアリーシャの元に戻った。

(今、僕が追いかけていっても、足手まといになるだけだ)

だったら今自分がすべきことは、アリーシャのそばにいて、彼女を勇気づけることだ。

ティタはまだ時折飛んでくる矢から彼女を守るよう、その細い肩を抱きしめた。

カンッと岩に矢が当たるたび、真っ青な顔をしたアリーシャがビクッと震える。外から聞こえてくる喧噪《けんそう》に耳を澄ませながらも、ティタは大丈夫だよ、とアリーシャに声をかけ続けた。

(……僕が、アリーシャを守らなきゃ)

極度の緊張と不安に、心臓がばくばくと早鐘を打つ。落ち着け、落ち着け、とひたすら自分に言い聞かせながら、ティタは必死に頭を回転させた。

こんなところで武装して襲ってくるなんて、相手は物盗りだろうか。

だとしても、逃げ場のない洞窟の中に向かって、問答無用で射《い》かけてくるような輩《やから》だ。きっと自分たちを無差別に殺す気に違いない。

ジュストとキリルがそうそう負けるとは思えないけれど、それでもなにがあるか分からない。万が一敵に踏み込まれたら、自分が盾になってでもアリーシャを逃がさなければ。

ティタは岩陰から慎重に手を伸ばし、荷物を引き寄せると、先ほどしまったばかりの調理用ナイフを取り出した。武装しているだろう賊《ぞく》相手に、こんな小さなナイフなど役に立たないかもしれないが、それでも不意を衝《つ》けば、アリーシャを逃がす隙くらいは作れるかもしれない。

「ティタ……」

「……しっ、誰か来る」

不安そうに声を上げるアリーシャを制して、ティタは洞窟に近づいてくる足音に全神経を注いだ。匂いで相手の状態を確かめようとするが、あいにく風が吹いていないのか、それとも緊張と混乱からか、鼻がまるできかない。

近づく足音に、ドドドッと心臓が爆発しそうなほど早鐘を打つ。

(怖い……! 怖い、嫌だ、怖い、来るな……!)

恐怖のあまり喚《わめ》いて逃げ出してしまいそうになるのをぐっと堪えて、ティタはアリーシャを背に庇い、ナイフを構えた。

入り口に、大きな人影が現れる。

大きく息を吸ったティタは、ナイフを構えたまま岩陰から飛び出しかけ――。

「ティタ！　アリーシャ！　無事か!?」

「……っ」

聞こえてきたジュストの声に、その場にへなへなとくずおれてしまった。

「お兄様！」

叫んだアリーシャが、ジュストの元へと駆け寄っていく。

「キリルは……!?　お兄様、キリルは無事!?」

「ああ、もちろん無事だ。ひと通り追い払ったが、戻ってくる輩がいるかもしれないからな。念のため表で見張っている」

飛びついてきたアリーシャをしっかり抱きしめ、ジュストがティタの元へと歩み寄ってきた。

「ティタ、大丈夫か？」

「は……っ、は、い……っ」

極度の緊張が解けた反動か、指一本動かすことができない。カチカチと歯を鳴らし、ぎゅうっとナイフの柄を握りしめたままへたり込んでいるティタの前に、ジュストが膝をつく。

ティタの冷たく強ばった指先に、ジュストがそっと、手を伸ばしてきた。

「……アリーシャを守ろうとしてくれたのだな。ありがとう、ティタ。礼を言う」

やわらかな被毛に覆われた大きくてあたたかい手が、ティタの手を包み込み、固まった指を解かせる。

カラン、とナイフが岩場に落ちる音に、ティタはようやく顔を上げ――、息を呑んだ。

「っ！　ジュスト様、血が……！」

先ほどティタを庇った際に負った傷から、更に血が滲み出ている。大きく目を瞠ったティタに、ジュストが微笑んだ。

「ああ、大丈夫だ。この程度……」

「なにを言ってるんですか！　手当て……っ、すぐ手当てしないと……！」

ティタは弾かれたように立ち上がり、慌てて自分の荷物を引き寄せると、薬入れを取り出した。

「少し沁みますけど、我慢して下さい！」

「いや、ティタ……、っ」

ジュストがなにか言いかけるのも聞かず、消毒薬をかける。血止め効果のある傷薬を塗ったティタは、清潔な布を手早くジュストの腕に巻きつけた。

薬草の清涼な香りが、ふわりと辺りに漂う。

応急処置を終えたティタは、ジュストを見上げて謝った。

「僕のせいでこんな怪我をさせてしまって、本当にすみませんでした」

「……ティタ」

「でも、よかった。傷は浅いみたいですから、きっとすぐ治ると思います」

獣人のジュストならこの程度、二、三日もあればすっかり元通りだろう。深い傷でなくてよかった、と安心して微笑んだティタに、ジュストがなにか言おうと口を開きかけたその時、入り口からキリルが戻ってくる。

「ジュスト様、どうやら戻ってくる気配はなさそうです。追って仕留《しと》めることもできますが……」

いかがしますか、と聞かれたジュストは、落ち着いた表情で首を横に振った。

「いや、そこまでする必要はない。危険が去ればそれでよい」

は、とキリルがかしこまる。ティタは外を気にしつつ、ジュストに尋《たず》ねた。

「もしかして、この洞窟をねぐらにしている盗賊とかでしょうか？」

自分たちは知らない間に、盗賊の住処に足を踏み入れてしまっていたのではないだろうか。

身を強ばらせたティタだったが、ジュストはそれを否定する。

「いや、それはないだろう。この洞窟に、複数の人間が生活している痕跡はなかったからな」

目を眇めるジュストに、アリーシャも頷く。

「ええ、それに……」

「……アリーシャ」

しかし、何事か言いかけた途端、ジュストがそれを遮った。

「……よせ。今は先を急ごう」

重々しい声で言ったジュストに、アリーシャがちらりとティタを見て、はい、と頷く。ただならぬ雰囲気に戸惑ったティタだったが、その時、キリルがジュストに声をかけた。

「ジュスト様、失礼いたします」

「あ……」

サッとジュストの腕に巻かれた包帯の上に手をかざしたキリルが、小さく術を唱《とな》える。ふわ、とあたたかな色の光に包まれた患部を見て、ティタは呆気にとられてしまった。

(そうだった……。ジュスト様たちは、別に僕が手当てなんかしなくても、お互いの方術で……)

気づいた途端、カアッと羞恥が込み上げてくる。顔を赤くして俯いてしまったティタを見て、ジュストが気遣わしげに声をかけてきた。

「ティタ、すまぬ。……気を悪くしたか?」

「そ、そんな、まさか！　僕の方こそ、余計なことをしてすみませんでした……！」

いくらジュストが負傷しているのを見て慌ててしまったとはいえ、方術のことがすっかり頭から抜け落ちてしまったなんて、恥ずかしくてたまらない。

キリルの手当てが終わるのを待って、ティタはそそくさとジュストに近寄った。

「あの、これもう、とりますね。邪魔になると思いますし……」

浅い傷だったから、方術で傷口が塞がればもう包帯は必要ないだろう。そう思って結び目に手をかけたティタだったが、大きな手にそれを押しとどめられる。

黒く鋭い爪が当たらないよう、そっと重ねられたその手は、ジュストのものだった。

「……いや、このままでよい」

「え……、で、でも……」

包帯をしたままではわずらわしいのではと思ったティタだったが、ジュストはすうっと深く息を吸うと、ゆらりと尻尾を揺らして告げた。

「ティタの薬は、とてもいい匂いがする。こうして嗅いでいると、争いで昂《たかぶ》った心が落ち着く。このような香りは、方術にはないものだ」

「あ……、ありがとう、ございます。でも、僕の薬なんて、方術に比べたら全然……」

「ティタ。方術は、万能ではない」

謙遜《けんそん》するティタを遮って、ジュストが言う。

「確かに方術で傷口を塞ぐことはできるが、大怪我となれば治しきれないし、病を治すこともできない。怪我の手当てや病人の治療には、やはりティタのような優れた薬師の業が不可欠だと、私は思う」

穏やかなアイスブルーの瞳が、じっとこちらを見つめてくる。

宝石のように透き通ったその瞳に、ティタは息をするのも忘れて見入ってしまった。

「……それに、ティタの薬や茶にはどれも、そなたの優しさが込められている。早く傷が癒えるように、少しでも気持ちが安らぐようにと、そう願いを込めて作られているのが、この匂いからも伝わってくる。方術と比べてもひけをとらない、素晴らしい薬だと、私は思う」

ゆったりとそう告げられて、ティタは呆気にとられて固まってしまった。

(そんな……、そんなこと言ってもらえるなんて、思ってもみなかった……)

これまで一族の皆から、薬のお礼を言われることはよくあった。

よく効く薬で助かった、いい匂いで使いやすい、ありがとう、と。

けれど、方術を使えるジュストにそこまで言ってもらえるなんて。

もちろん、ティタの手当てが無駄ではないという言葉は、ジュストの気遣いでもあるだろう。けれど、優れた薬師だと、素晴らしい薬だと言うジュストは、心からそう思ってくれているように、ティタには思えた。

呆然としたままのティタの手をそっと押し戻して、ジュストが微笑む。

「だから、これはこのままにしておいてくれ」

よいな、と問いかけられて、ティタはおずおずと頷いた。

「は……、はい」

「……手当てありがとう、ティタ」

目を細めたジュストが、キリルもな、と声をかけて立ち上がる。

「さて、そろそろここを出るとするか。キリル、アリーシャ、荷物を」

サッと上着に腕を通したジュストが、二人に指示を出して荷物をまとめ始める。

出しっ放しだった薬を片付けながら、ティタは胸の奥に広がるあたたかい感情を噛みしめた。

(僕でも、ジュスト様の役に立てる)

もちろん、側近のキリルに比べたら、自分がジュストの役に立てる度合いなどほんの少しだけだということは分かっている。

それでも、わずかでもジュストの役に立てるのが誇らしい。しかもそれが、ジュストの心を癒すことに繋がるのなら、こんなに嬉しいことはない。

だって自分にとってジュストは、とても大事な存在だから――……。

(……なんだかジュスト様って、不思議だな。友達ってわけじゃないし、ディオルク様みたいに憧れの存在っていうわけでもない。それなのにこんなに、大切だと思うなんて)

ジュストは、自分が今まで知り合った、他の誰とも違う。

誰とも比べられない、特別な存在だ。

(ジュスト様と出会えて、よかった)

ほっこりと頬をほころばせ、荷物をまとめながら喜びに浸っていたティタは、だから気づくことができなかったのだ。

美しいアイスブルーの瞳が、じっとティタの背を見つめていたことに。

夜空に浮かぶオーロラのように、その瞳に複雑な感情が揺れていたことに――。


数日後、ジュストの腕に抱えられたティタの眼下には、信じがたい光景が広がっていた。

「う……、わ……」

ティタが思わず絶句したのも無理はない。

バーリド帝国の国境を越え、どこまでも続くかと思われた真っ白な雪原を抜けて辿り着いた、深い森に囲まれた高山の尾根の途中。

その断崖絶壁から望む山の中腹という、とんでもないところに、それはあった。

まるで雄大な山脈と一体化したような都市――、ユキヒョウ獣人族の都である。

氷に覆われた山を背に広がるのは、堅牢《けんろう》な石造りの家々だ。街は螺旋《らせん》状の造りになっており、岩壁を利用して造られた高い城壁が、吹き荒《すさ》ぶ雪混じりの寒風を防いでいる。真っ白な家々からは淡い橙色《だいだいいろ》の光が漏れており、薄闇に点々とぬくもりのある光が灯っている光景はとても幻想的だった。

螺旋状の街の頂《いただき》には、いくつもの高い塔に囲まれた荘厳な城がそびえ立っている。まるで氷で造られているかのように美しいその城は、建物の一部が山肌と接しており、今ティタたちが立っている尾根から最も近かった。

見張りの兵士なのだろう、塔にいる獣人が、こちらに気づいてランプを掲げる。それに片手を上げて応えたジュストが呟いた一言に、ティタはきょとんとしてしまった。

「……降りるぞ。しっかり摑まっていろ、ティタ」

「え？」

どういうことだろうと思っていると、ティタを抱え直したジュストが尾根から身を乗り出す。ティタはようやくジュストの意図を悟って、仰天《ぎょうてん》した。

「え……っ、えっ、まさかここから!?」

切り立った山肌の真っ黒な岩壁の上には雪が降り積もっており、足場は最悪だ。まさか本当にこの絶壁を降りるつもりだろうか、そんな無茶なと身を強ばらせたティタだったが、ジュストは当然とばかりに肩を竦めて言う。

「回り込むのが面倒な時は、よくこちらから城に入っている。問題はない」

「問題とかそういうことでは、……っ！」

そういうことではない、と皆まで言うより早く、ジュストがタッと地を蹴り、雪に覆われた岩壁へと飛び出してしまう。

ジュストの肩越しに、アリーシャを抱えたキリルも少し遅れて自分たちに続くのが見える。慣れたものなのか、アリーシャはこちらに向かって手さえ振っていた。

(ひいい……！)

しかしティタは、ジュストの首元にしがみついているだけでいっぱいいっぱいで、アリーシャに手を振り返す余裕などとてもない。タッ、タンッと軽快に雪山を降りていくジュストの腕の中で、ティタはすっかり震え上がってしまった。

確かに、ユキヒョウ獣人のジュストにとっては、これくらいの芸当はお手の物なのかもしれない。だが、こんな急斜面を命綱もつけずに駆け下りていくなんて、いくら自分はジュストに抱えられているだけと言っても怖すぎる。

ハ……ッとその牙の覗く口元から白い息を零した

ジュストが、最後に強く、山肌を蹴る。大きく跳《ちょう》躍《やく》したジュストは、見事な弧《こ》を描いて塔の窓枠に着地した。

「ジュスト陛下！」

　トッと窓から中に入ったジュストとキリルに、衛兵たちが駆け寄ってくる。

「長旅、お疲れ様でございました。お帰りをお待ちしておりました！」

「カミラ様にも今、知らせをやっております。さあ、どうぞこちらへ」

　ああ、と頷いたジュストが、彼らに荷物を預け、ティタを床に降ろそうとする。しかし。

「……っ」

「っと、……ティタ？」

　床に足がついた途端、ティタはその場にへにゃんとへたり込んでしまった。ジュストが驚いたように目を瞠って聞いてくる。

「どうしたのだ？」

「っ、……っ、どうしたじゃないです！　いきなりあん……っ、あんな……！」

　珍しく涙目で怒るティタに、キリルの腕から降りたアリーシャがくすくす笑って言った。

「ごめんなさい、ティタ。そうよね、なんの説明もなくあんなことされたら、びっくりするわよね」

「そうなのか？」

　意外そうに聞き返すジュストに、ティタは思わず叫んでいた。

「あ……っ、当たり前です！　心臓がとまるかと思ったんですから！」

「……それは困る」

　唸ったジュストが、ひょいとティタを片腕に抱え上げる。わ、と声を上げたティタをじっと見つめて、ジュストは耳を伏せて謝ってきた。

「驚かせて悪かった。……許してくれるか？」

「…………」

「ティタ？」

心配そうに顔を覗き込まれて、ティタは顔を赤くして俯いてしまった。

こんなふうに謝られたら、いつまでもヘソを曲げていられない。

「……もう、怒ってないです」

頬を染めたままぼそぼそと告げたティタに、ジュストが顔をほころばせる。

「そうか、よかった。それにしても、ティタでも怒ることがあるのだな。そなたはいつもにこにこしているから、驚いてしまった」

どこか感心したように言われてしまって、ティタは思わず苦笑してしまう。と、その時だった。

「これは、珍しいものを見た」

唐突に、その場にほがらかな声が響き渡る。声の主を振り返って、ジュストが呟いた。

「……イゴール叔父上」

「久方ぶりだね、ジュスト。……アリーシャも」

両手を広げて歩み寄ってきたのは、少しくすんだ色の被毛をしたユキヒョウの獣人だった。ジュストやキリルより線が細く、真っ白な長衣を身に纏っている。その両目はにこにこと細められていた。

「ジュスト、お前が誰かの機嫌を取るところなんて初めて見たよ。こちらは？」

柔和《にゅうわ》な笑みを浮かべるイゴールに、ジュストが穏やかな口調で答える。

「カーディアで知り合った、サーベルタイガー族のティタです。私の客人として、城に招きました。ティタ、こちらは私の叔父のイゴールだ」

「へえ、サーベルタイガーの……」

驚きに目を瞠ったイゴールに、ティタは慌てて自己紹介した。

「初めまして、ティタと言います。あの僕、サーベルタイガーの一族ではあるんですが、生まれつき獣人にはなれなくて……」

「……ティタ」

しかしそこで、ジュストがティタを遮る。ジュストを仰ぎ見たティタは、そこでかすかな違和感を覚えた。

（あれ……？　ジュスト様の匂い、なんだか今までと違う……？）

どこか緊張したようなその匂いは、しかしごくかすかなものだった。

まるで小さな雪片に隠された、氷でできた棘《とげ》のように硬くて冷たい、鋭い匂い――……。

（……気のせいかな？）

自分が治める城に帰ってきたから、自然と気が引きしまっているのだろうかと思ったティタに、ジュストが言う。

「長旅で疲れただろう？　今部屋を用意させるから、今日はゆっくり休むといい」

「あ……、は、はい。ありがとうございます」

「叔父上、出迎え感謝いたします。後日また、改めてご挨拶に伺います。私たちは、これで」

イゴールに向き直ったジュストが、そう言ってキリルに視線で下がるよう促す。ハ、とアリーシャを先導して塔の中へ入ろうとしたキリルだったが、イゴールは苦笑しながら声をかけてきた。

「待ちなさい。お客人もいることだし、せっかくだから夕食を一緒にどうだい？　我が婚約者殿の好物も取り揃えてあるよ」

（え……）

アリーシャに向けられた最後の一言に、ティタは驚いてしまう。困ったような表情を浮かべたアリーシャが、イゴールを見つめ返して言った。

「叔父様、そのお話はもう……」

「ああ、そうだね。だが、結論を急ぐことはないよ、アリーシャ。では、夕食は明日でどうかな？」

なおも誘うイゴールに、たまりかねたようにキリルが口を挟む。

「イゴール様。大変申し訳ありませんが、アリーシャ様はあなた様とのご婚約をお認めには……」

「……キリル」

しかし、キリルの言葉は途中でイゴールに遮られてしまう。黙り込んだキリルに微笑みかけながら、イゴールが続けた。

「もちろん、僕だってアリーシャの意思を無視しようなんて思ってないさ。だが、アリーシャと僕の婚約は、亡き兄上の遺言だからね。どちらかに赤き月の番《つがい》が見つかったならともかく、今のところそういったこともないのだから、よくよく話し合う必要があるだろう？」

肩を竦めてみせるイゴールに、ハ……、とキリルがうなだれる。どうやらアリーシャは婚約には乗り気ではないようだが、叔父のイゴールは婚約を進めたいらしい。

どうなるのだろうとハラハラしてしまったティタだったが、そこでスッとジュストが前に歩み出る。

「……叔父上。その件は、正式な遺言状がない以上、お互いの意思が優先されるという結論に至ったはずです」

落ち着き払ったジュストの物言いに、イゴールがにこにこと笑って頷く。

「ああ、それも十分承知しているよ。でも、『お互いの意思』の中には、僕の意思も含まれているはずだ。それにジュスト、お前だって、お父上の遺言を取り下げるわけにはいかないだろう？」

「…………」

イゴールの一言に、ジュストが黙り込む。

分かるよ、と困ったように笑いながら、イゴールが続けた。

「僕だって、兄上のご遺志を尊重したい。それに、僕ならばきっとアリーシャを幸せに……」

「……それは、いかがなものでしょう。女の幸せは、殿方が決めるものではないはず。もちろん、それは殿方も同様ですが」

しかし、その時突然、静かな女性の声がその場に割り込んでくる。

入り口を振り返ったイゴールが、すっと表情を改めて呟いた。

「カミラ……。確か君は今、接見中のはずでは？」

「ええ。ですが主のご帰還とあらば、臣下にとってお出迎えに参じる以上に優先すべきことなどありません。イゴール様もそうお思いになって、こちらにいらしたのでは？」

ゆっくりした口調ながら、凛《りん》と澄んだ声でそう問い返したカミラは、すらりと線の細い、美しいユキヒョウの獣人だった。ローブのようなゆったりとした衣装を身に纏っており、手には錫 杖《しゃくじょう》を持ち、肩には瑠璃《るり》色の尾羽の小鳥が乗っている。

その目元は銀細工の仮面で覆われており、よく見れば目の部分は空いていなかった。

「……僕は族長の叔父だよ？　臣下じゃない」

ひょい、と肩を竦めたイゴールが、アリーシャとジュストに向き直る。にこ、と笑みを浮かべたイゴールは、ほがらかな声で告げた。

「夕食は、いずれまた。ではね、ジュスト、アリーシャ」

護衛の兵を伴ったイゴールが、さっと退散していく。その姿が見えなくなるや否や、アリーシャがカミラに飛びついた。

「ありがとう、カミラ！　助かったわ……！」

「いいえ。これくらいお安いご用です、アリーシャ様。……お帰りなさいませ、私の大切な姫君」

優雅に膝をついてアリーシャを抱きとめたカミラが、愛おしそうな笑みを浮かべて言う。

「イゴール様がこちらに向かったと聞いて、居ても立ってもいられず馳《は》せ参じたのですが、間に合ってようございました。なにせ、殿方ほど当てにならない生き物はいませんから」

アリーシャを抱えてすっと立ち上がったカミラが、キリルの方を向く。

「……キリル」

「あ……、ああ。なんだ」

カミラに声をかけられた途端、耳をぺったりと寝かせ、たじろいだキリルに、ティタは驚いてしまった。仮面の麗人《れいじん》相手に、屈強な武人であるキリルが、あきらかに気圧《けお》されている。

「なんだ、ではありません。先ほど階段を上ってくる途中、あなたの声が聞こえてきました。何故あのような直情的な物言いを？　あのような言い方ではイゴール様が先代の遺言を持ち出してくることなど、火を見るよりあきらかでしょうに」

「いや、それは……」

そうだが、ともごもご口ごもったキリルを、ジュストがフォローしようとする。

「だがカミラ、キリルはアリーシャを守ろうとしてくれただけのことで……」

「お言葉ですが陛下、守るというのは、火の粉ひとつ飛ばぬようにすること。相手と敵対することではございません」

ゆったりとした口調のまま、まったく声を荒らげることなく、カミラがそう言う。ジュストに抱えられたままのティタは、顔色を変えることなく滔滔《とうとう》と二人を諭《さと》すカミラに、呆気にとられてしまった。

「大体、陛下もお考えが足りのうございます。この件に関して、陛下は圧倒的に分《ぶ》が悪いのですから、あの食わせ物の狸《たぬき》ジジイと直接やり合えばどうなるかなど……」

ジュストを咎めるカミラだったが、その肩に乗った小鳥がチチッと鳴き声を上げ、途中で口をつぐむ。カミラの肩にとまったまま、パサパサッと小さな翼を羽ばたかせた小鳥は、小首を傾げてまたチチッと声を上げ、じっとティタを見つめてきた。

黙り込んだカミラの銀仮面が、すっとこちらに向けられる。そのままじいっと見つめられて、ティタはたじろぎながらも、おずおずと名乗った。

「あ……、あの……。僕、ティタと言います。サーベルタイガー獣人族の者です」

「あら……」

ティタの声が届いた途端、カミラが小さく声を上げ、居住まいを正す。

「申し訳ございません。キリルと陛下があまりにも不甲斐《ふがい》ないもので、つい小言に夢中になり、大変失礼いたしました。私はカミラと申します。以後お見知りおきを」

丁寧にお辞儀をしたカミラの腕の中で、アリーシャが誇らしげに微笑む。

「カミラは宰相《さいしょう》なの。キリルとお兄様とは幼馴染みで、一族きっての才女なのよ」

「姫様……。姫様にそう言っていただけて、光栄にございます」

どうやらカミラは、アリーシャのことをとても可愛がっているらしい。

キリルとジュストに向けるのとはまるで違う、優しい聖女のように慈愛に満ちた表情を浮かべるカミラを前にして唖然とするティタに、ジュストが苦笑交じりに告げる。

「……私が留守の間、このカミラに城を任せていたのだ。カミラ、変わったことはなかったか？」

「アリーシャ様のいらっしゃらないお城は、まるで永遠の冬に閉じ込められたようでした」

「つまり、なにもなかったのだな」

ますます苦笑を深くしたジュストはもう、安らいだ顔つきになっている。先ほどのかすかに違和感を感じた匂いももう消えていて、ティタはほっと安堵した。

(……ジュスト様、カミラさんと話してると、ちょっと気がゆるむみたいだ)

幼馴染みだということもあるのだろう。キリルやアリーシャもまた、リラックスした表情を浮かべている。

ティタは、嬉しそうにカミラと話すアリーシャと、そのアリーシャを愛おしそうに見守るキリルを見て、少し複雑な気持ちになった。

アリーシャが叔父と婚約していたということには驚いたけれど、どうやら話は正式に決定しているものではないらしい。

ジュストとしても、アリーシャの意思は尊重したいが、叔父の意見を無下《むげ》にするわけにもいかないし、亡き父の遺言とあっては真っ向から取り下げることもできない、というところなのだろう。

（確か、ご両親は人間に殺されたって……）

旅の道中、大切にしている妹の恋心に気づき、複雑な思いを抱きつつも見守ろうとしていたジュストが、それでも遺言を取り下げられないほどなのだ。ジュストにとって父の最後の言葉は、とても重い意味を持つものなのだろう。

ジュストは無念の死を遂げた両親のことを、今も大切に思っているのだ――……。

と、物思いに耽《ふけ》っていたティタを抱えたまま、ジュストが衛兵を従えて歩き出す。

ティタは慌ててジュストに告げた。

「あ……っ、あの、僕もう大丈夫です。自分で歩けますから、降ろして下さい」

「そうか。だが、疲れているだろうし、この方が楽だろう？　アリーシャもあの通りだしな」

アリーシャを抱き上げたまま先を行くカミラは、目が不自由であるにもかかわらず危なげない足取りで、軽やかに階段を降りていく。

カミラの錫杖を預かったアリーシャは、まるで姉に甘える妹のように、楽しそうにカミラとお喋りをしていた。カミラの肩にとまっていた小鳥も、アリーシャとカミラの肩を行ったり来たりしてピチュピチュお喋りに参加している。

「この塔は古くて、階段も急だからな。転ばぬよう、念のためだ。それとも嫌か？」

「……嫌では、ないです」

答えたティタに、そうか、とジュストが微笑む。そのやわらかな表情に、ティタはなんだかどぎまぎしてしまって、そばかすの散った頬をほのかに赤く染めた。

（そんな顔されたら、嫌じゃないけど恥ずかしいから降りたいとか、なんだか言えない……)

ティタの複雑な胸のうちなど知らず、ジュストが話しかけてくる。

「着いてそうそう、内輪のもめ事を晒《さら》してしまったな……。だが、叔父上も悪い方ではないのだ。十年前、両親が毒を盛られた時、私たち兄妹は城を空けていて死に目に会えなくてな。叔父上は両親から私たちのことを頼まれて……、以来、ずっと気にかけて下さっているのだ」

ジュストの言葉に、ティタははいと頷いた。道中ずっと一緒だったから、ついキリルとアリーシャの仲を応援したくなってしまうが、イゴールはイゴールでジュストやアリーシャのことを思ってくれているということなのだろう。

「……穏やかそうな方でしたね」

にこにこ笑っていたイゴールを思い返してそう言ったティタに、ジュストが苦笑を零す。

「そう見えるだろう？　だが、叔父上の剣の腕は一族随一でな。私とキリルは、叔父上から剣術を学んだのだ。優しいが、厳しい師だった……」

懐かしそうに言ったジュストが、表情を引きしめて告げる。

「明日、氷の花の咲いている場所へ案内する。そなたは薬を作り次第、故郷へ帰れ」

「はい、ありがとうございます」

ティタが一族の里を出て、もうすぐ三週間になる。きっと母は未だに高熱に苦しんでいるはずだ。

(早く、帰らなきゃ)

ハワルとゾンがついてくれているから、きっと大丈夫だと信じているけれど、それでも今母はどうしているだろうと考えると不安でたまらない。

ぎゅっと唇を引き結び、焦燥《しょうそう》を滲ませたティタを見つめていたジュストが、階段の途中にある小さな窓にふと視線を移して、呟く。

「……オラーン・サランまで、あと四日か」

「あ……」

言われて、ティタもハッとして外を見た。

この世界には毎夜、二つの月が夜空に浮かぶ。

白く輝く月と、赤く輝く月は、その満ち欠けが正反対の周期で回っており、特に白い月が新月の晩に昇る、血のように赤い満月は、オラーン・サランと呼ばれている。

薄闇に覆われた夜空には今、二つの月が浮かんでおり、白い月は半月よりも細く、そして赤い月は真円に近づきつつあった。

赤みの強い月光にアイスブルーの瞳を眇め、ジュストが重く声を沈ませる。

「急がねばな。そなたの身に、万が一があってはならぬ」

「万が一って……」

ジュストの言葉に、ティタは目を見開いた。

オラーン・サランの夜、恋をした獣人は発情する。

その発情は本能的なものだが、相手を深く愛しているほどより強く、狂おしいほどの欲情を覚える。

身を焦《こ》がすような情動は、愛し合う相手と身も心も結ばれなければおさまらず、己の番と引き離された獣人は狂ったり、命を落とすことすらある。

だからこそ、オラーン・サランの発情を迎えた獣人は一族から祝福され、相手が誰であろうとその仲を認められるのだ。

だが、それはあくまでも、誰かを深く愛した獣人に限った話だ。片思いでオラーン・サランの発情が起きることは滅多にないし、両思いだからといって必ず発情が起きるわけでもない。

「あの……、僕は獣人ですけど、人間姿しかとれませんし、オラーン・サランの発情が起きるかどうかも分かりません。それに、故郷にいる時だって、僕に想いを寄せてくれるような獣人はいなくて……」

おずおずと言ったティタだったが、ジュストはふい、と視線を逸《そ》らすと低い声で呟いた。

「そなたの故郷にはいなくても、この城にはいるかもしれぬ。……ティタに、深く恋をする者が」

「え……」

驚いて息を呑んだティタだが、ジュストが付け加えた一言に頷かざるをえなくなる。

「……可能性の話だ。滞在が長くなり、我が一族の者と交流する時間が増えれば、そういった可能性も出てくる」

「それは……、……はい」

自分にそんな感情を抱いてくれるような人がいるとはなかなか思えないが、可能性がひとつもないとは言いきれない。

頷いたティタに、ジュストが重ねて言う。

「だから、そなたはなるべく早くここを出立せよ」

帰りはキリルに送らせる、と言うジュストに、ティタはありがとうございますと頷いた。

オラーン・サランのことはともかくとして、一刻も早く母の元に戻りたいのは確かだ。

――けれど。

(そうか……、氷の花を譲ってもらったら、もうジュスト様とはお別れなんだ……)

今までとにかくユキヒョウ一族の城に着かなくては、早く氷の花を手に入れなくてはとばかり思っていたが、そうなったらもう、ジュストとは離ればなれになるのだ。

それは当然のことで、分かっていたはずなのに、どうしてか喉の奥がつかえたように息苦しい。

もうジュストと一緒にはいられないのだと、そう思った途端、胸の奥がちくりと痛んで。

「……っ」

小さく息を呑み、ティタはジュストの腕の中でぎゅっと唇を引き結んだ。

まるで、決して溶けない氷の粒が心臓に入り込んでしまったかのように、その痛みはちくちくとティタの胸を騒がせ続けた――……。

翌日は、よく晴れた青空の広がる、気持ちのいい天気だった。

「ティタ！　こっちよ！」

駆けていくアリーシャを、キリルが追いかける。

「アリーシャ様、お一人で先に行かれては危険ですから……っ！」

「頼んだぞ、キリル。……ティタ、大丈夫か？」

「だ……、大丈夫、です……っ」

気遣ってくれるジュストになんとかそう答えたものの、ごつごつした岩場が続くゆるやかな登り道は、人間姿のティタには少々手ごわい。

城に戻り、元の獣人姿になったアリーシャの背に必死に追いつこうとするティタに、同行している近衛兵の一人が声をかけてくる。

「ティタ様、我らがお運びしましょうか」

「いえっ、それは……、……っ」

近衛兵の申し出をティタが断ろうとした途端、その体がふわりと宙に浮く。ぱちぱちぱち、とティタが瞬きを三回する間に、その体はジュストの腕の中にすっぽりおさまっていた。

「……私が運ぶ」

「あ……、あの、僕自分で……」

「今にも転びそうな者が、なにを言う。そなたは黙って私の首にしがみついていればよい」

不機嫌そうに言ったジュストが、少し声のトーンを落として聞いてくる。

「……それともティタは、私では不満か」

兵たちの前だという意識があるからだろう。表情はいつもと変わらないが、その耳は心配そうにパタパタと揺れている。

ティタは戸惑いつつ答えた。

「ええと……、不満なんてないです」

「ならばよい」

途端に耳をピンと立てたジュストが、ティタを抱えたまま歩き出す。どう見ても先ほどより軽くなった足取りを見た近衛兵たちが、呆気にとられたように顔を見合わせた。

（またアリーシャが先に行っちゃって、ちょっと寂しいだけなんだと思うんだけどな）

けれどそれを言ってしまったら、ジュストの族長としての威厳が損なわれてしまうかもしれない。ティタはこっそり苦笑して、ジュストの腕の中に大人しくおさまった。

城で一晩休んだ後、ティタはジュストに伴われて、氷の花が咲く地へと向かっていた。

氷の花は、族長の一族が管理している地に咲いており、それは都近くの高山の頂ということだった。採取したらその場で花を煎じるつもりのため、ティタは自分の調剤道具一式も持ってきている。

長旅の汚れを落とし、衣装も改めたジュストは、一層族長としての威厳に満ちている。艶やかな被毛に覆われた首元はふかふかで、しがみついた腕が埋まってしまうほどだった。

（……もうすぐ、氷の花を手にできる）

禁書で最初に氷の花を知った時の興奮がよみがえって、ティタはこくりと喉を鳴らした。

昨夜は、用意された客室で眠る前に、何度も何度も薬湯を作る手順を確認した。根と花弁を傷つけないよう注意すれば、あとはそう難しい作業はないけれど、それでもこの薬湯作りにすべてがかかっているのだと思うと緊張せずにはいられない。

もう一度頭の中でおさらいしておこうと、手順を思い浮かべようとしたティタだったが、そこでふと、漂ってくるジュストの香りに違和感を覚える。

あのほんのりと甘い、青い香りに混じって、どこか悲しげな香りがするのだ。

（……どうしたんだろう）

気になったティタがじっと見つめていると、視線に気づいたジュストが問いかけてきた。

「どうした？　なにか気がかりでもあるのか？」

「あ……、えっと……」

少し迷いつつ、ティタはおずおずと答えた。

「その……、ジュスト様からなんだか少し、悲しそうな香りがする気がして……」

ティタの一言に、ジュストが少し目を瞠る。

勝手に匂いで察してしまうなんて不躾《ぶしつけ》だっただろうか、と後悔しかけたティタだったが、ジュストはややあってから躊躇いがちに口を開いた。

「……そうか。そなたのような優れた嗅覚の持ち主に、隠し事はできぬな。私は昔から感情を抑える癖がついているから、誰にも分からぬだろうと思っていたのだが……」

複雑そうな笑みを浮かべるジュストに、ティタは肩を縮めて小さく謝る。

「すみません、勝手に……」

「いや、謝ることはない。……私にとってこの山は、特別な場所なのだ。この山にはよく、父や母と一緒に来ていた」

懐かしそうに、少しつらそうに目を細めたジュストが、辺りを眺める。風にそよぐ美しい被毛を見つめながら、ティタはそっと聞いてみた。

「……どんな方たちだったんですか？」

差し支えなければ教えてほしいと見つめるティタに、ジュストが歩みを進めながら語り出す。

「そうだな……。父は大柄で、己にも他人にも厳しくて、滅多に笑うことはなかったな。反対に、母はいつも微笑んでいて、優しくて……、ああでも、二人とも物静かな人たちだった」

「我々にとっては、どちらも尊敬に値する、偉大なご夫婦でした」

随行している近衛兵の一人が、静かに言う。先代を偲《しの》ぶ彼らに頷いて、ジュストは続けた。

「ティタの一族もそうだという話だったが、我が一族も、長は世襲制というわけではない。にもかかわらず、一族の者は私を次の長にと選んでくれた。それだけ、私の父が長として偉大だったからだ」

「そんな……！」

ジュストの言葉を聞いた兵たちが、口々にそれを否定する。

「なにを仰るのですか！　ジュスト様はなるべくして長になられたのです！」

「そうです！　たとえ先代のご子息でなかったとしても、我々はあなた様を次の長としたでしょう」

「ああ。それに、あの時ジュスト様が長の任をお引き受け下さらねば……」

勢い込んで言いかけた一人に、ジュストがスッと視線を向ける。

「……その辺りにしておかぬか」

「ハ……ッ、口が過ぎました」

ご無礼を、と慌てて口をつぐんだ彼がなにを言おうとしていたのかは分からなかったが、それでもティタにも分かったことがある。

「きっと、ジュスト様がこれまで長として尽くしてきたからこそ、こんなにも皆さんに慕われているんですね」

しみじみとそう実感して、ティタは呟いていた。

驚いたように息を呑んだジュストが、ティタを不可解そうに見つめて言う。

「……慕われている？　私が？　……恐れられている、の間違いではないのか？」

どうやらジュストには、自分が兵たちに慕われているという自覚はないらしい。ティタは苦笑しながら言った。

「確かにジュスト様は見た目は威厳があって怖いですけど……、でも、とても真面目でいい人じゃないですか」

十数日間一緒に旅をしただけの自分だって、こんなにもジュストを特別に思うくらいなのだ。きっと仕《つか》えている人たちは、もっとジュストのことを好きに違いない。

「ジュスト様のことを好きにならない人はいないと思いますよ？」

「……っ」

大きく目を見開いたジュストが、まじまじとティタを見つめてくる。

白い陽光に煌めくアイスブルーの瞳は、まるで宝石でできた青い花のように美しい。きらきらと光が零れるようなその瞳に、思わず見とれてしまいかけたティタだったが、その時、近衛兵たちが顔を見合わせて頷き合うなり、勢い込んで告げてきた。

「ティタ様！　本当にそうお思いでしたら是非、この都に残って下さいませんか!?」

「え？　あの……」

群がる兵たちに驚き、目を瞬かせるティタだが、続く兵の一言にジュストが顔色を変える。

「出来上がった薬湯は、我らが必ずティタ様の故郷にお届けします！　ですからせめて、オラーン・サランが過ぎるまで……！　でないと、このままではジュスト様が……」

「……っ、やめぬか……！」

その場に響き渡った怒号に、近衛兵たちがビクッと肩を震わせ、サッと片膝をつく。頭を垂れた兵たちを見渡し、ジュストはため息交じりに告げた。

「そなたらは少し後からついて参れ。無論、無駄口は控えてな」

「ジュスト様、しかし……！」

先頭の一人が顔を上げ、食い下がろうとする。それを視線でいなして、ジュストはティタを抱えたまま、悠然と歩みを進めた。

「……うるさい輩《やから》ばかりで、すまぬ。他部族の客人など初めてで、浮き足だっているのだ」

「い、いいえ、僕は別に……」

戸惑いつつ、ティタはジュストに聞いてみた。

「あの、さっきの……。オラーン・サランが過ぎるまでって、どういうことでしょう？」

このままではジュスト様が、と訴えてきたあの兵士は、とても切迫した雰囲気だった。なにかジュストの身に関係あることなのかと気になったティタだったが、ジュストはきつく瞳を眇めて言う。

「そのようなこと、気にせずともよい。そなたには関係のないことだ」

「あ……」

素っ気ないその一言に、ティタは思わず俯いてしまう。

「そう、ですよね。……すみません」

小さく謝って、ティタは黙り込んだ。

昨日ジュストにも言われたように、自分は薬湯を作り次第、ここを出立しなければならない。余計なことに首を突っ込む余裕など、ないのだ。

(……でも、ジュスト様にかかわることが余計なことだなんて、思えない)

旅の間、ジュストには数えきれないくらい助けてもらった。氷の花のことといい、どうお礼をしたらいいか分からないくらい、感謝している。

ジュストの身になにかあるのなら、できる限り力になりたい。

けれど、それはティタの勝手な思いだ。ジュストにとってはティタの助けなど必要ないし、ティタがなにかしたいと思っても迷惑なだけなのかもしれない。

そう思った途端、胸の奥がズキンと痛んで、ティタは唇を噛んだ。

(きっとジュスト様は、迷惑だなんて思わない)

優しい彼のことだから、故郷に帰らなければならないティタのことを思いやって、関係のないことだと言っただけなのだろう。

けれど、もし本当にジュストに迷惑だと思われていたらと思うと、息苦しくてたまらなくなる。

関係のないことだと、その一言がどうしても寂しくて、まるで水の中に突き落とされたみたいにうまく息が吸えない。

引き絞られるみたいに胸が痛くて、……痛くて。

「……ティタ?」

黙り込んだティタに、ジュストがそっと声をかけてくる。

気遣わしげなその声に、ティタは慌ててパッと顔を上げた。

「す……、すみません、大丈夫です」

こんなことで落ち込んでいたら、それこそジュストに迷惑をかけてしまう。気持ちを切り替えようと、ティタは笑みを浮かべて言った。

「運んで下さってありがとうございました。あとは自分で歩きます」

ごつごつした岩場の先で、こちらを振り返ったアリーシャが手を振っているのが見える。もう目的地は目と鼻の先なのだろう。

ティタはお礼を言って、ジュストの腕から降りた。いや、とどこか納得していないような表情で頷いたジュストにぺこりと頭を下げ、アリーシャの方へと歩き出す。

「ティタ、こっちよ！　あの崖の上！」

「うん……！」

足をとめて待っていたアリーシャと合流すると、ティタは彼女が指し示す崖の方へと足を進めた。

サアッと冷たい風が頬を撫で、清涼な花の香りが鼻先をくすぐる。初めて嗅ぐその凛とした香りに、ティタはドキドキと胸を高鳴らせた。

ほどなくして、うっすらと雪が積もった黒い岩場が見えてくる。岩場のところどころには、小さな花が咲いていて――。

「……綺麗だ……」

思わず足をとめて、ティタはその光景に見入ってしまった。

――そこは、氷に覆われた花畑だった。

大きな川が流れる深い谷間にせり出した崖の上に、可憐《かれん》な花がいくつも咲いている。

青い花心を包み込むその花びらは、まるで氷のような半透明で――……。

「これが、氷の花……」

膝をついて、ティタはようやく対面できたその可憐な花をじっと見つめた。風に揺れる花は、確かに図鑑に載っていた姿形と同じものだ。

ずっと追い求めてきた花をやっと手にすることができる、これで母は助かると思うと、じわじわと胸のうちに熱いものが広がっていく。風に揺れる花を見つめているだけで、まるで夢の中にいるような心地がして、手を伸ばすのも躊躇われて。

こくり、と小さく喉を鳴らしたティタの傍らに、ジュストが膝をつく。

軽く目を閉じ、山への感謝の祈りを捧げた後、ジュストはその花の花弁を丁寧に取った。傷つけないよう、慎重に何輪かから花弁を採取し、懐から取り出した白い布でそっと包む。

「ティタ、これをそなたに」

「……ありがとうございます」

差し出された花弁を、ティタは緊張しながら受け取った。アリーシャがにこにこと話しかけてくる。

「よかったわね、ティタ。早速煎じないと」

「うん。アリーシャもありがとう」

彼女がいなければ、自分はここまで辿り着けなかっただろう。氷の花を手にすることもできなかったかもしれない。

ティタは花弁を包んだ布を捧げ持つと、改めてジュストに向き直った。

「ジュスト様、本当にありがとうございます。大切に使わせていただきます」

「……ああ」

目を細めたジュストが、静かに頷く。

「一刻も早く薬を作って、母に届けてやるといい」

深く沈んだ声でそう言ったジュストが、なにかを堪えるようにぐっと拳を握りしめ、ティタを見つめてくる。

そよぐ風に、先ほどよりも強い、……深い悲しみの匂いを感じた、――その、次の瞬間。

ティタはハッと目を見開き、弾かれたようにジュストに飛びついていた。

「っ、ジュスト様！」

「……っ！」

叫んだティタの腕に、ビッと熱い感触が走る。

思わず小さく呻いたティタに、ジュストが目を見開いた。

「ティタ！　っ、キリル、アリーシャを！」

腰に携えていた細身の剣を抜き、すかさず吼《ほ》えたジュストは、ぐっと視線を険しくしてまっすぐ矢の飛んできた方向を見据えた。

アイスブルーのその瞳に、一斉《いっせい》に飛んでくる無数の矢が映り込む。

「伏せよ！」

叫ぶなり、大きく剣を振りかぶったジュストは、その風圧で向かってくる矢を払い落とした。隣で同じく剣を抜き、アリーシャを背に庇ったキリルが、大量に降り注いでくる矢を叩き落としながら短く告げる。

「森からです！」

「そのようだな……！」

グルルッと唸ったジュストのもとに、後ろに控えていた近衛兵たちが駆け寄ってくる。

「ジュスト様、お怪我は……！」

矢が飛んできた森の方向と一行との間にサッと壁を作った彼らに、ジュストが答える。

「私は何ともない！　ティタ、そなたは……！」

「だ……、大丈夫です。かすり傷です」

動揺しつつも、ティタはそう答えた。しかしジュストは、血が滲んだ程度のその傷を見るなり、怒りに全身の被毛を逆立たせ、低い唸り声を発する。

ジュストの背に庇われたティタは、花弁を包んだ布を両手で守るように持ったまま、声が震えそうになるのをどうにか堪えて告げた。

「こ、この間、洞窟で襲われた時と同じ矢の匂いがしたんです。それで……」

「……そうか」

暗い森をじっと睨んだまま頷いたジュストに、ティタは迷いつつも告げた。

「あの……、僕の勘違いかもしれないんですけど、矢の匂いと一緒に、その……、知っている人の、匂いが……」

先ほどティタは、矢の匂いと共に、ある人物の匂いを感じ取っていた。その匂いは未だにあの森から漂ってきているが——、どうしてもその人物の名を告げるのを躊躇ってしまう。

こんなことを告げて、もし間違いだったらどうしよう。やはり自分の勘違いなのでは、と口をつぐんでしまったティタに、ジュストが苦々しげに頷く。

「やはり、そうか……。……ありがとう、ティタ。薄々勘づいていたことだ。……そうだと、信じたくはなかったのだがな」

ティタを背に庇ったまま、ジュストがすい、と立ち上がる。

近衛兵たちの背中越しに、雪に覆われた森を鋭く睨み据えて、ジュストはその名を口にした。

「姿を見せよ！　イゴール叔父上……！」

咆哮《ほうこう》を上げたジュストに、ティタが大きく息を呑んだその時、鬱蒼《うっそう》とした森で影が蠢き始める。

ほどなくしてその影から、数十人もの獣人が飛び出してきた。揃いの黒い鎧《よろい》を身につけた獣人たちは、いずれもぎらぎらと敵意のこもった視線を、族長であるジュストに向けていて——。

「いつから僕だと気づいていたんだい？」

ただ一人、にこやかな笑みを浮かべて彼らの間から姿を現したのは、くすんだ被毛のユキヒョウの獣人——、イゴールだった。

警戒をゆるめないまま、ジュストが低く告げる。

「……数年前から私がこの地を離れるたび、旅先で命を狙われることが何度もあった。そのうちあなたが、一度は保留で落ち着いたはずの妹との婚約話を蒸し返してきて、もしやと思うようになった。……叔父上は族長の座を狙っているのでは、と」

(数年前から、って……)

ということは、ジュストは今までに何度も命の危険に晒されていたのかと驚いたティタに、キリルが教えてくれる。

「今回アリーシャ様もご一緒にカーディアに向かわれたのは、このままではジュスト様がご不在の間に、先代の遺言を盾に正式な婚約を求められそうだったからです」

昨日、イゴールが執拗《しつよう》にアリーシャに婚約を迫っていたことを思い出す。眉をひそめたティタに、アリーシャも険しい表情で呟いた。

「もちろん、私は断るつもりだったわ。でも、私もお兄様と一緒に旅をすれば、もしかしたら叔父様もお兄様を狙わないかもと思ったから……」

どうやらアリーシャも、ジュストから叔父があやしいという可能性については聞いていたらしい。頷いたジュストが、苦渋に満ちた声で呟く。

「叔父上の仕業《しわざ》だと、信じたくはなかったのだがな。ただの物盗りであればよいと、ずっとそう思っていたのだが……」

（……だからあの時、ジュスト様の匂いが少しおかしかったんだ……）

旅から戻ってきた時、ジュストからは硬く冷たい、鋭い匂いがしていた。

まるで小さな雪片に隠された、氷でできた棘のような あの匂いは、ジュストがイゴールを疑っていた匂いだったということなのだろう。

その時と同じ匂いをより強く漂わせながら、ジュストが言う。

「……私だけならまだしも、アリーシャにまで危険が及ぶとなれば、もう見過ごすわけにはいかぬ」

旅の途中、アリーシャがいるにもかかわらず、イゴールはあの洞窟で手下たちにジュストを襲わせた。何度命を狙ってもうまくいかないことに業を煮やしたのか、はたまたジュストに勘づかれていることに気づいて、分が悪くなる前に一気に片を付けようと考えたのか、その真意は分からない。

だが、妹にも危険が及ぶようになり、ジュストも肉親と事を構える覚悟を決めたのだろう。険しい顔でイゴールを睨むその横顔に、もう迷いはないようだった。

しかしイゴールは、ジュストの鋭い視線を受けてもなお、変わらずにこにこと穏やかな笑みを浮かべている。それがかえって怖くて、ティタはぞっとしてしまった。

じり、と後ずさったティタに目をとめたイゴールが、すまなそうに謝ってくる。

「君は確か、ティタと言ったね。すまないが、君にも一緒に死んでもらうよ」

おそらくイゴールは、ジュストたちがティタをこの氷の花の咲いている崖に案内することを知って、今日を好機と捉えたのだろう。

イゴールの目配せで、黒い鎧姿の兵士たちがじりじりと包囲網を狭め始める。

行く手を阻《はば》む獣人たちに、一層表情を険しくしたジュストと近衛兵たちを見つめて、イゴールがどこか他人事のようにのんびりと言った。

「しかし、君が近衛隊全員を連れて来たわけじゃなさそうで助かったよ、ジュスト。人数が人数だからね、雪崩《なだれ》に巻き込まれたことにしようと思っていたんだが、君たちと近衛隊全員が『不慮の死』を遂げるほどの雪崩となると、さすがにちょっと嘘くさいかなとは思っていたんだ」

す、と片手を上げたイゴールが、にっこりと笑みを浮かべて告げる。

「ああ、心配しなくても、氷の花は僕が適切に管理していくよ。……醜悪な人間どもは、この花の猛毒にいくら積むかな？」

「そのようなこと、誰が許すか……！」

カッと双眸《そうぼう》を見開いたジュストが、目の前に剣をかざし、素早く術を唱える。すかさずイゴールも術を唱え、二人の手から迸《ほとばし》った稲妻が空中で激しくぶつかり合った。

「く……！」

「ジュスト様！」

叫んだ近衛兵たちがイゴールに斬りかかろうとするが、その時、喊声《かんせい》を上げた敵兵が襲いかかってくる。十人足らずの近衛兵たちは、たちまち敵兵に取り囲まれてしまった。

「っ、数が違いすぎる……！」

悔しげに呻いたキリルが、ジュストの隣に並んでイゴールに対抗しようとする。しかしジュストは、まっすぐイゴールを睨んだまま、己の腹心を叱咤した。

「なにをしている！　アリーシャとティタを連れて早く逃げぬか！」

「しかし……！」

主を置いていくことに抵抗があるのだろう。二の足を踏むイゴールに、ジュストが咆吼を上げる。

「ここは私と近衛の者らに任せよ！　早く二人を連れていけ、キリル！」

「ジュスト様……っ、は……！」

かしこまったキリルだったが、その時イゴールの配下の一人が、アリーシャへと手を伸ばそうとする。

ティタは咄嗟に、持っていた荷物をその兵士目がけて投げつけていた。

「やめろ……！」

「……っ、この……！」

一瞬怯んだ兵士が、腹立たしげにティタの荷物を崖の下に蹴り飛ばす。麻袋と共に、包まれていた布から飛び出た花びらが宙に舞い、はらはらと谷底へ落ちていった。

「ティタ！」

悲鳴を上げたアリーシャに、一気に兵士たちが襲いかかってくる。不敵な笑みを浮かべたイゴールが、ジュストと力を拮抗《きっこう》させたまま、彼らに命じた。

「構わん、全員崖から突き落とせ！」

「ティタ、アリーシャ様を！」

敵を打ち払うキリルの一声で、ティタは死にものぐるいでアリーシャに襲いかかる兵士に飛びついた。

自由になったアリーシャだが、逃げ道は塞がれており、崖の方へと追いやられてしまう。

「お兄様！　キリル……！」

涙混じりの悲鳴を上げるアリーシャに駆け寄り、ティタは彼女を背に庇った。しかしそこは崖の先端で、それ以上逃げ場はない。

「……っ！」

パラ、と崩れた石が落ちる音に、ティタは唇を噛んだ。

キリルと近衛兵たちも、なんとか敵を退けようと奮戦しているが、数十人もの獣人相手に苦戦を強いられている。一人、また一人と、キリルたちの脇を抜け、イゴールの手下がこちらに向かってくる。

「ティタ、アリーシャ！　く……っ！」

こちらを振り返ったジュストが、イゴールを片手で防ぎつつ、もう片方の手で兵士たちの背に術を放つ。その場に呻いて倒れた兵士の手から落ちた剣を、ティタは咄嗟に拾い上げた。

「く……、来るな……っ」

震える手で、それでも必死に剣を構え、迫り来る兵士に立ち向かう。剣なんてほとんど持ったこともないけれど、それでも今、アリーシャを守れるのは自分だけだ。

――けれど。

「どけ、小僧っ！」

「あ……っ！」

大柄な獣人相手に、及び腰のティタが敵《かな》うはずがない。あっという間に剣は弾かれ、ティタは突き飛ばされて――。

「ティタ……！」

体が宙に放り出された、その次の瞬間、ジュストが素早く地を蹴って身を投げ出し、ティタに手を伸ばしてくる。

ガクンッと強い衝撃を受け、一瞬息がとまってしまったティタは、パラパラと顔に落ちてくる石片におそるおそる上を見上げ――、大声で叫んだ。

「ジュスト様……！」

そこには、崖のへりに片手一本で掴まり、もう片方の手でティタの手首をしっかりと捕まえたジュストがいたのだ。

「なにを……っ、手を離して下さい！」

ティタは血相を変えて、身をよじった。

下は深い谷底で、ジュストが手を離せば自分は真っ逆さまに落ちるしかない。けれど、このままではジュストは身動きが取れない。

（だったら僕が落ちるしか……！）

不自由な体を動かし、ジュストの手を振り払おうとしたティタだったが、ジュストはぐっと息を詰めるとその膂力《りょりょく》でティタの体を持ち上げ、しっかりと腕の中に抱え直す。

「っ、暴れるな、ティタ……！　せっかく捕まえたのに、落としてしまう……！」

「でも……っ、でも、このままじゃ……！」

ジュストの逞しい腕に抱えられたティタは、どうにか崖の岩肌にしがみつこうと手を伸ばした。ティタが自力で岩にしがみつくことができれば、ジュストは体勢を立て直し、反撃に打って出ることができる。けれど、何度手を伸ばしても、どんなに身を乗り出しても、どうしても岩壁に手が届かない。

ティタは息を荒らげ、己の情けなさにきつく唇を噛んだ。

（僕がちゃんとした獣人だったら、きっとこんなことにはならなかったのに……！　アリーシャを守ることもできただろうし、ジュスト様の足も引っ張らずに済んだのに……！）

いくらジュストでも、ティタを抱えたまま、岩肌に片手でどうにかしがみついているようなこの状況では、落ちるのは時間の問題だ。

しかも――。

「ふふ、これはいい眺めだね」

愉快そうな声と共に、ひょいと上から覗き込んできたイゴールが、ジュストの手をぐりっと踏みつけてくる。ぐ、と怒りの気配を濃くしたジュストが、険しい視線でイゴールを睨み上げた。

「……たとえ我らを葬《ほうむ》ったとしても、カミラがいる。彼女がお前の主張を鵜呑《うの》みにすると思うか……！」

「おや、お前らしくもない脅しだね、ジュスト。僕がそんな愚《ぐ》を冒すと思うかい？」

微笑を浮かべてそう言うイゴールを見上げ、ティタは身を強ばらせて呟いた。

「まさか……」

「今頃カミラは謀反《むほん》の罪で、城の地下牢に繋がれているだろう。まあもっとも、目の見えない彼女にとっては、そこがどこだろうが関係ないのかもしれないけどね」

「なんてことを……！」

思わず呻いたティタだったが、イゴールは肩を竦めながら言う。

「彼女は勘がいいから厄介なんだよ。肉親のジュストやアリーシャと違って、情に流されてもくれないしね」

「イゴール、貴様……！」

全身の被毛を怒りに膨らませたジュストが、唸り声を上げる。と、その時、複数の荒い足音が近づいてきた。

「イゴール様、捕らえました……！」

どうやらアリーシャとキリルが引っ立てられてきたらしい。近衛兵たちも皆、捕らえられたか殺されてしまったのだろう。キリルは猿轡《さるぐつわ》をされているのか、苦悶しつつも暴れている呻き声が聞こえてきた。

ちらりとも後ろを振り返らないまま、イゴールが部下に命じる。

「そう。じゃあ、殺して崖から投げ落として」

「っ、やめろ！」

叫ぶジュストの声に重なるようにして、アリーシャが叔父を糾弾《きゅうだん》する声が聞こえてくる。

「あなたの言うことなんて、一族の誰も信じないし、従わないわ……！　お兄様を殺しても、あなたが族長になれるわけがない！」

涙混じりで震えているその声は、しかし毅然《きぜん》とした強さに満ちていた。ふむ、と思案気な顔つきになったイゴールが、振り返って部下たちに命じる。

「待て。……確かに君の言う通りかもしれないね、アリーシャ」

さすが僕の姪だ、と感心したように呟いた後、イゴールは後ろを振り返って言った。

「ならば君に、僕の無実を証言してもらおう。アリーシャ、君はそこにいるキリルが、ジュストと客人を崖から突き落とし、近衛兵を残らず殺してしまったと証言するんだ。理由は、そうだね……。ジュストが心変わりして、僕と君との婚約を認めようとしたのを聞いて、彼が激昂《げっこう》した、というところでどうかな？」

「な……！」

あまりのことに、ティタは目を見開いて驚いてしまった。そんな証言をしたら、キリルがすべての罪を被ることになるし、アリーシャはイゴールとの結婚を認めざるをえなくなる。

二人の婚約はジュストの父の遺言ということだったが、それも今となっては真実かどうかあやしい。なにせ、ジュストとアリーシャは両親の死に目に会えていないのだ。

族長の座を狙うイゴールは、おそらく一族の者からの支持を得るため、偽りの遺言をでっち上げたに違いない。

アリーシャも同様に考えたのだろう。ややあって、頑なな声が聞こえてくる。

「そんなこと、誰が証言するものですか……！」

「そう？　なら、今すぐキリルを突き落としてもいいんだよ？　おい、彼を……」

「やめて！」

金切り声でイゴールを遮ったアリーシャが、泣き崩れる気配がする。

ティタは思わず、イゴールを睨み上げていた。

「……っ、卑怯者……！」

けれどイゴールは、ティタの誹《そし》りなどまるで意に介した様子もなく言う。

「手段なんて関係ないよ。力ある者が長となるのは当然のことなんだからね。……それで、どうするの、アリーシャ？」

「……っ」

「なにも答えないのなら、とりあえず君の想い人の指を一本ずつ切り落とそうか？　それとも、地下牢にいるカミラの方がいい？」

「……っ、わ……、かり、ました……」

小さくか細いアリーシャの声に、キリルが呻き、抗議する気配がする。しかしイゴールはそれには構わず、アリーシャに繰り返させた。

「なにが、分かったの？」

「あ……、あなたの、言う通りに……。言う通りにするから……。だから、お願い……。お兄様たちとキリルを、助けて……。殺さ、ないで……」

お願い、と震える声で頼むアリーシャに、イゴールがにっこりと笑う。

「物分かりのいい姪で助かるよ、アリーシャ。君が証言してくれれば、僕を疑う者も口を閉ざさざるをえなくなるだろう。……でもね」

声のトーンを落としたイゴールが、再びティタとジュストを見下ろしてくる。

にこやかな表情を浮かべながらも、その瞳の奥には真っ黒な闇が巣くっている。

冷たい、どこまでも冷たいその瞳で、ひたとジュストとティタを見据えて、イゴールは笑った。

「……残念ながら、ジュストを助けることはできない。彼が生きていては、僕が長になれないからね」

そんな、とアリーシャの声が上がると同時に、イゴールがグリッとますます強くジュストの手を踏みつけてくる。ぐっと肩を強ばらせたジュストが、イゴールを睨んで唸り声を上げた。

「すべてお前の思惑通りに行くと思うのか、イゴール……！」

抱えられた腕に、ぎゅっと力が込められる。ティタはその胸元にしがみつき、精一杯イゴールを睨み上げた。

（こんな……、こんなことをするなんて、絶対許せない……！）

このままでは本当に、イゴールのたくらみ通りになってしまう。

そうはさせないとイゴールを睨んだティタだったが、にっこりと笑みを浮かべたイゴールは、歌うようにジュストに答えた。

「ああ、お前さえ消えてくれれば、もちろんうまくいくとも、ジュスト。……一族の長にふさわしいのは僕だと、皆も認める他なくなる」

続いてイゴールは背後を振り返ると、配下の者たちに命じた。

「氷の花を採取しろ！　根が傷ついても構わん！　どのみち、すべて毒薬にしてしまうのだからな！」


「……っ、そのようなこと、誰が許すか……！」

唸ったジュストが、その瞳をカッと見開く。怒りに燃えるその瞳は、まるで青い炎のようで——。

「ティタ、しっかり摑まっていろ！」

一声吼えるなり、白銀の被毛を逆立てたジュストがウウウウッと唸り出す。その力強い咆吼は、深い谷底の果てまで轟き、青い山脈の隅々にまで響き渡った。

「なにを……」

ただならぬ気配にイゴールがたじろいだその時、崖に異変が起き始める。

——黒い岩肌の裂け目が、赤く光り始めたのだ。

「な……！　熱い……!?」

叫んだイゴールが、慌てたようにジュストの手から足を引き、ダッと奥へと跳躍する。

「二人を連れていけ！　今すぐだ！」

配下の者に命じるイゴールの声と共に、兄を呼ぶアリーシャの悲鳴が遠ざかっていく。

ティタはジュストの腕の中で目を丸くして固唾《かたず》を呑んだ。

一体なにが起こっているのか分からない。

だが、そうこうしているうちに、岩肌のところどころに残っていた白い雪が溶け落ち始め、谷にせり出している崖全体が赤黒く光り出す。しゅうしゅうと湯気を立てる崖から吹き出た熱気が顔に当たって、ティタはまさか、と息を呑んだ。

「ひ……！　なっ、なんだ!?」

「逃げろ！　焼け死ぬぞ！」

イゴールの配下の兵たちが慌てふためく声が聞こえてくる。

崖の縁に咲いていた氷の花がボッと燃え上がった瞬間、ティタはすべてを理解した。

(ジュスト様が方術で、この崖全体に熱を送ってるんだ……！)

発火するほどのその熱で、ジュストは氷の花をすべて焼き払うつもりなのだ。

イゴールに、氷の花を渡さないために。

しかし当然、その岩肌に直接触れている彼自身の手は——……。

「……っ、ジュスト様！」

岩壁にしがみついているジュストの手を見て、ティタは悲鳴を上げた。

「っ、すま、ぬ……！」

苦渋に満ちた呻き声と共に、真っ黒に燃えた大きな獣人の手が、崖の岩肌からはがれ落ちる。

ボロッと落ちてきた石片が宙を舞う中、ティタは逞しい胸の中に強く、抱きしめられた。

「あ……！」

見る間に青い空が、炎に包まれる崖が、遠ざかっていく。落ちるより早く、深い谷底へとティタの悲鳴が吸い込まれていった。

「ティタ……！」

凄まじい風切り音と共に、かすれた低い、狂おしげな呻きが聞こえてくる。

ドンッという強い、強い衝撃を最後に、ティタの意識はぷつりと途切《とぎ》れた——……。

7

サラサラと、水の流れる音が聞こえている。

絶え間なく変化し続けているのに、変わらずそこに在《あ》り続けるその心地いい音に、ティタはぼんやりと瞼《まぶた》を開けた。

「ん……」

辺りはまだ薄明るいが、ひどく寒い。吹きつける風はまるで氷のようだった。

「こ、こは……？」

呟《つぶや》きながら身を起こそうとして、ティタは襲ってきた鈍痛に呻《うめ》き声を上げた。全身が軋《きし》んでいるように痛くてたまらず、ひどい頭痛がする。

くらくらと目眩《めまい》を覚えたティタだったが、その時、自分の腰になにか重いものが乗っているのに気づく。手をやってそれをどけようとしかけて、ティタは目を瞠《みは》った。

——それは、濡れた被毛に覆われた、逞《たくま》しい獣人の腕だったのだ。

「っ、ジュスト様！」

気を失う寸前のことを思い出し、ティタは弾かれたように身を起こした。

隣に倒れているユキヒョウの獣人が目に飛び込んできて、大きく息を呑む。

「……っ！」

全身ずぶ濡れになり、ぐったりと意識を失った、白銀のユキヒョウ――、ジュストが、そこにいた。

その半身は氷の浮かぶ川に浸かっており、長い尾は力なく水の流れに揺蕩《たゆた》っている。

「ジュスト様……っ！　ジュスト様！」

ティタは血相を変え、飛びつかんばかりの勢いでジュストに取りすがった。最悪の状況を想像し、ドッドッと鼓膜を打つような自分の鼓動に泣きそうになりながら、震える手でジュストの鼓動と吐息を確かめる。

「……っ、息が、ある……！」


弱々しいが、確かな鼓動と共に、牙の生えたその口から漏れた白い吐息に、ティタはへなへなと全身の力を抜きかけ――、ぐっと腹に力を入れた。素早くジュストの全身に視線を走らせ、怪我の具合を確かめる。

息があるからといって安心はできないし、途方に暮れている暇なんてない。

初期治療は、常に時間との勝負だ。

「全身打撲《だぼく》と、擦過傷……。一番ひどいのは、左足の裂傷と、手の大火傷……。……っ、それに、すごい熱だ……！」

ハ……、ハ、と弱々しく零《こぼ》れ落ちるジュストの吐息はひどく苦しげで、熱い。

おそらくジュストは崖からこの川に落ちた後、ティタを抱えて川岸まで泳いだのだろう。だが、泳ぎ着いたところで力つき、気を失ってしまったに違いない。

（陽が暮れかけているから、きっと僕が気を失っていたのは数時間……。その間ずっとこの冷たい川に体が浸かっていたら、普通は凍えきっていてもおかしくないのに……）

こんなにも熱を発しているのは、直前に使っていたあの方術《ほうじゅつ》の影響なのだろうか。

ティタは寒風に真っ青になった唇で自分の衣《ころも》の端を嚙むと、ビッと袖を引き裂き、それを手早く川で濡らした。凍りつきそうな手でぎゅっと絞り、ジュストの額に押し当てる。

冷たさが伝わったのだろう。小さく呻いたジュストが、ゆっくりと目を開けた。

「ティ……、タ……？」

「っ、よかった、気がついた……！　僕が分かりますか、ジュスト様？」

アイスブルーの瞳を見つめて必死に呼びかけると、ジュストがかすかに頷《うなず》く。少しほっとしたティタは、ジュストの左手を握って言った。

「僕が必ず助けます……！　だから……！」

「だ、めだ……、ティタ……」

しかし、ジュストはティタの言葉を聞くなり、そう唸《うな》って手を振りほどく。ティタは驚いて身を乗り出した。

「ジュスト様!?　どうして……っ」

「そなたは……、故郷、へ……」

力を振り絞って自分の懐《ふところ》に手をやったジュストが、その大きな手に摑んだなにかを、ティタの胸元にそっと押しつけてくる。

「これを……、そなたの、母の元へ……」

「……っ」

呻き声と共に手渡されたものを見て、ティタは驚きに目を瞠った。

冷たく濡れそぼった布に包まれた、数枚のそれは、半透明の小さな花弁――、氷の花の花びら、だったのだ。

「これ……」

おそらく川に落ちた後、ジュストが見つけて拾い上げてくれたのだろう。幸い花弁はどれも傷ついていないようだった。

ジュストは重傷を負いながらも、ティタの命を救い、この花弁まで探してくれていたのだ。

「……まだ、間に合う……」

風に震える花びらを呆然《ぼうぜん》と見つめるティタに、ジュストが呟く。

「行け……。母を、助けろ……」

「ジュ、スト……、様……」

ジュストの傍《かたわ》らに膝をつき、ティタは瞬きも忘れて、再び目を閉じたユキヒョウの獣人を見つめた。

吹き抜ける冷たい風が、ジュストの被毛を揺らめかせ、銀色の斑紋《はんもん》を波打たせる。

その口元からは、絶えず熱い吐息が白く零れ落ちていて――。

（この花びらを持って、今すぐ故郷へ帰る……？

このまま、ジュスト様を放り出して……？）

そんなこと、できるはずがない。

けれど、どうすればジュストを助けることができるのだろう。

どうすれば、ジュストの命を救うことができるのだろう――……。

（……っ、考えろ……！　僕は薬師《くすし》だ……！　こういう時のために、大切な人の役に立つために、今まで必死に勉強してきたんだ……！）

ぐっと奥歯を噛みしめて、ティタは必死に自分を落ち着かせ、考えを巡らせた。

幸い、ジュストの裂傷も火傷も、致命傷とまではいかない。全身を強く打っている様子だが、骨折もしていないようだ。きっと落下の瞬間、方術で身を守ったのだろう。体力さえ保てば、じょじょに回復するに違いない。

氷の浮かぶ川に浸かっていてもなお、下がらない高熱。なによりもまず、その対処をしなければ。

それには、強い解熱作用を持つ薬草が――。

「……っ！」

目を瞠って、ティタは自分の手の中にあるそれをまじまじと見つめた。

（……氷の、花）

その花弁を煎《せん》じたものには、強い強壮作用と解熱作用がある。

高熱に苦しむ今のジュストには、まさにうってつけの薬草だ。

——けれど。

（これは、最後の氷の花だ……）

崖の上でジュストから手渡された時には何輪か分あった花弁だけれど、今ティタの手の中にあるのはこの数枚きりだ。

おそらく他の花弁は、川に流れてしまったのだろう。探したとしても、見つかる可能性は限りなく低いし、傷ついていたら解熱効果は激減している。

加えて、崖に咲いていた氷の花はジュストが燃やしてしまった。もし焼け残っていたとしても、氷の花の毒を人間に売りつけようとしていたイゴールが、それを採集しないはずがない。

この花弁を使ってしまえば、母に届ける分はなくなってしまうだろう。

ティタが氷の花で母を助けることは、できなくなる——……。

（……母さん）

ぎゅっと唇を引き結んで、ティタは別れ際の母の穏やかな微笑みを思い浮かべた。

決して無理はしないでと、そう言ってくれた母。待っていると、必ず無事に戻ってきてと、その言葉は、今も鮮明に心の中にある。

高熱で苦しみながらも、自分の帰りを待ち続けてくれているだろう母を、助けたい。

父と同じように、自分と同じように、母が獣人の姿を失ってしまうのを、なんとかしてとめたい。

けれど、今この花を使わなければ、ジュストの命はどうなってしまうか分からない。

これまで幾度も自分を助けてくれた彼を見捨てる

ような真似なんて、できるはずがない。

(母さん、ごめん……！　ごめんなさい……！　僕はこの氷の花を、ジュスト様に使います……！)

何度も、何度も心の中で謝って、ティタは氷の花をぎゅっと握った。

強く唇を噛んで、込み上げてくる熱いものを必死に堪《こら》える。

(なんのためにここまで来たのかって、ジュスト様には叱られるかもしれない。そんなつもりで花を渡したんじゃないって、きっと怒鳴られる。でも、それでも僕は、ジュスト様を助けたい……！)

ここでジュストを助けなければ、自分はきっと一生後悔し続ける。

このまま花弁を持ち帰り、それで母が助かったとしても、心から喜べるはずがない。

自分は薬師だ。大事な人を助けたくて、力になりたくて、薬師になったのだ。

この氷の花を、今ここでジュストを助けるために使わなければ、自分は薬師失格だ。

「……ごめんなさい、母さん。ごめんなさい、ジュスト様」

二人に謝って、ティタはぐっと拳《こぶし》を握りしめた。

強く、強く息を吐き出して、心を決める。

(母さんのことを諦めたりなんて、絶対しない。必ず別の薬草を見つけ出して、救ってみせる。でも、今はジュスト様を、助ける……！)

たった数枚の花びらだけでジュストを助けられるのかは、分からない。

けれど、自分には薬師として積み重ねてきた知識と経験がある。それを全部使って、必ずジュストを、助ける。

顔を上げ、まっすぐ前を向いて、ティタは立ち上がった。

「……よし」

暮れなずむ川辺を、目を凝《こ》らして見渡す。川の中に目当てのものを見つけると、ティタは急いでそちらに歩み寄った。

　全身ずぶ濡れになりながらティタが拾い上げてきたのは、あの時、兵士に崖下に蹴り落とされた自分の荷物――、調剤道具一式、だった。

　ジュストのもとに戻り、必要な道具を取り出してその場に広げる。

　花弁に傷がないか、もう一度丁寧に確かめながら、ティタは慎重に花弁の匂いを嗅《か》ぎ、全神経を研ぎ澄まして毒性がないか確かめた。

　新雪のように清涼な花の香りに、少しの濁りもないことを確かめて頷く。

「……うん、大丈夫。あとはこの花びらをゆっくり煎じれば……」

　枯れ枝を集めて火を熾《おこ》したティタは、川の水を汲《く》んで湯を沸かすと、その中に半透明の花びらをそっと入れた。頭の中で何度も手順を確認しながら、慎重に煎じていく。

　失敗は、できない。

　これは最後の、氷の花だ。

「っ、できた……！」

　ほのかな甘い香りが立ち上る薬湯を完成させ、ティタは急いでそれを火から下ろした。器《うつわ》代わりの乳鉢《にゅうばち》に薬湯を少量移し、ジュストの傍らに座り込む。

　乳鉢を一度脇に置いたティタは、ジュストの頭を抱え上げ、自分の膝に乗せた。

「ジュスト様、薬です」

　声をかけると、ジュストが呻いてうっすらと目を開ける。

「く、すり……？」

「そうです。……飲んで下さい」

　乳鉢を取り上げ、ふーふーと吹いて薬湯を冷ます。ぼんやりとそれを見上げていたジュストは、やがて気づいたように、ハッと目を見開いて言った。

「ティタ……、氷の花は、どうした……？」

「…………」

「その薬は、もしや……」

「いいから、これを飲んで下さい」

ジュストを遮って、ティタは口早にそう告げた。

ジュストが荒く胸を喘がせながら、抗《あらが》おうとする。

「……あの氷の花は、そなたの母にと、譲《ゆず》ったものだ……。私が飲むわけには、いかぬ……」

「なにを言ってるんですか！　これを飲まなければ、ジュスト様が……！」

朦朧《もうろう》としながらも顔を背けるジュストは、全身が燃えるように熱い。ただでさえ重傷を負い、体力が低下している彼が、薬もなしにこの高熱を乗り越えられるとは到底思えない。

しかし、ジュストは朦朧とした様子ながらもティタの手を押しのけ、頑《かたく》なに薬湯を拒もうとする。

「駄目だ……。そなたはそれを持って、早く……、早く、母の元へ……」

母の元へ、故郷へ帰れと繰り返すジュストに、ティタはたまらず叫んだ。

「母だって、ここであなたを助けなかったら僕を叱ります！　何故《なぜ》この場に残らなかったのか、何故氷の花を使わなかったのかと、きっとそう……っ」

込み上げてくる熱いものに、言葉が続かなくなる。

ティタはぐいっと袖口で目元を拭《ぬぐ》うと、一度強く息を吐いた。呼吸を落ち着け、きっぱりと言う。

「……母さんのための薬草は、別のものを見つけます。必ず探し出して、故郷に戻ります。でもそれは、ジュスト様を助けてからです」

うっすらと目を開けているジュストをまっすぐ見据え、ティタは薬湯の入った乳鉢を手にした。

「僕は絶対、絶対あなたを助けます。だからこの薬は、ジュスト様が飲んで下さい……！」

言うなり、薬湯を自分で呷《あお》る。

「ティ……、……っ」

――そして。

両手でしっかりとジュストの顔を固定すると、ティタは素早く屈《かが》み込み、そのユキヒョウの口に唇を重ねた。

身を強ばらせ、ティタを押しのけようとするジュストだが、その手に常の力強さはない。ティタは構わず、強引にジュストを押さえ込むと、含んだ薬湯を口移しで与えた。

もがくジュストを懸命に押さえつけ、甘い薬湯を少しずつ注ぎ込む。

やがて、ジュストの手から力が抜け、ぐったりとその体が一層重くなる。おそらく意識を失ってしまったのだろう。

こく、と彼が薬湯を飲み下したのを確認してから、ティタはもう一度乳鉢に薬湯を注ぎ、冷ましたそれを口に含んだ。

(どうか……、どうか、助かって……!)

ぎゅっと目を閉じ、必死にそう祈りつつ、何度も何度も、ジュストに口移しで薬湯を飲ませる。

いつの間にか、空には二つの月が浮かんでいた。

暮れ始めた夕闇に浮かぶ白と赤の双月は、折り重なる二人を見守るように静かに寄り添い合い、淡く美しく輝いていた——。


——それからティタは、まずジュストを川から引き上げ、手持ちの薬で手の火傷と左足の裂傷の手当てをした。

そして、月明かりの下、野生動物やイゴールの手先を警戒しながら近くを探し回って、どうにか体を休められそうな洞窟《どうくつ》を見つけ、ジュストをそこに移動させることにした。

とはいえ、高熱と怪我で意識を失っているジュストを運ぶのは容易ではない。体格差がありすぎて担《かつ》いだだけで潰れそうになりながらも、ティタは歯を食いしばってその巨軀《きょく》を背負い、半ば引きずるようにしてジュストを運んだ。

雪の森からかき集めてきた葉を敷きつめて作った

簡易ベッドにジュストを寝かせる頃には、もう白々と夜が明けていたが、休んでいる暇などない。

氷の花の薬湯の残りをジュストにもう一度口移しで与えた後、ティタは食料と薬草を求めて再び近辺を歩き回った。

見つけてきた木の実と薬草で粥《かゆ》のようなものを作り、ジュストに食べさせる。自分が倒れてはジュストを助ける者がいなくなると分かっていたから、看護の合間を縫って自分も傍らで食事をとった。けれど、粥をすするわずかな間も、ジュストの容態が急変するのではと思うと気が気ではなかった。

その後は、高熱にうなされるジュストの額を冷やす布を何度も取り替えつつ、せめて気持ちが安らぐようにと香草を焚《た》き、薬湯を作って飲ませた。ジュストの呼吸が落ち着くのを見計らって火傷と裂傷の包帯を換え、その他の小さな傷にも丁寧に手当てを施すうち、また夜が来た。

体は疲れていたけれど、とても眠ることなどできなくて、ティタはたき火のそばに座り込み、一晩中ジュストの手を握って、じっと彼を見守り続けた。

このままもし、ジュストが助からなかったら。

そう思うと心細くて、泣き出してしまいそうで、けれどそのたび、ティタはぐっと涙を堪えてジュストの手を握りしめた。

絶対にジュストを助け、母のための薬草も見つけて故郷に帰ると、そう誓いながら――……。


澄んだ川面を、ゆっくりと氷の塊《かたまり》が流れていく。

川岸で裾をまくったティタは、ぎゅっと唇を引き結び、おそるおそる水面に足を差し入れた。凍えてしまいそうなその冷たさに震えながらも、川の中へと静かに進んでいく。

膝ほどの水位の浅瀬には、蔓《つる》で作られた簡単な仕掛けがいくつかあった。朝のうちに沈めておいたそれを、ティタはそうっと引き上げる。

「……っ、やった、獲《と》れた……！」

仕掛けの中には、小さな川魚が入っていた。他の仕掛けも引き上げ、全部で三匹の魚を捕まえる。

（今夜はこれを焼き魚にして、ほぐした身をお粥に混ぜよう。ジュスト様に少しでも栄養をとってもらわないと……）

ティタは仕掛けをまた川底に沈め、獲れた魚を大事に持って川岸へと戻った。

二人が谷底に落ちてから、三日目の夕方のことだった。

ティタのつきっきりの看護もあり、ジュストはじょじょに快方に向かっている。まだ意識は朦朧としているものの、熱はすっかり下がり、すでに左足の裂傷はほぼ傷口が塞《ふさ》がっていた。

（……大丈夫。ジュスト様は獣人だ）

獣人には、人間を遥かに凌《しの》ぐ驚異的な回復力がある。手の火傷は時間がかかるだろうが、それ以外の怪我は数日内には治るだろう。

（あとは、ジュスト様が意識を取り戻してさえくれればいいんだけど……）

今のところ介助しながらお粥を食べさせたり、薬湯を飲ませているものの、体力を取り戻すためにはもっと栄養のあるものをたくさんとる必要がある。

せめて意識さえ取り戻してくれたらと思いつつ、ティタは洞窟へと急いで戻った。

「戻りまし……、ジュスト様⁉」

小声で言いかけたティタは、飛び込んできた光景に仰天《ぎょうてん》してしまった。あろうことか、寝ていたはずのジュストが起き上がり、壁に手をついて立ち上がろうとしているのだ。

ティタはその場に魚を放り出してジュストの元に駆け寄り、今にも倒れそうになっているその体を支えた。

「なんて無茶を……！　まだ起き上がるなんて無理です！」

「……っ、ティタ……。しかし……」
反論しようとするジュストだったが、その足には
まるで力が入っていない。ティタはジュストに肩を
貸して、その場に座るよう誘導した。
「いいから、このままゆっくり……、……っ」
豊かな被毛に覆われた巨軀は、ずしりと重い。息
を詰めて支えるティタに、ジュストが苦しげに吐息
を零しながら謝った。
「っ、すまぬ」
いいえと首を振り、ティタはジュストをその場に
座らせると、ふうと大きく肩で息をした。洞窟の岩
壁に背を預けたジュストが、はあとため息をつく。
「情けない……。一刻も早くアリーシャたちを助け
に行かねばならぬというのに……」
「無茶はいけません。ジュスト様は三日三晩、意識
を失っていたんですから」
「……っ、あれから三日も経《た》ったのか……」
瞳をきつく眇《すが》めながら呻くジュストの手首を取り、
ティタはその脈をはかりながら聞いた。
「気分はどうですか？　どこか痛いところは……」
「……全身が軋むようだ」
「あんなに高い崖から、しかも僕を庇《かば》いながら落ち
たんですから、当たり前です。でもよかった、意識
が戻って……」
呻いたジュストの声は、いつもよりは力がないも
のの、それでもしっかりしている。
ほっとしたティタだったが、そこでじっとこちら
を見つめるジュストの視線に気づく。ティタは戸惑
って、首を傾げた。
「あの、なにか……」
「……夢うつつに、そなたに薬湯を飲まされたのを
覚えている。甘い花の香りのする薬湯だ」
「……っ」
俯《うつむ》いたティタを見据えたまま、ジュストが静かに
問いかけてくる。
「あれは氷の花の薬湯だな、ティタ？」

確信を持ったその問いに、ティタはぎゅっと唇を引き結んだ。無言のまま答えようとしないティタに、ジュストが大きくため息をつく。

「……助けてくれたことは、感謝する。そなたがいてくれなければ、私は今頃命を落としていただろう。だが、何故あの氷の花を私に使ってしまった？　私はあの花を持って、故郷に帰れと……」

「っ、そんなこと、できるはずない……！」

弾かれたように顔を上げ、ティタはそう叫んだ。こちらに向けられたアイスブルーの瞳をまっすぐ見つめ返し、訴える。

「僕は、薬師です。目の前で苦しむ人を見捨てることなんて、絶対にできません。それがジュスト様なら、尚更です」

ジュストが意識を取り戻したら、きっと氷の花を使ったことを咎《とが》められるだろうと思っていた。

だが、どんなに咎められようとも、自分の考えは変わらない。

「僕は、あなたにあの氷の花を使ったことを後悔していません。たとえもう一度同じ状況になったとしても、きっと同じことをします」

今日、ティタは周囲を警戒しつつ、こっそりあの崖へと行ってみた。けれどやはり崖は黒焦げになっており、氷の花は一つ残らず焼けてしまっていた。

それでも、ジュストのために氷の花を使ったことを、間違いだったとは思わない。

ティタは、方術のことは分からない。けれどあの時、もしも氷の花を使っていなかったら、ジュストはまだ高熱に苦しんでいたかもしれないし、体力がもたなかったかもしれない。

目の前で苦しんでいる人を助ける。それが、薬師の役目だ。だから自分は薬師としてすべきことをしたのだと、胸を張ってそう言える。

母の前でも、亡くなった父の前でも。

まっすぐジュストを見つめ、その手をぎゅっと握って、ティタは告げた。

「母に届ける薬は、別のものを探します。必ず探し当てて、故郷に帰ります」

氷の花がなくなってしまっても、まだ打つ手はあるはずだ。

「僕は諦めたわけじゃない。母のことも、助けます。……必ず」

きっぱりと言いきったティタに、ジュストはしばらく黙り込んでいた。

やがて、歯がゆそうな表情で俯く。

「……そなたは強いな、ティタ。こんなに小さな手で、誰よりも優しいのに……」

その先を呑み込んだジュストが、ティタの手をそっと握り返してくる。

ふっと、あの甘く少し青い、花のような香りが鼻先をかすめて、ティタは息を呑んだ。

(この匂い……)

しかし、瞬く間にその香りは冷たく硬い、悲しげなものへと変わっていく。

それはまるで、凍《い》てつく氷の中に閉じ込められた花のようで——。

「ジュスト、様……?」

一体どうして、と戸惑うティタの手を、ジュストがそっと、離す。

その瞳はきつく、せつなげに眇められていた。

ふっとティタから顔を背けたジュストが、押し殺した苦しそうな声で呻く。

「……ティタ。そう思うのならば、そなたは今すぐ故郷に帰れ」

「え……」

思いがけない言葉に、ティタは一瞬ジュストがなにを言っているのか分からなかった。しかしジュストは、ティタの方を見ようとはせずに告げる。

「じきに日が落ちる。その前に、ここを離れろ」

「ど……、どうして……」

驚きのあまりかすれる声を一度呑み込んで、ティタはジュストに聞いた。

「帰れって……、どうしてですか？　僕はここで、あなたの治療を……」

「治療なら、自分でする」

言うなり、ジュストが片手を自分の手にかざす。

治癒の方術を自ら使おうとしているのだと気づいて、ティタは慌ててジュストに飛びついた。

「なにを……っ、やめて下さい！　自分自身の治癒なんてしたら、ジュスト様の寿命が……！」

「……っ、今はそのようなことを言っている場合ではない！」

ジュストの怒号が、うわんと洞窟の中に響き渡る。思わずびくっと肩を揺らしたティタだったが、それでもジュストを押さえ込む手は離さなかった。

「な……、なんと言われようと、駄目です……！　そんなこと絶対、絶対駄目です！」

体力の落ちている今、ジュストにとっては些細な方術を使うことすら大きな負担になる。自分自身の治癒なんてそんな無茶、させられるはずがない。

なめらかな被毛に覆われた大きな手を、ティタは必死にぎゅっと押さえ込んだ。

ティタ、と呻いたジュストが、どこか苦しそうに一つため息をついて言う。

「そなたはもう、十分私を助けてくれた。あとは、私一人でも大丈夫だ」

「……そんな体で、なにを言っているんですか」

まだ立ち上がることもままならないのに、一人でどうするつもりなのか。視線で咎めたティタに、なんとかなると唸って、ジュストが続ける。

「そなたの母の薬は、私が必ず手に入れてサーベルタイガーの一族の元に送る。だからそなたは、今すぐ母の元へ帰れ」

「そんなこと、できません。僕はあなたを治すって、そう言ったばかりです」

こんな状態のジュストを残して、故郷に帰ることなんてできない。それができるのならば、ジュストに最後の氷の花を使ったりしていない。

ぎゅ、とジュストの左手を握りしめるティタから視線を逸《そ》らし続けながら、ジュストが言う。

「……そなたをこれ以上巻き込めない。これは、我が一族の問題だ」

「乗りかかった船です」

「乗る必要のない船だと言っているのだ……！」

「っ、必要かどうかは、僕が決めます……！」

割れんばかりの咆吼《ほうこう》に怯みながらも、ティタは必死に食ってかかった。

ジュストがティタを故郷に帰そうとしているのは、ティタのためだ。

氷の花が失われた今、ティタは一刻も早く別の薬草を手に入れて、母の元に帰らなければならない。そう思ったからこそ、ジュストもティタを故郷に帰そうとしてくれているのだろう。

(この人は、優しい人だから)

何日間も一緒に旅をしてきたのだ。ジュストがどう考えるかくらい、ティタにだって分かる。

「ジュスト様のお心遣いは嬉しいです。でも、今ジュスト様をここに残して故郷に帰ったら、それこそ母に叱られます」

母のことを考えると、不安でたまらない。今どうしているか、無事だろうかと考えるだけで、居ても立ってもいられなくなる。できるなら今すぐ飛んで帰って、そのそばにいたい。

でも、母と同じくらい、ジュストも大切だ。

自分にとってジュストは、そういう特別な存在なのだ――……。

「だから、僕はジュスト様と一緒に……」

います、とそう言いかけた、その時だった。

「……か、らぬのか」

不意に、ジュストが苦しげな声で言う。顔を背けたままの彼に、ティタは聞き返した。

「え……？　今、なんて……」

「…………」

けれど、ジュストはティタの問いには答えようとしなかった。ハア、と息苦しそうな吐息を零すジュストに、ティタは戸惑う。

「ジュスト様？　どうしたんですか……？」

ジュストの様子が、おかしい。

先ほどからまるでこちらを見ようとしないし、それにずっとどこか苦しそうで——、とティタがそう思った、次の瞬間。

「……っ、え……」

ティタの視界は、急転していた。

視界に映る真っ白な被毛に、ティタは驚いて目を瞠る。

気づけばティタは、ジュストに抱きしめられるようにして、その場に仰向《あおむ》けに倒されていた。

ウウウッと唸ったジュストが、堪えきれないように叫ぶ。

「分からぬのか……！　今宵《こよい》は……っ、今宵は、オラーン・サランだ……！」

「……っ！」

狂おしげな獣の咆吼に、ティタはびくりと体を震わせ、瞳を瞬かせた。

（オラーン・サランって……）

洞窟に差し込む夕陽は、いつの間にかその色を濃くしていた。ティタの夕焼け色の髪が、沈みゆく太陽と、顔を覗《のぞ》かせ始めた真円の赤い月の光に艶々と輝く。

——オラーン・サラン。

獣人が恋に狂う夜の、幕開けだった。

（じゃあ、ジュスト様も、誰かを想って……）

ティタを抱きしめたまま、フーッ、フーッと荒い息を押し殺すジュストからは、あの花のような香りを甘く煮つめたみたいな、濃密な匂いが漂い始めている。

これがジュストの発情の匂いなのだと、そう気づいた途端、羞恥と共にカッと燃えるようななにかが腹の底から湧き上がってきて、ティタは戸惑った。

（な、にこれ……、なんで、僕……）

ジュストの発情を目の当たりにして、気恥ずかしさもある。けれど、それ以上にティタが今感じているのは——嫉妬《しっと》、だったのだ。

オラーン・サランの発情は、相手を深く愛した時にのみ起こる、特別なものだ。想いが強ければ強いほど、欲情も強くなる。

その発情を、ジュストが迎えている。まだ夜の帳《とばり》も降りていないうちから、そして番《つがい》がそばにいないにもかかわらずこんなにも息を荒らげているのは、それだけその相手のことを愛しているからだ。

(ジュスト様の心には、想う相手がいる……)

そう思った途端、胸の奥からもやもやしたものが込み上げてくる。まるで喉を塞がれたような息苦しさと、冷たく鋭いものに刺し貫かれたような心臓の痛みに、ティタは気づいた。

(僕……、僕は、この人のことが……、ジュスト様のことが、好きなんだ……)

男同士なのに本当に、と戸惑いつつも、気づいてしまえばもうそうとしか思えない。

ずっと、ジュストは特別な存在だと感じていた。

でもそれは、ジュストがユキヒョウ一族の族長で、身も心も美しく気高い獣人だからだと、そう思っていた。

獣人の中の獣人と言っても差し支えない、誰もが憧《あこが》れるような特別な人なのだから、自分が特別に思うのも当然だと。

けれど、その感情はただの憧れではなかった。

自分はジュストに恋していたのだ——……。

「……っ」

気づいた途端、どうしようもないやるせなさに襲われて、ティタはぎゅっと目を瞑《つむ》ってきつく唇を噛みしめた。

(気づいたところで、今更だ……。ジュスト様にはちゃんと、好きな人がいるんだから……)

身を硬くしたティタに気づいたジュストが、ぐうっとなにかを堪えるように肩を強ばらせ、身を起こす。まだ不自由な体をドッと岩壁に預けて、ジュストは低く呻いた。

「……分かっただろう。このままここにいれば、そなたは無事では済まない」

自分が理性を失い、ティタを襲ってしまうかもしれないことを危惧《きぐ》しているのだろう。

オラーン・サランの発情は、愛し合う相手と身も心も結ばれなければ到底おさまらない。

そうと分かっていても、誰彼構わず襲ってしまうかもしれないと苦悩するほど、ジュストの恋情は深く、狂おしいものなのだ。

「だから、そなたは一刻も早くここから……」

「っ、構いません……！」

ジュストの言葉を最後まで聞きたくなくて、ティタは衝動的に彼に飛びついていた。被毛に覆われた広い胸にぎゅっとしがみついたティタに、ジュストが大きく息を呑む。

「……っ、ティタ、なにを……」

「僕は……っ、僕は、どうなっても構いません！　それより、ジュスト様のそばにいたい……！　あなたを一人にしたくない……！」

指先が白くなるほど強く、強くジュストの被毛を握りしめて、ティタは必死にそう訴えた。

自分はどうなっても構わない。

それは、思わず口をついて出た言葉だったけれど、紛れもないティタの本心だった。

たとえ傷ついても、……傷つけられても、構わない。ジュストが一人で苦しむのだけは、嫌だ。

ティタは胸を刺す痛みをぐっと堪えると、ジュストを見上げた。驚いたように見開かれたアイスブルーの瞳をじっと見つめて、震える唇を懸命に開く。

「だ……、抱いて、下さい……」

「ティ、タ……」

「僕じゃ駄目だって、分かってます。でも……、でも、少しは楽になるかもしれませんから……」

ここに、ジュストの想い人はいない。でも、だからといってジュストの発情を放っておけば、彼は一晩中苦しむことになる。

だったら、……だったら、自分が彼の熱情を散らすほか、ない。

「……治療の延長です」

無理矢理微笑みを浮かべて、ティタは強ばる指先を解いた。そっとジュストの頬に手を伸ばし、その口元に唇を近づける。

「僕は、あなたに命を救われました。だから、この命は、体は、あなたのものです。……誰かの代わりにして下さって、構いませんから……」

だから、と消えてしまいそうな声と共に、ティタの唇がジュストの艶やかな被毛に触れそうになった、──その寸前だった。

「っ、代わりになどできるはずがなかろう……！」

唸り声と共に、ジュストがティタの肩を掴んで引き離す。その強い力に、苛立《いらだ》ちを滲《にじ》ませた声に、ティタはショックを受けて固まってしまった。

（分かってた……。分かって、たけど……）

ジュストが本気で愛している人の代わりに、自分がなれるはずがない。そんなことは最初から分かりきっていたことだ。

それでも、他ならぬジュストの口から、はっきりと拒絶の言葉を聞くのはつらい──……。

「……っ」

両手をぎゅっと握りしめて、ティタは俯いた。込み上げてくる熱いものを、必死に押し殺す。

「そう……、ですよね。僕じゃ、代わりにも……」

代わりにも、なれない。

そう呟きかけたティタの耳に、ジュストの呻くような声が届く。

「……そうではない。代わりになるはずがないと、そう……、そう、言っている……」

苦悩を滲ませたその声は、低く、深く、狂おしいほど切なげで──。

「私が……、私が愛しているのは、ティタ……、そなたなのだ」

「……、え……」

聞こえてきた言葉に、ティタは目を瞠った。おそるおそる、顔を上げる。

ほろりと零れた涙もそのままに、ティタはかすれた声で聞き返した。

「今……、今、なんて……」

心臓がとまってしまったみたいに指先まで冷たくて、そのくせ肌の内側が燃え上がるように熱い。

息をするのもやっとで、苦しくて苦しくてたまらなくて、聞き間違いではないのかと、それればかりが頭の中を巡って。

瞬きもできずに固まっているティタに、ジュストが手を伸ばす。やわらかな被毛に覆われた指先で、そっとティタの頬を伝う涙を拭って、ジュストは静かに繰り返した。

「……ティタ。そなたを愛している。私が愛しているのは、そなただ」

「――……っ」

大きく見開いたティタの瞳から、またぽろりと涙が零れる。ああ、とつらそうに瞳を眇めたジュストが、指の腹でティタの目元を拭って言った。

「すまぬ。本当は、言うつもりはなかったのだ。そなたがこうして困ることは、分かっていた……」

困らせたくはなかった、そう呟くジュストに、ティタはまだジュストの言葉が呑み込みきれず混乱したまま、聞き返した。

「な……、なんで、なんで、困るって……」

「……そなたには、一刻も早く帰らねばならぬ場所がある」

答える声は、落ち着いていた。

まるで、最初から諦めていたかのように。

――最初から、覚悟していたかのように。

「帰るべき場所が……、為《な》さねばならぬことがあるそなたに想いを告げても、困らせるだけだ。私が想いを告げたら、そなたは真剣に考えてくれるだろう。

しかし、たとえティタが私の気持ちに応《こた》えてくれたとしても、そなたをこの地に引き留めるわけにも、私がそなたと共に行くわけにもいかぬ。そなたが一刻も早く母の元へ帰らなければならぬように、私もまた、父から引き継いだ長の座を、無責任に放棄することはできぬのだから」

だからこそ諦めようと決めたのだと告げられて、ティタは呆然としてしまった。

（じゃあ……、じゃあ、ジュスト様は、オラーン・サランになったら自分が苦しむって分かっていて、僕を遠ざけようとしていたんだ……）

氷の花を手に入れたらすぐに故郷へ帰れと、そう言っていたのも。

意識を取り戻したばかりにもかかわらず、もう一人で大丈夫だと言ったのも。

すべて、ティタに自分の想いを悟らせないためだったのだ。

ジュストは、自分がオラーン・サランに発情するだろうと自覚するほどティタのことを深く愛しているにもかかわらず、最初からティタのことを諦めて、一人で苦しむつもりでいたのだ。

「……僕が……、僕が、ここに残るって言わなければ……、誰かの代わりでもいいって言わなければ、全部言わないつもりだったんですか……？」

ティタの問いかけに、ジュストが瞳を伏せて黙り込む。無言は肯定《こうてい》ということだろう。

（そんな……、だってオラーン・サランの発情は、繰り返せばただじゃ済まないはずなのに……）

もしもイゴールの横槍が入らず、あの場で氷の花を煎じて薬にしていたら、ティタは今頃、なにも知らずにこの地を去っていた。

もしかしたら、自分のジュストへの想いにも、ジュストの苦しみにも気づかないままだったかもしれない。

だが、ジュストはティタと離れてしまったら、繰り返すオラーン・サランに苦しみ続けることになる。

苦しみのあまり狂うか、命を落としていたかもしれないのだ。

「なんで……」

思わずそう呟いたティタに、ジュストが迷うように瞳を揺らす。逡巡《しゅんじゅん》の後、ジュストは観念したように口を開いた。

「……私は、そなたほどいじらしい者を、他に知らない」

ぽつりと、ジュストが呟く。

愛を告げるその声には、けれどそれをもう終わったものとして懐かしむような響きが滲んでいた。

「弱いのに優しくて、優しいのに、強くて……。ティタのことを知れば知るほど、惹《ひ》かれるようになった。……愛おしいと、思わずにはいられなかった」

「ジュスト、様……。僕……」

言いかけたティタの唇を、ジュストがそっと指の背で塞ぐ。息を吞んだティタをじっと見つめて、ジュストはゆっくりと首を横に振った。

「……そなたは私の眼を開き、人間に対する偏見を払拭《ふっしょく》してくれた。私と、私の大切な者たちを何度も救ってくれた。……私に、愛を教えてくれた。それ以上のことを、どうして望めるだろう。……どうして、欲することができるだろう」

ふわりと、ジュストの指が離れていく。

惜しむように、もう一度と渇望《かつぼう》するように、ぬくもりの伝わる距離でしばらくその手を留めた後、ジュストはぐっときつく双眸《そうぼう》を眇めた。指先が離れ、その手が力なく下ろされる。

「そなたが好きだ、ティタ。だから……、私から逃げてくれ。そして二度と、……二度と、ここに戻ってくるな」

「……っ」

頼む、とそう聞こえてきた呟きに、ティタはぎゅうっと、拳を握りしめた。

ぽた、と頰を伝った涙がその拳に落ちる。

「ティタ……」

なだめようとするジュストの声に、ティタは頑是《がんぜ》ない子供のように強く、強く頭を振って、叫んだ。

「い、やです……っ、嫌です……！　どうして、一人でなにもかも抱え込もうとするんですか……！　どうして、僕の気持ちを聞こうともしてくれないんですか……！」

「……ティタ？」

戸惑ったように、ジュストが名前を呼んでくる。ティタは自らの袖でぐいっと涙を拭うと、ジュストを見据えて、告げた。

「僕は、あなたのことが好きです……！」

綺麗な、澄んだ空のように綺麗なアイスブルーの瞳が、みるみるうちに大きく見開かれていく。

驚き、呆気にとられている様子のジュストに、ティタは畳みかけるように続けた。

「あなたのことが好きです、ジュスト様……！　だから、逃げろなんて言わないで下さい。一緒に、いさせて下さい……！」

ジュストの言う通り、自分たちにはそれぞれやらなければならないことがある。けれど、それでも一緒にいられる方法があるはずだ。

「僕は、諦めたくない……！　母のことも、あなたのことも、諦めたりしない……！」

追いすがるように、ティタはジュストの胸の中に飛び込んだ。真っ白でなめらかな被毛を、ぎゅっと両手で握りしめる。

まるで夜露《よつゆ》を纏《まと》った朝摘《あさづ》みの野花のように、涼やかで青く、ほのかに甘い匂い。

今ならこの香りがなんなのか、分かる。

これは、ジュストが自分を好きだと思ってくれている匂いだ——……。

「……好きです」

きっと自分も今、同じ匂いをジュストに伝えているはずだと思いながら、ティタはジュストの豊かな被毛に額を擦りつけた。

この人が好きだと思うたび、この香りを胸いっぱいに吸い込むたび、体の芯がジンと熱くなる。

洞窟に差し込むオラーン・サランの月光と夕陽が、ティタの肌を淡く赤く照らし続けていて。

「好きです、ジュスト様……。好き……！」

は……っ、とティタの唇から零れた熱い吐息に、ジュストが我に返ったように瞳を瞬かせる。

「ティタ……？　そなた、まさか……」

「……？　な、に……」

とろ、と思考に靄《もや》がかかったような錯覚を覚えながら、ティタは慌てたような表情を浮かべるジュストに首を傾げた。ティタの細い体を抱きしめたジュストが、衣服の上からしきりに匂いを嗅ぎ出す。

胸元を、首筋を確かめるように嗅がれて、ティタは恥ずかしさに頬を赤らめながら聞いた。

「ジュスト、様……？」

「やはり……！」

唸ったジュストが、信じられないといった表情でまじまじとティタを見つめた後、ぎゅっと強く抱きしめてくる。ふわふわとした被毛に顔を埋める格好になったティタは、ドッドッと早鐘を打つジュストの心音に驚き――、続くジュストの言葉に、更に目を瞠った。

「気づいていないのか？　……ティタ、そなたもオラーン・サランの発情を迎えているのだ……！」

「え……」

息を呑んだティタを一層深く胸に抱き込んだジュストが、グルル……、と低い喉鳴りを発する。

ティタの髪に鼻先を埋めたジュストは、艶やかな熱い吐息を苦しげに零しながらも、歓喜の滲む声で呟いた。

「そなたも私と同じように、私を欲しいと思ってくれているのだな……。こんなにも深く、私を愛してくれているのだな……」

「……っ」

長い腕の中にすっぽりとティタを抱き竦めたジュストが、味わうように、喜びを噛みしめるように、ティタの匂いを深く吸い込む。発情の匂いを嗅がれているのだ、と意識した途端、ティタはカァッと顔を赤らめてうろたえてしまった。

「ぼ……、僕、が？　なんで……？　だって、今までそんな……、そんな、こと……」

自分は獣人としては中途半端だから、オラーン・サランの発情など起こらないだろうとばかり思っていた。それなのに、本当にそんなことが起きるのだろうか。

呆然とするばかりのティタに、ジュストが目を細める。

「……なにも不思議なことはない。そなたは立派な獣人なのだからな」

「あ……、……っ」

大きな手が、ティタの腰から背を優しく撫で上げてくる。その途端、ぞくぞくとした甘い痺れが背筋を駆け抜けて、ティタは混乱しながらもジュストの被毛にきゅっとしがみつき、その身を震わせた。

（な、にこれ……、これ……っ）

背筋を駆け上がるその痺れが、知らない感覚を連れてくる。指先までジンと疼《うず》くようなそれは、今までティタが拙《つたな》い自慰で得ていた快感とは比べものにならないくらい濃密で、甘くて――……。

「ん、う……！」

「……ティタ」

羞恥に顔を真っ赤にして唇を嚙み、必死に声を堪えるティタの耳元に、ジュストが小さくくちづけてくる。やわらかな被毛に覆われた口元で優しく耳朶《じだ》を、首筋を、頰を喰《は》んで、ジュストは、そのアイスブルーの瞳を艶《なま》めかしく煌《きら》めかせた。

「そなたが私と同じ気持ちならば、もう遠慮などしない。必ずこの苦難を乗り越え、共にいられる道を見つけてみせる。だからどうか、私の伴侶になってくれ、ティタ」

「は……、伴侶って……、ん……っ」

驚くティタの唇のすぐ横に、ジュストがキスを落とす。我慢できないように、それでも堪えるように何度もそこを小さく啄《ついば》んだ後、ジュストはティタの頬に鼻先を擦りつけながら希《こいねが》った。

「愛している、ティタ。どうか、……どうか、私のそばに」

「……っ、そんなの……」

深く低い囁きに、ティタは思わずジュストの太い首をぎゅっと抱きしめていた。込み上げてくる想いのまま、ジュストに答える。

「そんなの、僕からお願いします。そばにいさせて下さい、ジュスト様……」

ティタ、と嬉しそうに目を細めたジュストが、ティタを抱き寄せる。

落ちてきたくちづけにそっと目を閉じるティタの髪は、夕焼けよりも濃い赤に染まり始めていた。

美しいその色は、獣たちの恋の色だった——。

刻一刻と深い紺色に染まっていく空に、真円の月が昇る。辺り一帯を濃い紅《くれない》に染めるその月光は、薄暗い洞窟の中にも届いていた。

「ん……、ん、ん」

岩壁を背にしたジュストの膝の上にぺたりと座り込んで、ティタは先ほどからずっと荒い吐息を零していた。体格が違いすぎて、ほとんど覆い被《かぶ》さられるようなくちづけは、息苦しいのに気持ちがよくてたまらない。

「ふ、う……、んんん」

呼気を逃がそうとずらした隙間さえ、許さないとばかりにすかさず塞がれ、大きな舌で深くまで侵される。敏感な舌の根をくすぐったユキヒョウの舌は、味わうようにティタの小さな舌を舐め上げ、甘く包み込んできた。

そのまま、尖った牙で優しく噛まれ、舌の先をぬるぬると擦り合わされる。じゅわじゅわとそこから溶けていってしまいそうな快感に、ぴくっ、ぴくんと身を震わせ続けるティタに気づいたジュストが、長いキスをようやく解いた。

「大丈夫か、ティタ……？」

そっと窺《うかが》うように聞いてくるジュストだが、その声は堪えきれない欲情にかすれている。

「は……、はい……」

大きく胸を喘がせながらこくりと頷いたティタの呼吸が整うのを待たなければと思う理性と、番を求める本能との間で揺れているのだろう。ジュストはグルル……、と低く唸ると、その大きな舌でティタの八重歯をしきりに舐めてきた。

さりさりと、時折唇に触れる舌に、ティタは躊躇《ためら》いつつも告げる。

「あの、ジュスト様……。僕の一族では、相手の牙を舐めるのは、その……、きゅ、求愛の証《あかし》で……」

一族の者よりもずっとずっと小さな犬歯だけれど、それでもティタにとってそこを舐められることは特別な意味を持つ。だから……、ともっとしてほしいのか、しないでほしいのか、自分でも分からなくなりながらぎゅっとジュストの被毛を摑んだティタに、ジュストが目を細めて微笑んだ。

「そうか……。では……、続きをしてもよいか、ティタ……？」

吐息をひどく荒らげ、喉奥で低く唸り続けながらも、ジュストはゆっくり丁寧にティタの八重歯を舐めてくる。本能をじっと堪えて自分に愛を乞うジュストに、ティタはたまらなくなってしまった。

(恥ずかしい、けど……、けど……っ)

こんなにも真摯《しんし》に求められて、嬉しくないわけがない。それに、自分に発情している最愛の雄の、甘く誘う匂いに包まれ続けて、ティタももう身のうちに渦巻《うずま》く熱を抑えきれなくなってきている。

赤い月が高く昇るにつれ、肌の内側で自分の中の獣人の血が沸き立つように昂《たかぶ》っていくのが分かる。

衣服の下に押し込められたそこは、さっきからもう痛いくらい張りつめて、とろとろと涙を零してしまっていた。

いくらオラーン・サランとはいえ、キスも初めてなのにこんなに昂ってしまっているなんてと思うと、恥ずかしくていたたまれない。

けれど、愛する相手を求めるティタの中の獣の本能は、かすかな月光にすら反応して膨《ふく》れ上がり続けていて、もう自分ではどうにもできそうにない。狂おしいほどのこのもどかしさを、どうにかしてほしくてたまらない。

ティタはもうなにもかも分からなくなって、甘える猫のようにジュストに身をすり寄せ、上擦《うわず》った声を零した。

「し……、して下さい、ジュスト、様……。僕、もう……、も……っ」

はっ、は……っ、と息を乱しながら身をよじり、懸命にジュストの舌に吸いついて先の行為をねだるティタの媚態《びたい》に、ジュストがごくりと喉を鳴らしてかすれた声を発した。

「……っ、たまらぬな」

眇められた瞳の獰猛《どうもう》な光に、背筋が甘く震えてしまう。

息を詰めて瞳を蕩《とろ》けさせたティタを見つめて、ジュストが抑えつけるような艶めいた吐息を零す。なだめるような、貪るようなキスをしながら、ジュストはティタに言い聞かせてきた。

「ん……、ティタ……。楽にしてやるから、じっとしていろ。乱暴にされたくはないだろう?」

乱暴に、という言葉に、腰の奥がジンと痺れを覚える。嫌なはずなのに、怖いはずなのに、もしジュストに本当にそうされたらと考えるだけで、とろんと思考が溶け崩れてしまって。

「ジュスト様、なら……、なんでもい、です……」

「っ、ティタ……」

うっとりと告げたティタに、ジュストが呻く。

「あまり可愛いことを言ってくれるな……」

「ん……っ、ん、ん」

唇ごと言葉を奪うように深くくちづけながら、ジュストが手早くティタの衣を剝いでいく。

ふるりと零れ出た花茎は、もう痛々しいほど膨らみきっていた。キスで濡れたそれが、深紅《しんく》の月光に照らされ、艶々と光る蜜を零す。

解放感にいくらかほっとして息をついたティタだったが、それも束の間だった。

「んあ……っ、ん、ん……！」

やわらかな被毛に覆われたジュストの手が、すぐにティタのそこを包み込んできたのだ。露を吸ってなめらかになった被毛で、過敏に震える花茎をくちゅくちゅと扱《しご》き立てられる快感に、ティタはあっという間に追いつめられてしまった。

「ひ、うぐ……っ、んんっ、ん……っ」

艶やかな被毛にしがみつき、燃えるようなそこをますます熱く擦り立ててくる恋人の逞しい膝の上で身悶《みもだ》える。

自分よりもずっと大きな手で施される愛撫は、優しいくせに容赦も逃げ場もない。二人きりの洞窟にひっきりなしに淫音が響くほど責め立てられ、ひくひくと喉を震わせて息を詰め、必死に快楽を堪えようとするティタに、ジュストが囁きを落とす。

「ティタ……、ティタ、我慢せずともよい。このまま一度……」

「や……っ、や……」

瞳を潤ませながら、ティタはジュストに懸命に訴えた。

「ジュスト、様も……っ、いっしょ、に……っ」

自分だけでなく、ジュストにも気持ちよくなってほしい。一緒に気持ちよくなりたい。

発情と快感でぼうっとした頭で、それでもすがるようにそう希《こいねが》うティタに、ジュストが目を細める。

「ティタ……。……ああ、分かった」

んん、と息を詰めたティタの顎《あご》を甘く喰み、そのの唇に幾度もキスを落としながら、ジュストは片手で自分の衣をくつろげた。重そうに張りつめ、天を指す性器を取り出す。

露《あらわ》になった熱く滾《たぎ》った雄の証に、ティタはこくりと喉を鳴らして聞いた。

「さ……、触っても、いいですか……？」

自分を想って発情してくれているそれに、触れてみたい。ジュストがしてくれたように、自分もジュストを気持ちよくしてあげたい――。

そう思ったティタに、ジュストが頷く。

「ああ。……私のすべては、もうそなたのものだ」

「僕の……」

ジュストの言葉に胸がいっぱいになってしまう。

この美しく気高いユキヒョウは自分のもので――、そして自分もまた、彼のものになれるのだ。

（嬉しい……、早く、……早く、そうなりたい）

震えるほどの多幸感と同時に渇望が込み上げてきて、ティタはそっとジュストのそれに手を伸ばした。

びくりと戦慄《わなな》いた熱塊《ねっかい》は、ティタと同じオラーン・サランの発情に苦しげに張りつめている。

ぬるりと滑る先端を、ぎこちない、けれど丁寧な手つきで撫でて、ティタは微笑みを浮かべた。

「ジュスト様も、濡れてる……」

「……っ」

「嬉しい、です……。……大好き、ジュスト様」

は、と熱い吐息を零すと、ティタは震える膝に懸命に力を入れて腰を浮かせ、自分のそれをジュストの雄茎にぴとりと沿わせた。

形は同じなのに、サイズがまるで違う二つの性器を両手で包み込む。

ぬるつく花茎が愛しい熱に触れている、それだけで嬉しくて、目が眩《くら》むくらい気持ちがよくて。

「ジュスト、様……、ん……、ん……」

余るほどの雄刀を、小さな手で懸命に気持ちよくしようと試みるティタの腰に、するりとジュストが腕を回してくる。

「ティタ……、そのまま、腰を……」

ティタの腰を摑んだジュストは、自由な方のその手でゆっくりとティタの体を上下に揺らし出した。

恥ずかしさに頰を染めたティタだったが、すぐに、手の中でぬちゅぬちゅと擦れ合う熱がもたらす快美感の虜《とりこ》になってしまう。

「あっ、あ……っ、ジュスト様……っ、んんっ」

たどたどしく、けれど夢中で腰を揺らすティタをじっと見つめながら、ジュストがその長い尾をティタの腰へと伸ばす。ふわふわとした尻尾でティタの体を包み込むと、ジュストはその先端でティタの胸の尖りをくすぐり始めた。

「ふあ……っ、あっ、んっ、ん！」

銀色の斑紋が浮かぶ、なめらかな感触の尻尾が、過敏に尖った胸の先をからかうように撫でくすぐってくる。じんじんと疼くような感覚に、たまらずティタが背を仰《の》け反《ぞ》らせると、待っていたかのように腕で腰を支えられ、もう片方の胸にジュストがキスを落としてきた。

「ジュ、スト様……っ、手……っ」

今腰に回されているのは、火傷をした方の手だと気づいた途端、心配でたまらなくなってしまう。ジュストの尻尾に翻弄《ほんろう》され、んんっと息を詰めながらも、なんとか自力で体勢を立て直そうとしたティタだったが、他ならぬジュストがそれをさせてくれなかった。

「大丈夫だ……、腕だけで、手は使ってない」

「で、も……っ」

「それより、ティタのここを、食べたい……」

「っ、あ！」

ざらりとした熱い舌に、ピンと主張する小さなそれを舐め上げられて、ティタは甘い悲鳴を零した。大きな舌が、周囲の淡く色づいた肌ごとそこをねぶり、じんじんとした疼きをひどくしていく。

「や……っ、あ、あ……！」

ひとしきり舌先で尖りを舐め転がした後、ジュストはやわらかな被毛に覆われた口でそこを喰んできた。濡れて膨れ上がり、敏感になった小さな粒を絹糸のようになめらかな被毛に包まれ、こりこりと優しく、強く押し潰されて、ティタはたまらずジュストの大きな頭に両手でしがみつく。

「んっ、ひあ……っ、あっ、んんん!」

蜜にまみれた胸の先に冷たい夜気がかすめたかと思うと、火傷するのではないかと思うくらい熱い舌が包み込んでくる。広げた舌を押し当てられたまま、さりさりとじっくり丁寧に舐められるたび、もどかしさと気持ちよさが降り積もっていくみたいで、ティタはぎゅうっとジュストの頭を抱きしめた。

無意識のうちに、また腰を揺らして快感を追いかけ始めてしまう。

「ん……、ん、ん……っ」

灼熱の雄に、花茎がぬるりと擦れる感触に、腰の奥に甘い痺れが走る。自身が零した蜜を、逞しいジュストの熱にぬるぬると擦りつけるみたいに腰を揺らして、ティタは夢中で快楽に溺《おぼ》れた。

「は……っ、ティタ……」

「あ、んん……っ、ふああ……っ」

淫らな恋人の姿を目の当たりにしたジュストが、そのアイスブルーの瞳に欲情の色を浮かべる。きつく眇めた瞳でティタを見つめながら、ジュストはぬるんっと滑って揺れるティタの花茎を、自身のそれとまとめて手の中に包み込んできた。

大きくて器用な手に優しく扱かれ、蜜袋にたらたらと混じり合った愛蜜が滴《したた》り落ちるほどぐちゅぐちゅにされて、ティタはひとたまりもなく目の前のジュストの耳にしゃぶりつく。

「ジュスト、様……っ、僕、も……っ」

「ん……、いいぞ。私も、もう……」

ハ、と息を荒らげたジュストが、グルグルと喉を鳴らしながら、その手と舌と尾とでティタを追い上げてくる。胸の奥にまで響いてくるようなその低い喉鳴りが心地よくて、乳首もあれも溶けてしまいそうなほど熱くて、気持ちがよくて。

ティタはきゅうっとジュストの耳を吸ったまま、びくびくと腰を震わせ、くぐもった淫らな悲鳴を上げて頂点に達した。

「んんんん……！　んうぅっ、ん、ん……！」

ぴゅっ、と白蜜を放ったティタを抱きしめたジュストが、肩を強ばらせて被毛を逆立たせる。

「ティタ……！」

くっと息を詰めたジュストの雄茎が、どくりと脈打った次の瞬間、ティタの腹に熱い粘液がびゅっと打ちつけられた。

「ふあ……っ、あ、んんう……」

ジュストの大きな手の中からぼたぼたと垂れてくるその精液の熱さと量に驚き、思わず口を離したティタに、ジュストが伸び上がってくちづけてくる。奪うように、慈《いつく》しむようにティタの唇を何度もやわらかく喰みながら、ジュストは逞しい腰を震わせ、手の中におさめたティタの熱が溺れそうなほど、己の精で染めていった。

「ティタ……、ん、ティタ……」

くちづけの合間に何度も囁きながら熱い吐息を零すジュストのそれは、精を吐き出し終えてもなお、びくびくと脈打ち、張りつめたままだった。その太茎をティタの腹にぬるりと擦りつけ、ジュストが唸り声を上げる。

「そなたの中に、入りたい……。ここに、……この奥に、私の匂いをつけたい……」

「あ……」

ぐりゅぐりゅと、精液まみれの先端が下腹に押しつけられる。滾ったままのそれで、ティタの臍の下を執拗《しつよう》になぞって、ジュストは熱に浮かされたような艶めいたため息を零した。

「外だけでは到底、足りぬ……。ここまで入り込んで、全部……、全部、私のものに……」

オラーン・サランの月明かりに、獣の瞳が煌めく。己の番をあますところなく食らい尽くしたいと欲するその瞳は獰猛《どうもう》で、けれどどこまでも純粋で——。

「し、て下さい……。僕も……、僕も全部、あなたのものです、ジュスト様……！」

込み上げてくる情動のまま、ティタはジュストに抱きつき、その口に唇を押しつけた。ティタ、と嬉しげに囁いたジュストが、すぐに大きな舌でティタの唇を割り開く。

グルル、と自分の喉にまで響いてくる喉鳴りにうっとりと身を委《ゆだ》ねつつ、ティタは猛るジュストの雄に手を伸ばした。

（硬くて、熱い……）

その大きさに息を呑みつつも、オラーン・サランの発情で理性が蕩けたティタが覚えたのは、歓喜だった。

（ジュスト様が、僕を欲しがってくれてる……。こんなに、求めてくれてる……）

本来の性ではないとか、種族が違うとか、そんなことはもうどうでもよくて、ジュストが自分に興奮してくれているのが嬉しくてたまらない。

早くジュストの望みを叶えてあげたくて、早くこの熱を包み込んであげたくて、ジュストの望み通りに、全部、全部してほしくて。

「ん、は……っ、あ……、あ……」

ティタはくちづけを解くと、片手でジュストの首筋に摑まったまま、もう片方の手でジュストの熱を自分の後孔にあてがった。けれど、ぴっちりと閉じたそこはぬるんと滑るばかりで、大きな雄をちっとも呑み込めそうにない。

「な、んで……」

ふにゃりと泣きそうになったティタに、ジュストが息を荒く弾ませながら言う。

「……焦《あせ》るな、ティタ。……そこの岩に、手をつけるか？」

ティタにくるりと反対側を向かせたジュストが、優しくそっと背を押してくる。ティタはうまく力の入らない足で立ち上がると、ジュストの言う通り、大きな岩に両手をついた。

「こう、ですか……？　あ……っ」

体を起こしたジュストが、しなやかなその尻尾でティタの足をするりと撫で上げる。んっと息を詰めたティタの足に尾を絡みつけたジュストは、今にも暴走しそうな熱情を抑えつけるような声で唸った。

「そのままじっと、していろ……」

低い囁きが近づいてきたと思った途端、長い指がぐいと双丘を押し広げ、そこに濡れた熱いものが這わされる。ぬるりとしているのに、ざらっと襞《ひだ》を引っ掻くようなその感触は、ユキヒョウの舌で──。

「ん、あ……っ、そん、な……、そんなとこ、舐めちゃ……っ、ふぁあ……！」

一瞬身を強ばらせたティタだったが、ん……、と唸ったジュストが一層深く鼻先を押しつけ、たっぷりと蜜を乗せた舌をなすりつけてきて、高い声が上がってしまう。慎ましく窄《すぼ》まったそこは、雄の熱い吐息と、ぬちゅぬちゅとなすりつけられる蜜に、あっという間にひくつき始めた。

「ん……、ティタ……」

「あ……、あ、んんん、んー……！」

ほころび始めた花弁を、獣の舌が割り開いていく。ぐじゅう、と押し込まれていく太い舌のざらつきを内壁に感じて、ティタは思わず岩にしがみついた。いっぱいに開いた襞を慈しむように、いじめるように、大きな舌がぬぐぬぐと出入りを繰り返す。

ぐ、ぐじゅ、と次第に深くまで入り込んでくる強い舌に、ティタはぎゅっと目を瞑《つむ》って身を震わせた。熱い、熱い舌が内壁をくすぐるたび、わずかに残っていた理性も溶けて、快感で頭がいっぱいになってしまう。

「は……っ、あ、ああ……っ、ああ、ん、ん！」

ぐにゅり、と性器の裏側を舌先がかすめた途端、蕩けるような甘さが指先まで広がる。じゅわ、と花茎から滲んだ蜜が、つうっと伝い落ちていく掻痒感《そうようかん》に頭の芯まで快楽に染まってしまって、ティタは思わずねだっていた。

「そ、こ……っ、そこ、もっと……っ」

岩にしがみついて尻を突き出し、ゆらゆらと淫らに腰を揺らすティタに、ジュストが喉奥で低く唸り、望み通りそこを舐めてくれる。ぷっくり膨らんだその場所を強くぐりゅぐりゅとねぶられ、尖らせた舌先で甘やかすようにくすぐられて、ティタはきゅんきゅんと後孔を疼かせた。

「は、あ……っ、んんんっ、あ、あ……っ」

奥までたっぷりと濡らされた内壁が、もっともっととねだるように太い舌を締めつけ、誘う。やわらかくて大きい、ぬるぬるでざらざらの熱に舐め溶かされたそこは、もうすっかりジュストのための場所になっていて、甘く疼いて仕方がない。

「ジュスト、様……っ、ジュスト様ぁ……っ」

ティタの声がねだるような艶を帯びてから、ジュストはようやくぬるう、と舌を引き抜いた。

「ん、は……っ、ティタ……」

「んんう……っ、あ、はあ、あ、あ……」

荒く息を乱すティタを、再び自分の方に引き寄せる。快感に膝が震えてしまったティタは、崩れ落ちるようにしてジュストの胸元にしがみついた。

「は、や……っ、早く、くださ……っ」

は、は……ッと熱に浮かされたような吐息を零しながら懇願するティタの体を、ジュストがぐっと持ち上げて呻く。

「……っ、ああ、私ももう、待てぬ……！」

「ふあ、あ、んん……」

熱く滾った太い切っ先が、ひくつく後孔にぐりゅ、と押し当てられる。キスするように吸いつく花襞をぬちゅぬちゅとひとしきり乱した後、ジュストはティタの体をゆっくりと下ろしていった。

「あ、ん……！　んんんん！」

ぐうううっと狭い入り口を押し広げて、獣のそれが中へ、中へと入り込んでくる。蕩けていても、欲しいと思っていても大きすぎるその熱塊に、ティタは身を強ばらせてぎゅっと目を閉じてしまった。

「ふ、う……っ、う……！」

「ティタ……」

きつく瞳を眇めたジュストが、ティタをかき抱き、深くくちづけてくる。

腰に絡みついてきた尻尾と、背を支える逞しい腕、豊かな被毛に埋まってしまいそうなくらい広い胸に包まれて、ティタは嬉しくてすぐに夢中でジュストのくちづけに応えた。

「ん……、ん、ん……っ」

ティタの声と匂いにうっとりとしたような艶が滲み始めるのを確かめて、ジュストがそっと腰を揺らし出す。ぐちゅ、じゅ、とじょじょに奥に進んでくる淫音に、ティタはぎゅっとジュストにしがみついてあえかな吐息を零した。

「んぅ、んん……っ、ジュスト、様……っ」

ジュストと繋がっている、ジュストが自分の中にいる、その事実が嬉しくて、体が心に引きずられてしまう。歓喜の震えは、そのまま快楽となってティタの初心《うぶ》な体を淫らに染め上げた。

「ジュ、スト……、様……っ、あ、あ、あ……っ」

髪の先まで歓《よろこ》びに満たされるような多幸感が込み上げてきて、ティタは嬉しさのあまりまた達してしまう。

ぴく、ぴくっと歓喜に震えながら花蜜を零す恋人の小さな背を抱きしめたジュストが、その純粋すぎる快楽の匂いを深く吸い込み、たまらないように呻いた。

「なんという匂いをさせるのだ、そなたは……」

「……って、嬉しくて……」

深く抱き込まれたまま、とぷとぷと花茎から精を漏らして、ティタはたどたどしく告げた。

「すき……、好きです、ジュスト様……」

大好き、と呟きながら腕をジュストの首元に回す。肌に擦れるさらさらの被毛が気持ちよくて、ああ、と感じ入ったように喘いだティタに、ジュストがもどかしげに唸った。

「……っ、だから、そのように愛《う》いことを言いながら、そんな匂いをさせるなと……っ」

びくびくっとティタの中で雄茎が跳ね回る。それでもぐうっと肩を怒らせ、波を堪えようとするジュストの口元から覗く牙を、ティタはとろとろになった舌で懸命に舐めた。

「ん、ん……っ、ジュスト、様も……」

「ティタ……」

「気持ちよく、なって下さ……っ、僕の中に、いっぱい……っ、いっぱい匂い、つけて……っ」

サーベルタイガーよりは小さな、けれど自分よりもずっと立派な犬歯を舐めて、愛を乞う。

早く、早くジュストも同じ歓びに浸ってほしくて、この気持ちよさを味わってほしくて。

ティタの心に連動するように、繋がったそこがきゅんきゅんと誘うように雄を締めつける。

くっと息を詰めたジュストが、ウウウッと獣の唸り声を上げげた。


「ティタ……っ！」

「ひぅあああっ」

ぐじゅんっと奥まで捩じ込まれた雄蕊《ゆうずい》が、一気に膨らみを増し、ティタの中で弾ける。じゅううっと熱蜜を注ぎ込まれて、ティタは内壁を打つその熱い飛沫に瞳を蕩けさせた。

「ふあ……、あ、ああ……」

ねっとりと濃い精液が、びゅ、びゅっと力強く粘膜に叩きつけられるたび、自分ではどうすることもできない喘ぎが唇から零れ落ちてしまう。

ティタの腰をしっかりと押さえつけ、その隘路《あいろ》に存分に射精しながら、ジュストはティタの唇の端から零れた蜜を大きな舌で舐め取った。

「ん、は……っ、ティタ……」

「あ、あ……、んん……」

艶やかな声ごと唇を塞がれて、舌を搦《から》め捕《と》られる。角度を変えて唇を喰まれながら、びゅうっとまた雄蜜を注がれて、ティタは背筋を駆け上がる快感に震え上がった。

「んん、ん……、嬉し……、です……。ジュスト様も、気持ちよくなってくれて……」

恋人の熱を受けとめ、うっとりとその瞳を見つめながら、ティタはそう告げる。しかし、同じように恍惚《こうこつ》とした表情を浮かべながらも、ジュストはその大きな舌でティタの八重歯を舐めてきた。

「ティタ……」

その吐息はまだ燃えるように熱く、精を吐き出し終えたはずの雄茎もティタの中で滾ったままだ。

「ジュスト、様……？　え……、あ……っ」

戸惑って身を引こうとしたティタだったが、それより早く、ジュストがティタの首筋を甘噛みしてくる。肌に沈む硬質な牙の感触に、ティタはびくんと身を震わせた。

「……っ」

「……まだだ」

低く深い声で唸ったジュストが、ティタの腰をぐっと掴み、より深くへと己を突き込む。

「ひぁ……っ、あああ！」

悲鳴を上げるティタのそこから、ぶじゅっと精液が溢れるのも構わず、ジュストはアイスブルーの瞳を欲情に光らせてティタの体を揺さぶり始めた。

「な、んで……っ、あっ、あんっ、んんっ」

「っ、あんなものでは、到底足りぬ……。そなたの中に、存分に匂いをつけて、よいのだろう？」

吐息を弾ませつつ、下からもティタを突き上げて、ジュストが目を細める。ああ、ああ、と混乱したような喘ぎを漏らすティタにますます雄を漲《みなぎ》らせ、ジュストは放ったばかりの精を塗り込めるようにぐりゅぐりゅと奥を侵してきた。

「ひぁっ、ああんっ、それ、それ駄目……っ」

「駄目ではない、だろう……？　ティタのここは、先ほどより蕩けて、私を誘っている……」

「ひぅあっ、あっあっあ……！」

ぬめる先端でより深くをこじ開けられ、そこにも快楽があることを教え込まれる。震える膝に力を入れ、腰を浮かせて逃げようとするティタの腰を優しく、けれど逃がさない強さで押さえつけて、ジュストはぬるう、とその腰を引いた。

「んんん……っ」

白濁にぬるつく隘路のきつさを味わうように、ゆっくりと砲身を引き抜いていく。とろとろと熱い蜜にまみれた雄を途中まで抜いたところで、ジュストはぬくぬくと小さく腰を前後させ始めた。

それはちょうど、その切っ先にティタの性器の裏側が当たる位置で――。

「あ、あ、あ、んんっ、ひあっ、あああ……！」

快感に膨らんだそこを、張り出した段差でぬちゅぬちゅと押し潰されると、とても声が抑えきれない。ジュストの熱塊がそこを擦り上げるたび、まるでずっと絶頂に押し上げられているかのように、指先までビリビリと強い刺激が駆け抜ける。

ひくひくと震える奥から、塗り込められた雄蜜がとろり、とろりと内壁を伝い落ちてきて、擦れ合うそこで泡立てられる。ぐじゅぐじゅと隙間から漏れてくる白濁が恥ずかしいのに、甘痒いその感覚がどうにかなってしまいそうなくらい悦《よ》くて、もっと、もっと、欲しくて。

「ああ、あ、あ、あ……！」

触れられていない奥深くが、熱く甘く疼く。

膨らむばかりの熱と欲に翻弄《ほんろう》され、自分がなにを望んでいるのかも、もうどうしていいかもまるで分からない。

ジュストの胸元の被毛にしがみつき、ひっきりなしにすすり泣くような喘ぎを漏らすことしかできなくなってしまったティタのこめかみに、ジュストが鼻先を押し当ててくる。深く深く、番の匂いを確かめたジュストは、グルグルと喉を鳴らしながら聞いてきた。

「ん……、もっと、だな……？」

「あ……、は、い……っ、は……、んんん……！」

夢中で頷いた途端、燃えるように熱いものが、また奥まで入り込んでくる。

「ふぁあああ……！」

ずぷうっと深い場所まで満たされる圧倒的な快楽に、ティタはあられもない声を放ち、四肢をジュストに絡みつかせた。

「気持ち、い……っ、いい……っ」

泡立った白濁が、奥の奥になすりつけられ、そこにもジュストの匂いをつけられる。隘路をいっぱいに開く雄も、膨らみきった花茎や四肢に擦れる豊かな被毛も、それがジュストであるというだけで気持ちがよくてたまらない。

「ん、んんっ、ジュ、スト様……っ、ジュスト様も、もっと……、もっと、よくなって、下さ……っ」

あ、あ、と堪えきれない喘ぎを漏らしながらも、懸命に腰を揺らすティタに、ジュストがきつく瞳を眇める。

「ああ、ティタ……！」

ジュストはティタをかき抱くと、その唇を貪りながら低く囁いてきた。

「私も、ティタをもっと、感じさせたい。ティタの悦い顔を、もっと見たい。この匂いをもっと、ずっと、嗅いでいたい……」

「ジュスト、様……っ、あ……っ、ひあっ、あんっ、あっあっあ……っ！」

甘やかすように、追いつめるように始まった律動に、ティタは恋人の逞しい背にすがりつき、その牙にくちづけた。

空高く昇った真円の月が、絡み合う獣たちを濃い赤に染め上げていた――。


「……ティタ」

何度目か分からない呼びかけに、ティタは頭から被ったコートの中でその身をますます丸く縮めた。

外から困りきったような、そのくせどこか楽しんでいるような声が聞こえてくる。

「もう陽も高い。そろそろそなたの顔を見せてはくれぬか？」

「……………」

それでも無言で身を丸くし、息をひそめ続けるティタに、ジュストがふうと息をつく気配がする。

「仕方がないな……」

ぽんぽん、と大きな手でコートの上からティタをなだめ、苦笑を零すジュストに、ティタは見えないと分かっていても赤くなった顔を手で覆わずにはいられなかった。

（か……、顔合わせるなんて、無理……！　だって僕、あんな……、あんなこと……！）

昨夜の自分を思い出すだけで、顔から火が出そうになる。ひぃいいい、と声にならない悲鳴を上げて、ティタはコートの中で身悶《みもだ》えてしまった。

初めてオラーン・サランの愛欲に目覚めた昨夜、ティタは乱れに乱れてしまった。ジュストの発情の匂いを嗅いでいるだけで体が疼いて仕方がなくて、覚え立ての快楽を欲しがり、もっともっととせがんだのは何回だったか、数えるのが怖い。

結局赤い月が地平にすっかり沈みきるまで発情がおさまらなかったティタは、まだ動きが不自由なジュストの膝の上に座り込み、何度も腰を振ってしまった。本能のままに求め続けたせいで、後孔はまだなにか入っているかのような鈍い感覚があるし、体のあちこちも痛い。

（ジュスト様は怪我人なのに……）

自分は薬師だというのに、その怪我人になんて無茶をさせてしまったのだろう。おまけに、朝方ようやく発情がおさまり、気を失ってしまったティタの体の後始末をしてくれたのも、ジュストだった。

ティタが起きた時にはいつも通り、ジュストのびしょびしょの尻尾が目の前にあって、あのアイスブルーの瞳が優しく自分を見つめていて――。

あまりの恥ずかしさといたたまれなさに、ティタは掛け布団代わりにしているコートの中に潜《もぐ》り込んでしまったのだ。

「……僕はケダモノです……」

自己嫌悪に苛《さいな》まれ、低く唸ったティタに、ジュストがフッと吹き出す気配がする。

「それは、まあ……。そなたも立派な獣人の男だからな」

ケダモノでも仕方あるまい、とくすくすと笑いながら、ジュストはコートごとティタをひょいと抱き上げ、自分の膝の上に乗せた。顔が出そうになって慌てて俯くティタに笑みを零し、つむじにくちづけを落として言う。

「だが、私は嬉しかった。オラーン・サランの発情は、愛が深ければ深いほど狂おしいものになる。だからこそ、私もティタもあれほど昂ったのだ」

「でも、その……、呆《あき》れませんでしたか……?」

いくら愛が深い証拠とはいえ、あんなに……と言葉を濁しながら、ティタはそろりとジュストを見上げる。するとジュストは、やっと出てきた、とその長い尻尾を嬉しそうに揺らめかせながら、こめかみにキスを落として言った。

「呆れるなど、あり得ぬ。普段愛らしいばかりのそなたがああも乱れるのは、たまらぬものがあった」

「……っ、……っ」

優しく笑うジュストは、案外意地悪なのかもしれない。ティタは真っ赤に染まってしまった顔を、その胸元にぽふっと埋めた。

「忘れて下さい、あんな……」

昨夜の痴態《ちたい》を思い返すと、とても平常心でなどいられない。

ふわふわの被毛にぐりぐりと額を擦りつけながら呻いたティタに、ジュストが囁く。

「……忘れられるものか」

黒い爪の先で、ゆっくりとティタの髪を撫でながら穏やかにそう言って、ジュストはティタの顔をそっと上げさせた。

「そなたとの初めてのオラーン・サランだ。たとえなにがあったとしても、忘れたりせぬ」

「ジュスト様……、……ん」

グルル……、と低く喉を鳴らしたジュストが、綺麗なアイスブルーの瞳を伏せて顔を近づけてくる。涼やかで甘い、花のような香りに、ティタが目を閉じて応えようとした、――その時だった。

「え……」

鼻先に、かすかに嗅いだことのない獣人の匂いを感じて、ティタはぴくっと肩を揺らす。洞窟の外から聞こえてきた小さな物音でジュストも気づいたようで、すかさずティタを自分の胸元深くに抱き込んできた。

「……私から離れるな、ティタ」

緊張した低い囁きに、ティタは身を強ばらせながらも小さく頷いた。

（もしかして、イゴールの手先……？）

もう数日経っているからすっかり油断していたが、もしかしたら川に落ちたジュストと自分の遺体がないか、改めて周辺を探しに来たのかもしれない。

いくらジュストが強くても、武器もなく、まだ怪我も治りきっていない今、襲われたらひとたまりもない。

（どうしよう……、このままじゃ見つかる……！）

ドドドッと心臓が早鐘を打つ。極度の緊張に頭が真っ白になってしまったティタが、息をひそめてジュストにぎゅっとしがみついた、次の瞬間。

「ジュスト様……！　ジュスト様はおられますか⁉」

聞き馴染《なじ》んだ声が耳に飛び込んでくる。バッと顔を上げたティタは、ジュストと視線を合わせると慌ててその匂いを確かめた。

洞窟の入り口からかすかに漂ってくる匂いは、二人分感じられる。

一人は嗅いだことのない、知らない獣人の匂い。

そしてもう一人は――。

「っ、キリルさん……！」

ティタの叫びが響いた途端、洞窟の中に人影が駆け込んでくる。

それは数日前、崖の上で絶望的な別れ方をしたジュストの腹心、キリルその人だった――。


パチパチと、小さな火が燃えている。

川から汲んできた清水と、周辺から採ってきた薬草でお茶を淹《い》れたティタは、器代わりの乳鉢に注いだそれを、美しい瑠璃《るり》色の翼の鳥人、ロウに差し出した。

「どうぞ、お茶です」

「ん、ありがとな。しかしまあ、こんなところで茶が飲めるとは思わなかったな」

翼の先にある鉤爪《かぎづめ》で器用に乳鉢を受け取ったロウが、美味《うま》そうにお茶をすする。彼はキリルの友人で、牢に閉じ込められたキリルを助け出し、ここまで連れてきてくれたということだった。

ロウの隣では、主の傍らに膝をついたキリルが、ジュストに治癒の方術を施している。

「……これで、傷は塞がりました。火傷のダメージはまだ残っていると思いますが、いかがですか？」

「ああ、これならば十分剣を握れる。……すまぬな、キリル」

詫びるジュストに首を振って、キリルはこれまでの経緯を説明し出した。

「……あの後、イゴールは私とアリーシャ様を連れ、城に戻りました。アリーシャ様を脅し、私がジュスト様とティタを崖から突き落として近衛兵を殺したと証言させたイゴールに、城に残っていた近衛隊はすぐに川の捜索をと訴えたのですが、イゴールは長の代理としてそれを認めないと言い……。異議を申し立てる者は容赦なく捕らえられ、私と同様に牢に放り込まれました」

どうやら事はイゴールの思惑通りに進んでしまっているらしい。沈痛な面持ちのキリルに、ジュストが尋《たず》ねる。

「……それで、アリーシャは？　無事か？」

「はい、ご無事です。ただ……」

言い淀んだキリルが、俯いて拳を握りしめる。

大きく一つ息をついてから、キリルは低い声で告げた。

「イゴールは、三日後にアリーシャ様との婚礼を挙げると、宣言しているようです」

「な……！」

息を呑んだティタだったが、ジュストはそれを予想していたらしい。ぐっと表情を強ばらせながらも、頷いて言う。

「……私の死に疑問を抱く一族の目を誤魔化《ごまか》そうという魂胆《こんたん》だろう。妹のアリーシャが結婚を承諾すれば、疑う者も黙らざるを得なくなるだろうからな」

「そんな……」

いくら疑われようとも、兄を敬愛しているアリーシャが自分のものになれば、表だって自分を糾弾できる者はいなくなる。ジュストの父の遺言だと偽《いつわ》った時と同じように、アリーシャを娶《めと》ることで次の長にふさわしいのは自分だと、一族にアピールする狙いもあるのだろう。

「アリーシャは、今どうしてるんですか？　それに、カミラさんは……」

キリルはロウに助け出されたということだったが、カミラは助けられなかったのだろうかと気にかかり、キリルに尋ねたティタだったが、その名前に反応したのはロウだった。

「アリーシャは城に軟禁されてる。カミラは……、牢に残った。姫様が心配だって、そう言ってな」

悔しさを滲ませながらも、その表情は複雑そうだった。心配そうにしながらも、どこか誇らしそうな気配も滲ませるロウを不思議に思ったティタだったが、続くジュストの言葉に納得する。

「ロウは、昔からカミラに想いを寄せているのだ。カミラがいつも連れている小鳥は、ロウが贈ったものでな。二人はそれで連絡を取り合っている」

「そうなんですか……」

想う相手の無事が心配な一方で、自分の身よりも主の身を案じ、危険を承知で牢に残った彼女を誇りに思う気持ちもあるということなのだろう。

ティタは俯いているロウに聞いてみた。

「……それじゃあロウさんは、カミラさんの小鳥がロウさんのところに来て、助けに？」

「ああ、そうだ。連絡を取り合っているといっても、カミラから手紙が来ることなんて滅多《めった》になくてな。それが突然、手紙も持たず、慌てた様子で飛んできたから、心配になって様子を見に来たんだ。そうしたら、ジュストは死んだ、しかもキリルが首謀者でカミラは共犯だと、街中大騒ぎだ」

ふうとため息を挟んで、ロウが続ける。

「おまけに、助けに行ったカミラは、自分はいいからキリルを助けろと来た。ジュストがそう簡単に死ぬはずがない、これはイゴールの陰謀だ、キリルを助けてジュストを探してくれと言われてな」

幼馴染みであり、キリルと並んでジュストの腹心でもあるカミラは、一番イゴールを警戒していたらしい。イゴールも、それが分かっていたから、彼女を早々に捕らえたのだろう。

険しい顔つきのキリルが、じっとたき火を見つめながら言う。

「……私もカミラも逃げ出したとなれば、アリーシャ様は決してイゴールに従わないでしょう。人質がいるからイゴールの要求を呑まざるを得ませんが、だからこそアリーシャ様はご無事でいられる。カミラもそう考え、アリーシャ様の安全を第一に考えて、牢に残ったに違いありません」

助け出された後、ロウに方術で治療を施してもらったというキリルだが、その顔には疲労が滲んでおり、怪我も完全には治りきっていない箇所がいくつもある。けれど、その瞳は爛々《らんらん》と輝き、力強く前を見据えていた。

必ず助けると、そう誓っているのだろう。

同じ目をしたジュストが、頷いて言う。

「しかし、それがいつまで続くかは分からない。長の座におさまったら、イゴールはカミラもアリーシャも手にかけるだろう。逃げたキリルの行方も、当然追うだろうしな」

イゴールは、自分に刃向かう近衛隊をも容赦なく捕らえている。彼が長となってしまったら、ユキヒョウの一族にどんな恐怖政治を敷くか分からない。

そうなる前に、できるだけ早くイゴールを打ち倒し、アリーシャたちを助け出さなければならない。

ぐっと肩を強ばらせたジュストが、ロウに向き直って口を開く。

「……ロウ。本来であれば、他部族のそなたに頼むのは筋違いだとは分かっている。だが……」

「おい、今更なに水くさいこと言い出す気だ、ジュスト。もちろん手を貸すに決まってるだろう？　大体、カミラがあんな目に遭《あ》ってるっていうのに、種族もなにも関係あるか」

ジュストを遮ったロウが、鼻息荒くそう言った後で苦笑する。

「もっとも、袖にされ続けてもう十年近くだ。カミラが俺に気がないことは分かってるけどな」

それでも助けに行かないわけがない、と肩を竦めてみせたロウに、ジュストが少し表情をやわらげて言う。

「すまぬな、ロウ。だが、まったく脈がないわけではないと思うぞ。最近カミラはあの小鳥のことを、そなたの名で呼んでいるようだしな」

「……！　それは本当か、ジュスト!?」

目を瞠って勢い込んで聞いたロウに、ああ、とジュストが頷く。

「そもそも、あのカミラがまったく気もない男からの贈り物を受け取るわけがない。月に一度のそなたからの便りが来る頃には、妙にそわそわしているしな」

「……ジュスト様、あまりバラすとカミラさんに叱られませんか？」

先日のやりとりを思い出し、思わずそう口を挟んだティタに、ジュストが一瞬ぎくりとする。だが、すでにロウはジュストの言葉を噛みしめて幸せに浸っていた。

「カミラが……、俺の便りを待っていた……。あのカミラが……」

「……まあ、今回はロウに大いに助けられたし、カミラもこれくらいは許してくれるだろう」

苦笑したジュストだが、そこでふっと表情を改める。真剣な瞳で見つめられて、ティタは居住まいを正した。

「ティタ。我らは婚礼までに準備を整え、イゴールを打ち倒しに行く。その前に、そなたは……」

ちら、とジュストがロウを見やる。ジュストが彼に自分を逃がすよう頼もうとしているのを察して、ティタは先回りして言った。

「待って下さい、ジュスト様。ジュスト様には今、ロウさんの助けがどうしても必要です。僕を逃がすためにロウさんの身動きが取れなくなるなんて、そんなの駄目です」

ジュストは言うまでもないが、牢から逃げ出してきたキリルも見つかるわけにはいかない。二人だけになってしまったら、物資の調達もままならないはずだ。

かと言って、ティタが一人だけで逃げるのはリスクが高すぎる。

おそらくイゴールは、脱走したキリルがこの近辺に出没する可能性を考え、追っ手を差し向けているだろう。そんな中、ティタが見つかって捕まりでもしたら、ジュストたちがイゴールに対抗する時に足枷になってしまいかねない。ティタが母のもとに帰ることも、絶望的になってしまう。

（でも、僕は戦いでは役に立たない……）

直前まで行動を共にし、その後は身を隠すしかないだろうかと、そう思いかけたティタだったが、その時、岩陰に仕分けしておいた薬草が視界に入る。

束ねておいた、とある薬草を目にした途端、ティタは思わず立ち上がっていた。

「……っ、そうだ、これなら……」

「ティタ？」

呟きに訝《いぶか》しげな声を上げるジュストを後目《しりめ》に、ティタはその薬草に手を伸ばした。根がすべて取り除かれている薬草を見て、ジュストが首を傾げる。

「それは……、ニキニキ草の葉か？」

「はい、森で見つけてきたものです。根は軟膏《なんこう》にして、ジュスト様の手当ての時に使いました」

ニキニキ草の根は、擦り傷や切り傷の特効薬になる。そしてその葉は——。

「このニキニキ草の葉を少量混ぜたお茶は、不眠によく効きます。……僕はこの葉から、強力な催眠効果のあるお香を作ることができます」

ティタの言葉に、ジュストがハッとした顔つきになる。ティタは緊張しつつ、頷いて続けた。

「お城にはきっと、イゴールの手下がたくさんいます。でも、乗り込む時にニキニキ草から作ったお香を焚けば、無駄な戦いを避けられると思うんです」

人間の姿しかとれない自分は、戦いの場面ではどうしても足を引っ張ってしまう。けれど、これならば、ジュストの助けになれるかもしれない。

「……僕は、氷の花以外の薬草を見つけて、母の元に帰らなければいけません。でも、イゴールを倒さなければ、それもままならない」

故郷を出る時、自分は母に無事に帰ってくると約束した。

そして昨日ジュストとも、共にあることを誓い合った。

母を救うことも、ジュストと一緒にいることも、自分は諦めたくない。

そのためには、イゴールを倒すほかない。

「足手まといにならないよう、気をつけます。ですから僕も、一緒に連れていってもらえませんか」

「ティタ……」

「お願いします、ジュスト様……！」

頭を下げて頼んだティタに、ジュストが黙り込む。それでもじっと頭を下げ続けていると、ややあってジュストがため息をつく気配がした。

「そなたには驚かされてばかりだ。まさかそのようなことを考えつくとは……」

呻くような低い声に、ティタはぎゅっと唇を引き結ぶ。これならと思ったが、やはり駄目だっただろうか。

緊張したティタだったが、聞こえてきたジュストの返事は、渋々ながらもティタの案を受け入れるものだった。

「……私のそばから、決して離れるのではないぞ」

「っ、いいんですか!?」

驚いて顔を上げたティタに、ジュストが少し複雑そうにしつつも頷く。

「本音を言えば、有無を言わせずロウにそなたを故郷まで送らせたい。そなたにとっては、それが一番安全だ。だが、無理矢理送らせたところで、そなたは舞い戻ってきそうだしな」

「はい！」

もちろんそうすると、力いっぱい頷いたティタに、ジュストが唸る。

「はい、ではない……。そなた、だんだんアリーシャに似てきてはいないか？」

よくない影響を受けている、と仏頂面《ぶっちょうづら》で零したジュストが、ため息交じりに言う。

「ともかく、そのような危険を冒すくらいならば、最初から私がそなたを守った方が確実だ。それに、こちらは圧倒的に味方が少ない。催眠の香があれば、確かに助かる」

いい案だと言ってもらえて、ティタは嬉しくなってジュストに飛びついた。

「ありがとうございます、ジュスト様……！」

「その代わり、私から離れぬと約束しろ。そうでなければ連れてはゆけぬ」

　グルル、と唸りながらジュストが念押ししてくる。ティタは笑いながら、はいと頷いた。

「分かりました、約束します」

　必ずだぞ、ともう一度念押ししたジュストが、腹心を振り返って言う。

「キリルも、承知してくれるな？」

　けれど、キリルはたき火をじっと見つめたまま、ジュストの声に反応しない。

「キリル？　……キリル、どうしたのだ？」

　重ねてジュストが呼びかけると、キリルはようやくハッと顔を上げた。

「あ……、申し訳ありません、ジュスト様」

「……キリルさん、どこか具合が悪いんですか？」

　そういえば先ほどから、キリルはなにも喋っていない。傷が痛むのだろうかと心配になって聞いてみたティタだったが、キリルは思いつめた表情で首を横に振る。

「いえ、そういうわけでは……」

　逡巡するように言葉を濁した後、キリルはぐっと一層顔つきを険しくした。躊躇いを振り切るように顔を上げ、まっすぐジュストを見つめて言う。

「ジュスト様……。実はもう一つ、ジュスト様にお伝えしなければならないことがあるのです」

　改まった様子のキリルに、ジュストが声のトーンを落とす。

「……なんだ？」

「牢に入れられていた時、私は囚人の一人から密告を受けました。……十年前、先代に毒を盛った下手《げしゅ》人《にん》が自死した件についてです」

　キリルの言葉を聞いた途端、ジュストがサッと顔つきを変える。

（十年前、って……）

ティタも思わずこくりと喉を鳴らした。

「……申してみよ」

硬い声で促したジュストに頷き、キリルが重い口を開く。

「実は、その囚人は十年前の夜、下手人の牢にある獣人が訪れるのを見たと言うのです。マントのフードを目深に被っていたが、帰り際、その顔をはっきりと見た。あれは確かにイゴールだった、と……」

「え……」

小さく声を上げたティタの隣で、ジュストが低い唸り声を上げる。

「……それは、下手人が自死したその夜で間違いないのだな？」

「はい。イゴールが去った後、下手人は突然苦しみ出し、間もなく死んだそうです。囚人は何度か牢番にそのことを訴えたが、まるで取り合ってもらえなかった、と。おそらく牢番は、イゴールに買収されていたのでしょう」

キリルがそう言うや否や、ジュストがギリッと牙を剥き、強く拳を握りしめる。ティタは動揺しつつも、キリルに聞かずにはいられなかった。

「それって……、それって、イゴールがその下手人を殺したってこと、ですか……？」

ジュストの両親を殺した下手人は自殺ではなく、イゴールに秘密裏に殺されたということなのだろうか。もしそれが本当なら、その目的は——。

「まさか……、口封じに……？」

以前ジュストは、下手人が自殺してしまったために、その動機も、氷の花の毒の入手経路もあきらかにならなかったと言っていた。しかし、イゴールが下手人を殺したのが口封じのためならば、それは即《すなわ》ち、イゴールが下手人に命じて、ジュストの両親に毒を盛らせたということになる。

おそるおそる聞いたティタだったが、それに待ったをかけたのはロウだった。

「……いや、その下手人がイゴールと共犯だったと結論づけるのは早いと思うぜ。実は俺も、カミラから聞いていることがあるんだ。どうやらカミラは先代の奥方から、自分たちの身が危ないかもしれないと、亡くなる直前に打ち明けられていたらしい」

「カミラが、母から……？　確かにカミラはその前から城に仕えていたし、母とも接点があったが……、何故私ではなく、カミラに……？」

どうやら両親が身の危険を感じていたというのは、ジュストにとっては初耳らしい。訝しむジュストに、ロウが瑠璃色の翼を竦めてみせる。

「さあな。詳しいことは、俺には分からん。だがそんな状況で、毒見もせずに贈られた菓子を口にしたってことは、その商人は奥方と先代に相当信用されてたってことだ。そんな人間が、本当にイゴールに命じられて二人に毒を盛るか？」

ロウの問いかけに、キリルが唸る。

「確かに、先代は生前、あの商人のことを善良な人間だと信頼していて、だからこそ動機が分からず、真相が謎のままだった。本人も、囚われてからも自分は毒など盛っていないと主張し続けていたしな……」

難しい表情になったキリルに、ロウがそうだろうと頷いて続ける。

「奥方は、自分たちが誰に狙われているかまでは告げなかったようだが、カミラは当時からイゴールがあやしいと睨んでいたらしい。だが、下手人の商人とイゴールとの関係を何度洗い直しても接点が見つからず、嫌疑をかけることができなかったと言っていた。疑わしいというだけでは手が出せない相手だった、ってな」

長の叔父という立場であるイゴールを、確たる証拠もなしに罪に問えば、いたずらに一族を混乱させることになる。

カミラはそう考え、宰相《さいしょう》となって睨みをきかせることでイゴールを牽制《けんせい》してきたのだろう。

確かに、十年前にジュストの両親が殺された件について、イゴールが関わっていたという決定的な証拠はなにもない。

十年前に商人を殺したのも、兄夫婦を殺された復讐だと主張されたら、それで終わりだ。

（……でも、イゴールが今回真っ先に捕らえたのは他でもない、商人とイゴールの接点を調べていたカミラさんだった）

『彼女は勘がいいから厄介なんだよ。肉親のジュストやアリーシャと違って、情に流されてもくれないしね』

あの時イゴールは、カミラについてそう言っていた。カミラが真相に近づいていたからこそ、イゴールはカミラを警戒し、捕らえたのだろう。

だが、そのカミラでさえも、商人とイゴールの接点を見つけられなかった。ということは――。

「……イゴールが商人にも秘密裏に、菓子を毒入りのものにすり替えていた、ということだろう」

低く呟いたのは、ジュストだった。

「あの商人は、気づかぬうちにイゴールのたくらみの片棒を担がされていたのだ。そしてイゴールは、商人がすり替えに気づくのを恐れ、自殺に見せかけて殺したのだろう」

「そ、んな……」

辿り着いた真相に、ティタは呆然としてしまった。

両親と親しくしていた商人が、何故毒など盛ったのか。その動機が分からず、ジュストはずっと苦しんでいたが、これが真相だとしたらすべて納得がいく。

商人への両親の信用を利用したイゴールが、ひそかに菓子を毒入りのものにすり替え、商人にその罪を着せていたのだ――。

「……っ、許せぬ……！」

全身の被毛を逆立てたジュストが、ダンッと拳を岩場に叩きつける。洞窟の中に轟《とどろ》いた悲しげな獣の咆吼に、ティタは自分の胸がぎゅっと摑まれるような痛みを覚えた。

キリルもまた、主の痛みを己が痛みのように受けとめているのだろう。沈痛な面持ちで告げる。

「……もちろん共犯の可能性は残っていますし、その囚人の見誤りや勘違いという可能性もあります。ですが、あれだけ長の座に執着しているとなると、やはりすべてはイゴールの企みだったと見て間違いないでしょう」

ジュストやキリルに剣技を指導していたくらいだ。武術や方術において、イゴールは一族の中でも抜きん出た才能と自負を持っているのだろう。

あの崖の上で言っていた、力ある者が長となるのは当然のことだという言葉からも、自分こそが長にふさわしいと思っている傲慢さが透けて見えた。

おそらくイゴールは、先代の長が存命の頃からそうした考えを持っていて、自分が長になるために秘密裏に毒を盛ったのだ。

だが、そうまでしても、ユキヒョウ一族が次の長に選んだのはイゴールではなく、若くとも多くの者の信頼を集めているジュストだった。

山に登る際、近衛の兵が『ジュスト様が長の任を引き受けなければ……』と言いかけていたことは、おそらくこのことだったのだろう。

ジュストが長にならなければ、イゴールが長となっていた。未だにその時のことを引き合いに出すほどイゴールをよく思っていない者がいるということは、当時イゴールを長とすることに反対する者は相当多かったに違いない。

(多分イゴールは、それをずっと恨みに思っていたんだ……。それで、執拗にジュスト様の命を狙った。自分が次の長になるために)

イゴールは、ジュストたちが自分を信頼するよう、いい叔父として振る舞い続け、あの笑顔の裏で幾年も恨みをつのらせていたのだ。

兄夫婦を殺したことを、ひた隠しにして——。

(なんてことを……)

血の滲んだ拳を、固く、固く握りしめたまま、虚《こ》空《くう》を睨んで唸り続けるジュストの横顔を見つめて、ティタはぐっと唇を引き結んだ。

（あの人が……、イゴールこそが、ジュスト様のご両親の、……仇《かたき》）

イゴールはジュストの命を狙っていたばかりか、彼の両親をも死に追いやっていたのだ。

ジュストが長年、長としての己の在り方と、人間に対する憎しみとの間で葛藤《かっとう》し、苦しんできたのも、すべてはイゴールが商人に罪を着せたせいだったのだ——。

（……っ、イゴールは、どこまでジュスト様を苦しめたら気が済むんだ……！）

怒りを覚えずにいられなかったティタだったが、ジュストは当然、それ以上に堪えきれないものがあったのだろう。

無言でゆっくりと立ち上がり、壁に手をつきながら外へと歩き出す。キリルの方術のおかげもあって、その足取りは昨夜よりもだいぶしっかりしていた。

「っ、ジュスト様……」

声をかけたキリルに、ジュストが低い声で唸る。

「……少し、風に当たってくる」

そう言って洞窟の外へと姿を消す。

一人になりたいのだろうと分かっていても心配で、ティタは軟膏を詰めた木の実の皮を手に取った。

「……手当てだけ、してきます」

「……頼む」

大きなため息をついたキリルに頷いて、ティタはそっとジュストの後を追った。

足の早い冬の陽は、もう傾き始めていた。うっすらと翳《かげ》った空に吹く風は冷たく、川のせせらぎと小さな鳥の声が響いている。

ジュストは、入り口から少し離れたところにある、大きな岩に腰かけていた。

気配で気づいたのだろう、ティタが声をかける前に、重々しい声が聞こえてくる。

「……ティタか」

「はい。……手当てだけ、させて下さい」

せめて、岩に打ちつけた拳の傷を診《み》せてほしい。

そう言ったティタだったが、ジュストはゆるく首を振ると低く呟く。

「手当てよりも……、今はそなたのぬくもりを感じたい。私のそばに来てくれぬか、ティタ」

聞いたこともないような悲しみに満ちた声と、痛々しいほどのジュストの匂いに、ティタはそっとそのそばに歩み寄る。

傍らに立ったティタを、ジュストはその長い腕に抱き寄せた。しがみつくような逞しい腕にたまらなくなって、ティタはジュストの首元に両腕を回す。

ティタの腹部に顔を埋めたジュストが、呟いた。

「……そなたはあたたかいな、ティタ」

「ジュスト様……」

「あたたかくて、小さくて、……やわらかい」

すがるような呟きに、ティタは小さく頷き、ぎゅっとジュストを抱きしめた。


豊かな被毛からは、鋭く冷たい、小さな雪片に隠された氷の棘《とげ》のような、あの匂いがした。

旅から戻ってきたジュストが、イゴールと再会した時にも発していたこの匂いの正体が、今ならはっきりと分かる。

この匂いは、ジュストがイゴールのことを疑っていた匂いではなかったのだ。

これは、ジュストが今までずっと慕っていた、信じていた叔父に裏切られたことを悲しむ、絶望の匂いだったのだ――……。

身を震わせたジュストが、強い声で言う。

「必ず、アリーシャたちを助ける」

「……はい」

「私は叔父上を、……イゴールを、倒す」

はい、と応えるティタの声が、冷たい風にさらわれ、サラサラと流れる川のせせらぎに溶ける。

絶え間なく変化し続けているのに、変わらずそこに在り続けるその心地いい音を聞きながら、ティタ

はじっと、ジュストを抱きしめ続けていた。

自分のぬくもりが、傷ついたジュストの心を少しでも癒せたらいいのにと、そう思いながら。

8

——三日後。

ユキヒョウの獣人たちでごった返す広場を避け、ジュストとティタ、キリル、ロウの四人は城の裏手へ回っていた。

ロウはまだしも、ジュストやキリルは一族に顔が知られている上、死んだことにされていたり、お尋ね者扱いされている。万が一誰かに見つかれば、大騒ぎになってしまうだろう。

ロウが市場で調達してきてくれたコートのフードを深く被り、一行は人目を避けて街の裏路地を進んだ。ジュストの目論見《もくろみ》通り、今日は住民たちは婚礼の儀式の後に行われるお披露目を一目見ようと広場に集まっており、人気はほとんどない。

あの後、キリルを追う者が来ることを予想し、生活の痕跡を消してから洞窟を離れた四人は、森の奥深くに身をひそめ、この日の計画を立てた。といっても、ティタの作る催眠香で見張りや衛兵をできる限り眠らせ、城の礼拝堂で行われるであろう婚礼の儀式に乗り込むという、いたって単純な計画だ。

武器や衣服、食料などの調達はロウが請け負ってくれたため、ティタは催眠香作りに、ジュストとキリルは体力の回復に専念することができた。元から鍛《きた》えていて体力もあった二人は、治癒の方術と食事、獣人の驚異的な回復力も手伝って、この三日間でみるみるうちに回復した。

さすがに十二分にとは言えないまでも、ジュストもキリルも、もう十分戦うことは可能だ。だが、イゴールとの決戦まで、できるだけ体力を温存しておいた方がいいことは言うまでもない。

(礼拝堂に辿り着くまで、ジュスト様たちになるべく負担がかからないようにしないと……)

それには、ティタの作った催眠香が鍵となる。

ニキニキ草を使った催眠香は、サーベルタイガー族の医者が手術の時に麻酔と併用するため、今までも依頼を受けて何度も作ったことがある。今回は更に即効性を高めるため、ティタは森で見つけた他の薬草も混ぜ、煙玉のような形にしていた。

お手製の催眠香をいっぱいに詰め込んだ麻袋を胸に抱え、ティタはぎゅっと唇を引き結ぶ。

と、城の裏門の手前の曲がり角に差しかかったところで、先頭を行くロウが片翼を上げ、とまるよう指示を出す。歩みをとめた三人を振り返り、ロウがティタに視線で合図した。

「……っ」

いよいよだ、とこくりと喉を鳴らして、ティタは麻袋から催眠香を一つ取り出す。片翼を差し出したロウにそれを渡すと、彼はそれに方術で火を点《つ》け、通りの向こうにブンと放り投げた。

少し離れた場所から、裏門を守る衛兵たちの声が聞こえてくる。

「ん？　なんだ？　なにか飛んできて……」

「ふぁあ……、なんだ、この煙、は……」

言葉の途中で、ドサッ、ドサッと彼らが地面に倒れ込む音が聞こえてくる。

曲がり角の陰から様子を窺っていたロウが、ティタを振り返って目を瞠った。

「すごいな、ティタ。一発でダウンだ」

「そうですか、よかった……！」

ほっとしたティタだったが、三人は別の感想を抱いたらしい。

「……ジュスト様、あまりティタを怒らせない方がいいですよ」

「だな。ジュスト、この子見た目は可愛いが、実は結構な危険物だぞ」

口々にそう言うキリルとロウに、ジュストまで神妙な顔で頷く。

「ああ、肝《きも》に銘《めい》じておこう」

「……皆さんに催眠香なんて使いませんよ？」

首を傾げるティタに分かっているがと苦笑しつつ、その頭をぽんぽんと撫でて、ジュストが前を向く。

「そろそろ煙も消えたな。……行くぞ」

「はい……！」

頷いて、ティタは新しい催眠香をロウに手渡した。眠っている見張りたちを目立たないよう物陰に運び、裏門から忍び込む。

城の警備は、婚礼の儀式のために厳重になっていた。ロウを先頭に、行く手を阻む衛兵たちを催眠香で眠らせつつ中庭を突っ切り、城の中に忍び込む。

ロウが投げた催眠香からもくもくと上がる煙に、衛兵たちは眠気に抗えず次々と倒れていった。ぐっすり眠り込んでいる衛兵を物陰へと運び込みながら、キリルがジュストに言う。

「私は今まで、こういった場合は武力で制するのが最も有効だと考えていましたが……、その考えを改めなければならないかもしれません」

「ああ。……それに、彼らはただ、職務を果たしているだけだ」

礼拝堂が近づくにつれ、イゴールの手の者と思《おぼ》し

「ティタ、そろそろ礼拝堂が近い。念のため、まとめて二、三個くれ」

「私たちも持っておいた方がよさそうだな。ティタ、催眠香はまだ残っているか？」

ジュストにも言われて、ティタは麻袋の中から催眠香を数個取り出した。

「はい、どうぞ。キリルさんも」

声をかけたティタに、キリルが頷いて手を差し出した——、その時だった。

「おい、大変だ！　向こうで見張りが倒れて……」

廊下の向こうから、黒い鎧姿の獣人が駆けてくる。ジュストがキリルに鋭く指示を下した。

「キリル！」

素早く反応したキリルが、目を丸くして立ち止まったその獣人に当て身を喰らわせ、気絶させる。だが、彼の背後にはすでに別の兵が駆けつけてきていた。

「し……っ、侵入者だ……！」


き黒い鎧姿の兵たちの姿も増えてきてはいるものの、見張りの大半は城勤めの衛兵たちだ。

彼らの中には、今回の騒動に疑問を抱き、イゴールに不信の念を抱いている者もいるだろう。今は仕方なくイゴールに従っているが、ジュストが生きていると知れば、イゴールに反旗《ひるがえ》を翻す者も少なくないはずだ。

騒ぎになっては困るからと問答無用で眠らせているが、ジュストが長の座を取り戻せば、きっと彼らはまたジュストに尽くしてくれる。

「……この催眠香は強力ですが、副作用や後遺症はありません。数時間もすれば、すっきりして目覚めるはずです」

ティタがそう告げると、ジュストは少し安堵《あんど》したように瞳の色をやわらげた。

「そうか。なにからなにまですまぬな、ティタ」

いいえ、と微笑んだティタに、ロウが片翼を差し出してくる。

大声で叫びながら、元来た方へと駆けていく兵もまた、黒い鎧を身につけている。どうやらこの一帯は、イゴール配下の者が警備を固めているらしい。

兵士のあとを追おうとするキリルを、ジュストがすかさずとめた。

「よせ、キリル！　先を急ぐぞ！」

は、と駆け戻ってくるキリルの背後から、騒ぎを聞きつけた兵たちが押し寄せてくる。その大半は、イゴール一派の証である黒い鎧を身につけていた。

「屈め、キリル！」

ティタに渡されていた数個の催眠香に方術で火を点けたジュストが、キリルの頭越しに兵たちに向かってそれを投げつける。

もくもくと上がる凄まじい煙に巻き込まれた兵たちが、ごほごほと咳き込みつつ呻き出す。

「な……、なんだ、これ、は……」

「だめ、だ……、眠くて……」

ドサドサと倒れる彼らをよそに、ロウが持っていた催眠香を更に投げつつ叫ぶ。

「先に行け、ジュスト！　俺は奴らの残りを片付けてから行く！」

「ロウさん！　でも！」

こんなに煙が上がっていたら、ロウも巻き込まれてしまうのではないか。そう危惧したティタだったが、ロウはその瞳をニッと細めると、ダダッと二、三歩助走をつけて飛び上がる。

「俺を誰だと思ってる！　風の民の鳥人族きっての色男、ロウ様だぜ……！」

ロウが力強く翼を羽ばたかせた途端、催眠香の煙が一気に兵たちへと襲いかかる。かろうじてまだ立っていた者たちが、煙を吸い込んで次々に倒れ込むのを見て、ジュストが頷いた。

「任せたぞ、ロウ！　行くぞ、ティタ、キリル！」

駆けてきたキリルと合流し、ティタとジュストは煙に背を向けて駆け出した。途中、騒ぎに気づいて襲いかかってくる黒い鎧姿の獣人たちをジュストとキリルが容赦なく撃退しつつ、礼拝堂へとまっすぐ向かう。

しかし、向かう先から押し寄せてくる敵の数は、みるみるうちに増えてくる。

「……っ、きりがないな！」

黒い鎧姿の兵に剣を叩き込みつつそう叫んだジュストに、キリルが息を弾ませながら応える。

「あと少しなのですが……！」

全快とはいかないまでも、剣を手にし、闘志漲《みなぎ》る二人にとって、寄せ集めの兵など敵ではない。しかし、数が数だけに対処に時間がかかってしまう。

（せめて僕が戦えたら……！）

二人に挟まれる形で守られているティタも、少しでも足留めになるようにと、残りの催眠香に火種で火を点けて風下に投げてはいるが、そうたいした数は倒せていない。

しかも。

「っ、催眠香が……！」

山ほどあった催眠香が、ついに底をついてしまう。唇を噛み、せめて直接剣が振るえたら、と悔しく思ったティタだったが、その時、四方に分かれている通路の左右でワッと鬨《とき》の声が上がる。

「新手か……!?」

くっと目を眇めたジュストに、しかしティタはスンと鼻を鳴らし、驚きに目を瞠って告げた。

「っ、違います、ジュスト様！　あれは……、あれは、近衛隊の皆さんです……！」

「なに!?」

驚愕したジュストとキリルの元に、近衛隊の甲《かっ》冑《ちゅう》を身につけた獣人たちが駆けつけてくる。周囲の敵を蹴散らしながら突進してきた彼らの中から、一際体格のいい獣人がジュストの前に跪《ひざまず》いた。

「陛下！　よくぞ……っ、よくぞ、ご無事で！」

「隊長……。そなた、何故……」

城に残されていた近衛兵たちが騒ぎを聞きつけて来たのだろうが、彼らはまるで最初からジュストたちが無事であることを知っていて、助けるために来たような雰囲気だ。敵兵を打ち倒しつつ、ご無事で何よりです、お待ちしておりました、と口々にジュストとキリルに告げる近衛兵たちに、ティタは呆気にとられてしまった。

こちらへ、と近衛隊によって切り開かれた道を先導しながら、隊長が説明してくれる。

「実は、私はキリル様がお逃げになった後、秘密裏にカミラ様と接触し、お話を聞いたのです」

牢の中にいるカミラから、すべてはイゴールのたくらみであること、アリーシャは脅されていることを示唆《しさ》された隊長は、アリーシャを守りつつ、この日のためにひそかに準備を整えていたらしい。

「カミラ様は、キリル様とロウ様がジュスト様をお探ししていると仰《おつしや》いました。ジュスト様は必ず生きていて、近日中にアリーシャ様をお救いに来る。その時に備えよ、と」

「……カミラには、すべてお見通しか」

唸ったキリルに、ジュストが少し表情をやわらげつつ頷く。

「ああ。それだけ我々を信じてくれている、ということだ。カミラも、近衛隊の者もな。……あの日随行してくれた者たちにはすまないことをした、隊長」

「いいえ……！　陛下をお守りすることこそ、我ら近衛隊の役目でございます……！」

近衛隊隊長として、イゴールに殺された部下たちの無念を我がことのように感じているのだろう。広い肩を震わせた隊長は、辿り着いた礼拝堂の扉の前をすでに制圧している部下たちに、ご苦労、と野太い声をかけた後、ジュストに向き直って言った。

「礼拝堂にいる者は、いずれもイゴールにおもねる者ばかりです。裏口から逃げようとした者共は、別働隊が拘束する手はずになっております。露払いは我ら近衛隊にお任せ下さい。陛下はどうぞ、イゴールを……！」

ああ、とジュストが頷いた途端、近衛兵たちが一

「っ、お兄様！　あ……！」

叫んだアリーシャの腕を摑んだイゴールが、ぐいっと自分の方へと引き寄せる。

「これはこれは……、まさか本当に生きていたとはね、ジュスト。お前に招待状を送った覚えはないんだけど？」

「イゴール……！　その手を離せ……！」

ウウウッと唸ったジュストとキリルが、近衛隊と共に敵兵を打ち倒しながら、礼拝堂の奥へと切り込んでいく。二人の間に挟まれたティタも、緊張しつつ歩みを進めた。

「……お前のたくらみは、すべて把握している」

切りかかってきた敵兵を鋭い一閃で凪ぎ払ったジュストが、その剣先をイゴールに向けて告げる。

「キリルが牢で、囚人から密告を受けたのだ。十年前、下手人とされたあの人間が死ぬ直前、お前が彼の牢をひそかに訪れていたのを見た、と」

ジュストの言葉に、その場にいた誰しもが息を呑み一斉に重厚な扉に体当たりし始める。ダンッ、ダンッと容赦なく繰り返される体当たりに、扉の向こうで呻き声が上がり、ほどなくして耐えきれなくなったようにその中心が開き始めた。

「開くぞ！」

近衛兵の一人が叫んだ次の瞬間、メリメリメリッと音を立てて扉が左右に開かれる。ワッと襲いかかってきた黒い鎧姿の兵たちを、すかさず近衛兵たちが押し戻し、制圧にかかった。

「陛下！　どうぞ先へ！」

自身も剣を抜き、敵兵を打ち倒しながら、隊長が促してくる。主の無事を確かめ、憎むべき敵を再認識した近衛隊の勢いは凄まじく、数で勝る敵兵とも互角に渡り合っていた。

まっすぐ奥へと続く緋絨毯《ひじゅうたん》の先には、豪奢《ごうしゃ》な花嫁衣装を着たアリーシャがいる。

そしてその隣には、揃いの婚礼の衣装に身を包んだ――、イゴール。

む。しかし、当のイゴールはまるで顔色を変えることなく、好戦的な笑みをジュストに向け、平然と続きを促した。

「……それで？」

「あの者が両親に贈った菓子は、お前によってすり替えられたものだった。あの者はなにも知らず、すり替えに気づく前にお前に殺されたのだ。氷の花の毒を菓子に盛り、我が両親を殺したのはイゴール、お前だ……！」

ジュストの言葉に、アリーシャが目を瞠る。

「そ、んな……、お兄様、それは本当ですか!? お父様とお母様は、本当に……」

おそるおそるといった様子で、アリーシャが隣のイゴールを見上げる。しかしイゴールは、この場にはそぐわない、落ち着き払った様子で苦笑した。

「まあ、大方の筋書きは合っているかな。しかし、まさかお前たちが十年も気づかないとは、さすがに僕も思っていなかったけどね」

（……っ、この人……）

本当に身内に甘いよね、とほがらかに笑うイゴールに、ティタはぞっとしてしまう。

ジュストが生きて戻ったことで、今更復讐のために下手人を殺した、などと取り繕う必要もないと開き直ったのだろうが、それにしてもあまりにもあっさりしすぎている。罪悪感などまるで感じていないその様子に、ティタは狂気めいたものを感じずにはいられなかった。

すらりと剣を抜いたイゴールが、その切っ先をアリーシャに向けつつ、にこやかに言う。

「しかし、十年前のことを未だに覚えていた囚人がいたなんてね。教えてくれてありがとう、ジュスト。お前たちを片付けた後に、その囚人も始末しておくよ。そうすれば、晴れて僕が一族の長だ」

「お前を長になど、誰がするものか……！」

唸り声を上げたキリルが、イゴールに斬りかかろうとする。しかしイゴールは、一層強くアリーシャを引き寄せるとスッと瞳を細めて忠告した。

「そこまでだよ、キリル。それとも、目の前でアリーシャの首を飛ばされたいのかな？」

「……っ、貴様……！」

ギリ、と悔しげに唸ったキリルだが、その肩を押しとどめる手がある。

美しい白銀の花の模様が浮かぶ、その大きな手の主は、ジュストだった。

「……下がれ、キリル。奴は我が両親の仇。……私の宿敵だ」

アイスブルーの瞳をきつく眇めたジュストが、じっとイゴールを見据えたままそう告げ、一歩前に出る。は、と引き下がったキリルに頷き、ジュストはイゴールに告げた。

「……力ある者が長となるのは当然のこと。お前は確かそう言ったな、イゴール」

あの日、崖の上で彼が放った言葉をなぞったジュストに、イゴールが肩を竦めて笑う。

「ああ、言ったよ。それがなにかな？」

「ならば、私と勝負しろ」

コートを脱ぎ捨てたジュストが、続いて腰に下げた剣を鞘《さや》ごと床に投げ捨てる。その巨軀をぶるりと震わせ、黒く鋭い爪をイゴールに向けたジュストは、低く唸り声を上げながら宿敵を睨んだ。

「正々堂々、一騎打ちだ。己が長の座にふさわしいと言うのならば、その爪と牙で、確たる証を立ててみせよ……！」

逆立ったジュストの白銀の被毛が、静かな怒りと闘志に煌めく。

おそらくジュストは最初から、イゴールに一騎打ちを申し込むつもりだったのだろう。ティタは固唾を呑んで、その威風堂々とした背を見守った。

ぽかんと呆気にとられたような表情を浮かべたイゴールが、堪えきれないようにくっと笑い出す。

「一騎打ちって……、また随分《ずいぶん》古めかしいことを言い出すね、ジュスト」

ひとしきり笑い声を上げた後、イゴールは背後に控えていた部下を視線で呼び、アリーシャを預けた。花婿衣装の釦《ボタン》を外して胸元をくつろげ、くるりと手の中で柄を回した剣も部下に預けながら言う。

「けど、いいよ。これ以上分かりやすい決着のつけ方もないだろうしね。それに、ずっと思ってたんだ。この爪で、お前の心臓を抉《えぐ》り出してやりたいって」

にこやかにそう告げた後、イゴールはスッと腰を落として迎え撃つ体勢を取った。ジュストが、まっすぐイゴールを見据えたまま言う。

「キリル、ティタを頼む。……ティタ、キリルと共に待っていてくれ」

「っ、はい……！」

こくりと頷き、ティタはキリルと共に数歩下がった。自分にできるのは、ジュストの勝利を信じることだけだ。

「気をつけて下さい、ジュスト様……！」

そう声をかけたティタに、ああ、とジュストが頷く。ジュストの向こうで、ふふっとイゴールがおかしそうに笑みを浮かべた。

「茶番はそこまでだ。お前に武術を教えたのは誰か、思い出させてあげるよ。……かかっておいで」

その瞳に挑発的な光が浮かんだ、次の瞬間、ジュストがウウウッと唸りを上げてイゴールに襲いかかる。ガッと激しくぶつかり合い、組み合った二人に、ティタは思わず息を詰め、身を強ばらせた。

（この人、強い……！）

ジュストに比べると線が細く、立ち居振る舞いもおよそ武人らしからぬイゴールだが、体術でも決してジュストに引けを取っていない。

素早い身のこなしでジュストの攻撃を受け流し、大胆に踏み込んで鋭い一撃を繰り出してくる。その戦い方は、自分の命をまるで顧《かえり》みていないかのような危うさと激しさを伴ったものだった。

「っ、相変わらずお前の拳は重いなあ！」

ジュストの拳を受けとめたイゴールが、睨みをきかせるジュストの顔を覗き込み、ハハッと楽しそうな笑みを浮かべる。

「けど、何度も言っただろ？　力任せだけじゃ、相手を倒すことはできないって……！」

「……っ！」

フッと力を抜いたイゴールが、勢い余ったジュストの鳩尾《みぞおち》を膝で蹴り上げる。ぐっと顔を歪めたジュストだったが、すぐに体勢を立て直すと、再びイゴールに立ち向かっていった。

「私は……っ、お前を許さない……！」

「は！　許してもらおうだなんて、最初から思っちゃいないさ！」

二人が激しくぶつかり合うたび、その場の空気が気迫でビリビリと震え、交わった爪の間に火花が散る。その一瞬の煌めきが消えるより早く、次の一手を繰り出し合う二人に、その場の誰もが息を呑み、瞬きも忘れて戦いの行方を見守っていた。

「オォオオオッ！」

カッと目を見開いたジュストが、強く床を蹴ってイゴールに突っ込む。すんでのところでそれを避けたイゴールが、ニィッと牙を見せて笑った。

「っ、やるじゃないか！」

叫びつつジュストの拳を受け流したイゴールが、後方に控えている部下に素早く目配せをする。

あっと思う間もなく、部下が投げた剣を受け取ったイゴールは、ジュストの火傷している方の手を狙って斬《き》りかかってきた。しかしジュストはカッと目を見開くと、その手でむんずと刀身を掴み、そのままイゴールを己の方へと引き寄せる。

「な……っ、くそ！」

ジュストが防御した隙に攻撃するつもりでいたのだろう。目論見が外れたイゴールが、体勢を崩す。

実力が拮抗する二人の勝負は、そのほんのわずかな一瞬で決着がついた。

「……っ、ぐ……！」

ジュストの重い拳がイゴールの鳩尾に叩き込まれ

る。たまらず剣を取り落としたイゴールが、その場にがくりと膝をついた。

ハ……ッ、ハッと二人の荒い呼吸がその場に響く。まだ肩で息をしながら、ジュストがイゴールに歩み寄った。

「……なにか、言い残すことはあるか」

低くそう聞いたジュストに、イゴールが顔を上げ、ふっと笑みを浮かべる。

「……みっともなく命乞いでもしろって？　悪いけど、そんなのまっぴら御免だね。言ったはずだよ。力ある者が長になるべきだって」

「…………」

「僕は、自分の言葉を撤回する気はないよ。絶対にね……！」

言い終わるや否や、カッと目を見開いたイゴールが最後の力を振り絞って跳躍し、ジュストへと襲いかかる。

牙を剝き、獣の咆吼を上げながら振りかざしたその鋭い爪はしかし、淡雪のように白く気高いユキヒョウに届くことはなかった。

イゴールの一撃よりも早く、ジュストがその胸元に爪を突き立てたのだ。

「う、ぐ……っ！」

呻いたイゴールの胸元から、紅に濡れた黒い爪がゆっくりと引き抜かれていく。

ド……ッと音を立てて、くすんだ被毛のユキヒョウはその場に倒れ伏した。

「叔父上……」

アイスブルーの瞳を眇めたジュストの苦しげな呟きが、礼拝堂の高い天井に響く。

その深い、深い悲しみに満ちた声は、降る雪のように淡く儚く亡骸の上で溶けて、消えた――。

9

甘い香りを漂わせる薬湯をすくった匙《さじ》を、そっと口元に運ぶ。

零さないよう慎重に匙を傾けると、こくりと小さく喉が鳴った。ややあって、震える睫がゆっくりと開かれていく。

ぼんやりと開かれた、自分と同じ若草色の瞳を覗き込み、ティタは必死に呼びかけた。

「母さん……！　母さん、僕です！　分かりますか!?　ティタです！」

「……ティ、タ……？」

かすれた声で呟いた母が、瞬きを繰り返しながらじょじょに意識を覚醒《かくせい》させていく。

「ティタ……、ああ、……帰ってきたのね？　お帰り、ティタ」

「ただいま……、ただいま、母さん……！」

わっと泣き出したティタの夕焼け色の髪を撫で、母がふうと大きく息をつく。

「なんだか今日は、とってもいい気分……。体も全然つらくないわ……」

一体どうして、と不思議そうにした母が、寝台の傍らに置かれた盆に乗った薬湯に気づく。

「……ああ、氷の花、ね？　見つけてきてくれたのね、ティタ」

「は、い……っ、はい……！」

涙で顔をぐしゃぐしゃにしながらも必死に頷くティタに、母が微笑む。

「もう、この子は……。なにをそんなに泣くことがあるの？」

「だ……、だって……っ」

安心して涙腺が壊れてしまったのだから、仕方ないじゃないですか。そう言いたいのに、息が続かなくて、声が出てこない。

ひぐっ、ひうっとしゃくり上げるティタの頬を指先で優しく撫でながら、仕方のない子ね、と母が苦笑する。被毛に覆われたその大きな手を、ティタは震える手でぎゅっと、握りしめた。

ジュストがイゴール一派を捕らえてから、一週間が経っていた。

イゴールが事切れた後、事態を速やかに収束《すみ》させたジュストは、広場に集まった一族の前に姿を現し、自分の無事を伝えた。驚き歓喜する一族に、すべては叔父イゴールのくわだてであったこと、そのイゴールはすでに打ち倒したことを明かしたジュストは、最後にティタのことを伝えた。

『このティタは、サーベルタイガー一族の者で、母の病気治療のため、氷の花の煎じ薬を求めてこの地を訪れた。彼は私の命の恩人で、私の赤き月の番だ。もしこの中に、氷の花の薬を保管している者があれば、分けてくれないだろうか』と――。

ほどなくして、城に氷の花の煎じ薬が届けられた。城に縁のある医師が保管していたそれを手に、急いでユキヒョウ一族の地を発《た》とうとしたティタを、移動の方術で送り届けてくれたのは、カミラだった。

『私の方術では、カーディアまでが限界です。しかし、そこからロウを先に発たせれば、お母様の元に早く薬を届けることができます』

鳥人のロウならば、徒歩では数日かかる距離も、あっという間に飛び越えていける。

牢から解放された彼女はそう提案し、アリーシャと共にティタたちを送り出してくれた。

カミラの方術でカーディアまで移動したティタは、ロウに氷の花の薬湯を託し、急いで故郷を目指した。

騒動の後処理をキリルに託したジュストが共に来て協力してくれたおかげで、行きは一週間かかった道のりも四日で越えられ、ようやく故郷に辿りついたのが、一昨日のこと。

その時母は高熱で意識も朦朧としており、先に到着していたロウが届けた氷の花の薬湯がなければ危ない状態だった。しかし、何度も薬湯を飲ませるうちに、じょじょに熱が下がり始め、そしてようやく今日、意識を取り戻したのだ。

「うん、脈もしっかりしてきたし、もう大丈夫でしょう。いや、よかった、よかった」

往診に来てくれた医師にもそう言われ、ティタはほっと安堵する。

お大事に、君もよく休みなさいと言って帰っていった医師を見送って、ティタは母の寝室に戻った。

「……ゆっくり休んで下さい、母さん」

うとうとと微睡《まどろ》み始めた母にそっと声をかけ、その傍らで母が眠りにつくまで見守る。

穏やかな寝息を繰り返す母からはもう、あの毒に似た嫌な匂いは漂ってこない。

(これであとは体力さえ回復すれば、母さんは元気になる……)

獣人の姿で眠る母を、しばらくじっと見つめた後、ティタは静かに部屋を出た。隣の部屋でロウと共にテーブルを囲んでいたジュストが、立ち上がって微笑みかけてくる。

「……よかったな、ティタ」

母が意識を取り戻した時、ジュストたちはこの部屋にいて、物音やティタの泣き声でそうと気づき、医者を呼んでくれた。その後も、見知らぬ者がいては気疲れするだろうからと、この部屋で静かに待機していてくれたジュストに、ティタは涙ぐみながら頭を下げる。

「はい……！　それもこれも、ジュスト様のおかげです。ありがとうございます……！」

改めてお礼を言ったティタに、ジュストが優しく目を細めて言う。

「私はなにもしておらぬ。そなたの母が、強かったのだ。……助かって、本当によかった」

微笑むジュストに、はいと頷くティタを見やって、ロウがぼやく。

「……俺も結構、頑張ったんだけどなあ」

イスに背を預けたロウの後ろで、絨毯の上に座ったハワルとゾンが、顔を見合わせて言う。

「確かに、ロウさんがここに来た時はすごい騒ぎになったよな。まるで墜落するみたいに落ちてきて、『ティタから預かった薬だ』って包みを取り出すなりぶっ倒れてさ」

「ああ、おかげでこっちはなにがなんだか分からなかった。ティタが薬に手紙を付けておいてくれなければ、あの薬をおばさんに飲ませるのがもっと遅れていた」

だよな、と頷き合う二人に、ロウが呻く。

「悪かったって……。丸一日半飛び続けてきて、もう限界だったんだよ」

「ロウさん……。母のためにそこまでして下さって、本当にありがとうございました」

カーディアからここまで、ロウはほとんど飲まず食わずで、休息を取ることもなく飛び続けてくれたらしい。改めてお礼を言ったティタに、ロウがニカッと笑う。

「いや、いいっていいって。カミラに頼りにされるなんて、滅多にないことだしな。カミラもようやく、俺様の頼もしさに気づいたんだろう」

「……おそらくそういうところだと思うぞ、ロウ」

言外に、カミラに相手にされない理由を指摘したジュストだったが、ロウはまるで意味が分からなかったらしい。なにがだ、ときょとんと首を傾げたロウにくすくす笑って、ティタはハワルとゾンに向き直った。

「ハワル、ゾンも、長い間母さんのこと看病してくれて、本当にありがとう」

氷の花の薬が間に合ったのは、自分が留守の間、ずっと交代で母についていてくれた二人のおかげだ。

皆が協力してくれたから、母は助かることができたのだ。

改めて頭を下げたティタに、ゾンが穏やかに笑って首を横に振る。

「いや、なによりもティタの頑張りがあったからだ」

「そうだぜ、ティタ。おばさんももう一安心みたいだし、今日くらいは自分の家に帰ってゆっくり休んだらどうだ？　さっき医者にも休めって言われてただろ？」

ハワルの提案に、ゾンも頷く。

「それがいい。こっちに帰ってきてから、休む間もなくずっと看病していたしな。今晩は俺とゾンがこっちに泊まり込むからそうしろ、ティタ」

「え……、でも……」

二人には今までもずっと母の看病をしてもらっていたのに、そんなに甘えられない。遠慮しようとしたティタだったが、その時、こちらに歩み寄ってきたジュストがティタをひょいと片腕に抱き上げる。

突然のことにびっくりしつつ、ティタは顔を赤らめてジュストを咎めた。

「ちょ……っ、ジュスト様、なにを……」

一応ハワルとゾンにも、自分はジュストとオラーン・サランの絆で結ばれたことは話してあるが、それでも皆の前で抱っこされるなんて恥ずかしい。

にやにやするロウと、ぽかんとする幼馴染みたちの視線がいたたまれなくて、ティタはおろおろしながら小声で訴えた。

「あの……、あの、ジュスト様、降ろして下さい」

「ならぬ。二人もああ言ってくれているのだし、そなたは今日はもう休め」

「そんなわけには……、っ、ジュスト様！」

皆まで言う前に、ティタを抱えたままジュストがすたすたと歩き出す。扉の前で一度部屋を振り返ったジュストは、一同に言い渡した。

「ハワル、それにゾン、ティタの母を頼んだぞ。ロウ、今日はそなたもここに泊まって、なにかあればすぐ知らせに来てくれ」

「ああ、分かった」

ロウがそう答えると、ハワルとゾンも慌てて居住まいを正してこくこくと頷く。ゆっくりしろよ、と瑠璃色の翼を振るロウに見送られ、ティタはジュストに抱えられたまま実家を出た。

外はもう、茜色《あかねいろ》に染まっていた。

薄暗くなった空に浮かぶ雲が、燃えるような橙《だいだい》色《いろ》に輝いている。同じ夕焼け色の髪をふわりと風に揺らしながら、ティタはジュストを見上げて咎めた。

「……強引です、ジュスト様」

赤い顔のままむくれるティタに、ジュストがしれっと言う。

「仕方なかろう。こうでもせねば、そなたはきちんと休みを取らぬだろうからな。家まで連れていってやるから、このまま少し眠るといい」

場所はハワルとゾンに聞いているから大体分かると、そう言ってしっかりとティタを抱え込んだジュストは、どうあっても自分を解放してくれそうにはない。少し困りつつも、ジュストが自分を心配して気遣ってくれているのは分かったので、ティタは照れくささを堪え、ジュストの胸元にぎゅっとしがみついた。

ふわふわとした被毛に頰を預け、ゆったりとした足取りで進むジュストの顔を見つめる。心地よい揺れに身を任せながら、ティタはユキヒョウ一族の地を発つ直前のことを思い返した。

——お発《た》ちになる前に少しよろしいですか、とカミラに声をかけられたのは、ジュストと二人で旅支度をしていた時のことだった。

『実はお二人に、お見せしたいものがあるのです』

改まった様子でそう告げたカミラは、懐に手をやると、小さな箱を取り出した。美しい布が貼られたその小箱を見たジュストが、記憶を辿りつつ聞く。

『それは……、確か母上の薬入れだったな。カミラ、何故そなたがそれを？』

『生前、奥方様からお預かりしたのです。〈ジュストは将来きっと、一族を背負って立つことになる。あなたにはその間、これを守ってほしい〉と……』

どうぞ、と促されたジュストが、小箱を受け取り、ティタに渡してくる。

『開けてくれるか、ティタ』

『あ……、はい』

こくんと頷き、手を負傷しているジュストに代わって小箱の蓋を開けたティタは、中に入っていたものを見て思わず息を呑んだ。

『これ……、もしかして……』

『……氷の花の、種か』

ティタの言葉の続きを引き取ったジュストが、呆気にとられた様子で呟く。

美しい布張りの小箱の中に大切にしまわれていたのは、とてもとても小さな、青い種だった。

まるで硝子《ガラス》の欠片《かけら》のようにキラキラと光っているその種を見つめる二人に、カミラが告げる。

『……奥方様は、花守《はなもり》でいらしたのです』

『花守？』

初めて聞く言葉に、思わずティタはジュストを仰ぎ見た。しかし、ジュストも聞いたことがなかったようで、ティタに向かって首を横に振り、カミラに聞く。

『カミラ、その花守というのはなんだ』

『氷の花の種を守る者のことです。あの花は、長の一族が管理することになっています。しかし、氷の花は優れた薬であると同時に、恐ろしい毒薬でもある。一族に選ばれた長とはいえ、悪用する可能性がまったくないとは言いきれません』

事実、長の一族に名を連ねていたイゴールも、氷の花から作った毒薬を人間に高値で売りさばこうと目論んでいた。

カミラが淡々と続ける。

『そのような事態が起こった場合、花守はひそかに氷の花を焼き払う役目を担《にな》っています。そして、心正しき者が長の座に就いた暁《あかつき》には、保管していた種で再び氷の花を甦らせる役目も。……私は奥方様より、そのお役目を引き継ぎました』

カミラの話を聞いて、ジュストが納得したように頷いた。

『……それでカミラは、母から身の危険が迫っているかもしれぬと聞いていたのか』

自分の命が何者かに狙われている可能性があると気づいたジュストの母は、その花守の役目をカミラに託したのだ。

カミラが頷いて言う。

『花守は、自らが花守であることを誰にも明かしてはなりません。そしてその役目は、次代を担うべきと見定めた若者に託す掟《おきて》となっております。私があえてこの話をお二人にしたのは、氷の花を復活させる口裏合わせをお願いしたいのと共に、次の花守を決めたからです』

そこで言葉を区切ったカミラが、銀色の仮面をじっとティタに向けてくる。まさか、と息を呑んで、ティタはカミラを見つめ返した。

『僕……、ですか……?』

『はい。どうかこの役目、お受け下さいませんでしょうか、ティタ様』

静かにそう問われて、ティタは動揺してしまう。

『で……、でも、僕はユキヒョウ一族の出身ではありませんし、それにいざという時、獣人姿にもなれなくて……』

氷の花の薬を届けてくれたユキヒョウ族の医師から、ティタはこの薬が今まで幾度も一族を病から救ってきたと聞いた。

猛毒を持ちながらも、妙薬として珍重されてきた氷の花は、ユキヒョウ一族にとって大切な薬草だ。その薬草を守る大役が、自分のような者に務まるとは到底思えない。

後込《しりご》みしたティタだったが、カミラはゆっくりと首を横に振って言う。

『私も、この役目を奥方様から仰せつかった時、一度はお断りしようとしました。盲目の私では、いざという時に種を守りきれない可能性がある、と。ですが奥方様は、それは違うと仰せになりました』

その時のことを懐かしむように口元をほころばせ、カミラが続ける。

『自分の弱さを知り、それでもなお努力し続ける者こそ強いのだ、と。この花守という役目は、そういった強さを持った者にしか務まらない、と』

『……母が、そのようなことを……』

驚いたように、ジュストが呟く。いつも微笑んでいて、優しく、物静かだったという母を思い出し、意外に感じたのだろう。

『……あの方は、とても芯の強い方でした』

微笑んで、カミラがティタに向き直る。

『ティタ様、このたびの一件で、私はあなた様はその強さをお持ちだと感じました。どうかこの花守の役目、お引き受け下さいませんでしょうか』

――返事はまた後日で構いませんと、そう言っていたカミラの言葉を思い出しながら、ティタはじっとジュストの横顔を見つめ続けていた。

真っ白な被毛は、すっかり夕陽の色に染まっている。それはまるで、幼い頃自分をよく肩車してくれていた、亡き父のような美しい夕焼け色だった。


(……父さんは、僕によく言ってくれたっけ)

『いいか、ティタ。サーベルタイガー獣人族の男は皆、一族を守る強い男なんだ』

お前もいつかきっと、そうなれる。その父の言葉と、そして母の支えがあったから、自分は今まで頑張ってこられた。

獣人姿になれない自分でも薬師となり、一族の役に立てたように、これからもできること、やれることは、きっとあるはずだ。

「……ジュスト様。花守の、お話なんですが」

ぽつり、と呟いたティタに、ジュストがああ、と静かに頷く。こく、と緊張に喉を鳴らしながら、ティタは告げた。

「僕、お役目をお受けしようと思います」

「……そうか」

どこか複雑そうに、ジュストが呟く。ティタはそっと、聞いてみた。

「僕が花守になること、反対ですか?」

「いや、そうではない。ティタならばきっと、立派に役目を果たせるだろう。カミラが言ったように、そなたは他の者にはない強さを持っているからな」

そう言いながらも、ジュストの表情はやはり晴れない。戸惑うティタに気づいたのだろう、ジュストは一つため息をつくと、躊躇いがちに思いを打ち明けた。

「……本当によいのだろうかと、思ってな。そなたが花守となれば、あの地で暮らすことになる。そうなれば、せっかく母の病が治ったというのに、そなたはまた、母と離ればなれになってしまう」

どうやらジュストは、ティタの母に対する気持ちを思いやってくれているらしい。眩《まぶ》しい夕陽に瞳を眇めて続ける。

「私は以前、長の座を無責任に放棄することはできぬとは言ったが、任せられる者を探し、そなたと共にこの地で生きることが不可能なわけではない。時間はかかるかもしれぬが、そなたが母と共にいられるようにすることは可能だ。だから……」

「……いいえ、ジュスト様。ユキヒョウ一族にはジュスト様が必要だと、僕は思います」

ジュストを遮って、ティタはそう言った。ティタ、と呟くジュストを見上げて、微笑む。

「それに、僕がやりたいんです。花守の、役目を」

一度花守となれば、次の者に役目を引き継ぐまでは、ユキヒョウ一族の地で暮らさなければならないだろう。

だが、それでもやってみたいと思ったのだ。

自分にできることで、長であるジュストを支えていきたい。そしてもう一度、あの美しい氷の花を彼と一緒に眺めたい、と。

氷に覆われた、崖の上の花畑を思い出す。

風に揺れる、小さく可憐な姿。

青い花心を包み込む半透明の花びらは、凛とした清涼な香りがした。

あの美しい花を、甦らせたい。

ジュストや母を助けてくれた花を、この手で守っていきたい――……。

「もちろん、母の体調がよくなるまでは、ここに留まらせてもらえたらと思っています。でも、そこから先は、僕は僕の人生を歩みたい。……ジュスト様と、一緒に」

夕陽に染まる、美しい故郷を見つめながら、ティタは言った。

「僕は、このふるさとが好きです。一族の皆のことも、友達のことも、母のことも、大好きです。……でも、僕が生きたい場所は、ジュスト様のそばです」

種族も、住む場所もまるで違う人を好きになったのだ。

この人と共に生きると決めたからには、その想いを貫きたい。

(なにがあっても、僕はこの人と一緒にいたい。ずっとずっと、この人のそばにいたい)

かけがえのないその気持ちに気づいたあの日と同じように、ティタはジュストの太い首をぎゅっと抱きしめ、その美しいアイスブルーの瞳を見つめた。

銀色の睫の間から覗く瞳は、まるで深い闇夜に浮かぶ、青白いオーロラのようだ。

ゆらゆら揺れるその瞳に浮かぶ、無数の星のような煌めきをまっすぐ見つめながら、ティタは込み上げてくる想いのまま、あの時のジュストと同じ言葉を返した。

「愛しています、ジュスト様。だからどうか、そばにいさせて下さい」

ティタ、と嬉しそうに目を細めたジュストが、一層深くティタを抱きしめてくる。

「私もだ……。私も、そなたを愛している。ずっと共に、生きよう」

豊かな被毛に覆われた首筋に腕を埋めたまま、ティタははい、と頷き、落ちてきたくちづけにそっと目を閉じた。

そばかすの浮かぶその頬を、ほのかな恋の色に染めながら――。

搦め捕られた舌の先が、グルル……、と低く響く獣の喉鳴りに震える。

大きな手で夕焼け色の髪を撫で梳かれながら、そっと寝台に横たえられて、ティタは少し緊張しつつも、恋人の肩を覆うなめらかな被毛をぎゅっと握りしめた。

「ん……、ん、は……」

「……ティタ」

くちづけの合間に名前を呼ばれて、潤む瞳でおずおずと見上げると、同じ情動に濡れたアイスブルーの瞳がじっとこちらを見つめてくる。その視線だけでたまらない気持ちになって、ティタはン……、とくぐもった声を震わせ、強く強くジュストにしがみついた。

実家からの帰り道、ジュストの腕の中で少しうとうとしたティタが目覚めると、そこは懐かしい自分の小屋の前だった。不在の間、ハワルたちが定期的に手入れに来てくれていたおかげで小屋は荒れておらず、薬草畑の薬草たちも、雑草だらけではあったものの元気に生い茂っていた。

ジュストと共に備蓄の食料で簡単な夕食を済ませた後、身を清めたティタは思いきってジュストに共寝を申し出た。

『あの、ジュスト様、この小屋には一つしか寝台がありません。だから、今夜は一緒に寝てもらえますか。それで、その……、お疲れじゃなければ、キスとかそれ以上も、し……、しません、か……？』

枕に真っ赤な顔を半分埋めつつ、精一杯誘ったティタに、ジュストはしばらく無言で固まっていた。あの、と無音に耐えきれずにティタが声をかけると、ものすごく迷いに迷った挙げ句、よいのか、と聞いてきて。

『……ティタこそ、疲れているだろう。ここにはそなたを休ませるために連れてきたのだから、私に気遣いをしているのなら……』

『違います！　僕もその、し……、したくて……。一緒に寝たら、我慢できなくて襲っちゃいそうだったから……』

　顔を真っ赤にしながらもそう訴えたティタに、ジュストは珍しく声を上げて笑いながら分かった分かったと頷いてくれた。

『そういえば私の恋人は、なかなかにケダモノなのだったな』

　からかうジュストに拗《す》ねかけたティタだったが、優しく深くくちづけられると、それももうどうでもよくなってしまう。

　大きな舌にさりさりと舌を舐められる感触に、ドッドッと爆発しそうに鼓動を高鳴らせ、身を強ばらせたティタに、ジュストが問いかけてくる。

「……本当によいのか、ティタ」

　ティタの緊張の匂いを嗅ぎ取ったのだろう。くちづけを解いたジュストが、頬に散るそばかすをさらりと指の背で撫でながら聞いてくる。

「今ならまだ、やめてやれるぞ。一緒に寝ては休まらぬというのなら、私は居間で……」

「……ジュスト様は、したくないんですか？」

　自分の体調を気遣ってくれているのだということは分かっていても、そう何度も念押しされると不安になる。

「それとも僕とこういうことするの、もう飽きたとか……」

「なにを馬鹿なことを。……そなたが疲れたと言っても、嫌だと言っても、途中でやめてやれそうにないから、こうして聞いているのではないか」

　つるつるの牙が、うっすらと開いたティタの唇を甘く噛んでくる。唇に当たる吐息の熱さに、その言葉にひそむ本気を否応なく感じ取らされ、ティタはこくりと喉を鳴らしてジュストを見上げた。

「そ……、そんなこと、言いません。僕もしたいって、言ったじゃないですか」

確かに体は疲れているし、本当はまだ少しこういうことをするのが怖いという気持ちもある。初めてのあの時は、オラーン・サランの発情で理性もなにもなくなってしまっていたけれど、今日は二つの月はどちらも夜空に輝いている。

それでも、ジュストと愛し合いたいという気持ちは確かなものだ。

ティタは精一杯腕を伸ばし、自分より遙かに大きいユキヒョウの首筋にしがみついた。豊かな被毛に腕が埋まってしまうくらい強く抱きしめながら、白刃《はくじん》のような牙に懸命に舌を這わせる。

「好きです、ジュスト様。……大好き」

恥ずかしくてたまらなかったけれど、それでもジュストに気持ちを伝えたい。

緊張しながらも丁寧に、何度もジュストの牙を舐めて求愛するティタに、ジュストが悩ましげな吐息をついて唸った。

「愛いことを……。そなたはどうしてそうも、いじらしいのだ……」

熱い、厚い舌に唇を割られ、再び舌先を搦め捕られる。大きさが違いすぎて重いとすら感じる舌に丁寧に口腔《こうこう》を舐め上げられ、グルグルと響く喉鳴りに震える舌先を甘く噛まれて、ティタはあっという間に吐息を乱した。

「ん、は……ッ、ん、ん」

「ティタ……。私もそなたを愛している。そなたが愛おしくて愛おしくて、たまらない」

濡れた瞳を細めたジュストが、触れてもよいか、とそっと聞いてくる。小さく頷いた途端、待ち焦がれたように大きな手に寝間着を脱がされて、ティタはドキドキと胸を高鳴らせた。

騒動の後、改めて城付きの医師に手当てを施され、方術による治療も受けたジュストの手の火傷はもうすっかりよくなっていて、元の通りなめらかな被毛に覆われ始めている。

「綺麗に治って、よかったです……」

頭から寝間着を抜かれたティタは、恥ずかしさに少し身をよじりつつも、ジュストの手を取って引き寄せ、小さくくちづけた。この手でジュストは長としての責任を果たしたのだと思うと、愛おしくて、そして切なくてたまらなくなる。

労《いたわ》るように手へのキスを繰り返すティタにやわらかく目を細めながら、ジュストが言う。

「ティタの手当てのおかげだ。初期治療が適切だったと、医師も褒めていた。落ち着いたら、どんな薬草を使ったのか話を聞きたいそうだ」

「分かりました。でも、もうあんな無茶はしないで下さい」

お願いですから、と言ったティタに、ジュストが頷きつつ、自分も衣を脱いでいく。

「ああ、重々気をつけよう。……だが、また私が大怪我を負ったら、ティタが治してくれるか？」

隆々とした逞しい胸元を惜しげもなく晒したジュストが、改めてティタに覆い被さってくる。雪原のように真っ白な被毛にふわりと包まれて、ティタはその広い肩にしがみつきながら誓った。

「……必ず、僕が治します。ジュスト様がどんな怪我をしても、どんな病気にかかっても」

ティタ、と嬉しげに目を細めたジュストが、その大きな口を近づけてくる。目を閉じてユキヒョウのくちづけを受けとめながら、ティタは全身を包むやわらかな被毛の感触と、その下に息づく熱く逞しい体の重さに陶然《とうぜん》とした。

こうして抱きしめられると、素肌のどこもかしこもがするするとしたジュストの被毛にくすぐられて、なにも隠すものがないことが心もとなく、恥ずかしくなる。けれど、それと同時に、ジュストに包み込まれているという実感が幸福感となって押し寄せてきて、こうしていることが、……こうしていられることが、嬉しくて、――嬉しくて。

「ん、ふ……、んん、ん……」

「ん……、ティタ……。そなたから、甘い匂いが、する……」

ティタの犬歯をさりさりと舐めながら、ジュストがグルグルと喉を鳴らしてそう言う。甘えるように、甘やかすようにこめかみに鼻先を擦りつけてくる彼からも同じ匂いがしていて、ティタは頬ずりし返しながら吐息を弾ませた。

「は……っ、んん、ジュスト、様も……。いい匂いが、してます……」

夜露を纏った朝摘みの野花のように、涼やかで青いその匂いは、互いの鼓動が刻まれるごとにどんどん甘さが増していっている。

オラーン・サランの時の、なにもかも押し流す濁流のような激しさとは違って、ゆっくりゆっくり、まるでジャムを煮つめるように濃密になっていく匂いが焦れったい。


これからなにをされるのか、自分がどうなってしまうのか知っているから、この先を想像すると少し怖くて、それでもやめたくはなくて。

「ティタ……」

ティタの複雑な心の全部を匂いで嗅ぎ取ったのだろう。ジュストがそっと、囁きかけてくる。

「案ずるな。できる限り、優しくする」

安心させるように微笑みかけられて、ティタはほっと肩の力を抜き、小さく頷いた。

「は、はい……。ん……」

大きなその口で優しくティタの唇を覆ったジュストが、仰向けになっているティタの下肢に手を伸ばしてくる。

小さな棘のある舌で舌先を舐められながら、つるつるの爪ですうっと内腿を撫で上げられて、ティタはジュストの肩にしがみついたまま、堪えきれずにくぐもった喘ぎを漏らした。

「ん……っ、んっんっ」

じょじょにそこへと近づいてくる指先に、どうしても緊張してしまう。

触られるのが恥ずかしくて、少し怖くて、でも、

——触ってほしい。

「……ティタ」

目を細めて囁いたジュストが、濡れたティタの唇をひと舐めし、大きな手でそこを包み込んでくる。

「んん……っ、ふ、あ……っ」

熱く張りつめた花茎に触れるやわらかな被毛の感触に、ティタはきゅっと足の指を丸めてくちづけを解いた。

ふわふわした被毛が、昂ぶったそれからとろりと零れ落ちた蜜であっという間に濡れそぼち、くちゅくちゅと恥ずかしい音を立て始める。

ふ、と落ちてきた笑み混じりの吐息に頬を真っ赤に染めたティタは、思わず自分の指の背を嚙んで声を堪えようとした。

「んっ、んんんっ、あ……！」

しかし、無防備に晒された手のひらに、ジュストがその鼻先を押し当ててくる。広げた舌でゆっくり味わうように手のひらを舐められて、ティタはすっかり混乱に陥ってしまった。

「ジュスト、様……っ、それ……、それ……っ」

そんなところが感じるなんて今まで考えたこともなかったのに、熱い舌が手のひらを這うたび、そこに焦れったいような甘痒さが生まれて、包まれた花茎が余計に濡れてしまう。戸惑いつつも、じゅわじゅわ、とまた新しい蜜を溢れさせたティタを優しく擦り立てながら、ジュストが苦笑を零した。

「ん……、これもよいのか？　ティタはどこを触っても、どこを舐めても、感じてしまうのだな……」

「だ……、だって、それは……。ジュスト様、だから……」

他の誰にこんなことをされても、きっとこんなに感じたりはしない。

顔を赤くしながらもそう訴えたティタに、そうか、

と嬉しそうに微笑みつつ、ジュストがティタの手のひらをやわらかく噛んでくる。

「私もだ。私も、そなただからこそ、こんなにも熱く昂ってしまう」

「……っ」

すり、と腿に押しつけられた猛々しい感触に、ティタはびくっと肩を震わせた。怯えと興奮にますます濡れた目をしたティタの手を優しく咥え、そこからどかせたジュストが、ハア、と熱いため息を零しながら唸る。

「そなたの甘い声をもっと聞きたい。もっと、くちづけたい。もっと触りたいし、もっとよい顔が見たい。……もっと、そなたが欲しい。そなたの愛のすべてが欲しい」

「ジュスト様……、あ……、んん」

小さく声を上げたティタの唇が、ジュストに塞がれる。深くくちづけられながら、ぐちゅぐちゅと一層激しく花茎を扱かれて、ティタはひとたまりもなく快楽の波に呑み込まれてしまった。

「ん……っ、んっ、ん……っ！」

力強い舌に舐め上げられるたび、口の中で自分の舌が頼りなく揺れる。

大きな舌であますところなく口腔を舐められながら熱くなった性器を追い上げられると、もうなにも考えられなくて、ティタは今にも蕩けそうな快感の中、必死にジュストにしがみついた。

「や……、んん、や……、も、も……っ」

「……っ、ティタ」

はふはふと小さな口で懸命に息をするティタの濡れた唇を、ジュストが獣の舌で舐め上げる。

「そなたの一番淫らな匂いを、声を、香りを、私に味わわせてくれ……」

低く艶めいた囁きと共に、一層甘い、甘い香りがティタを包み込んで——。

「っ、あ……っ、あ、ん！　ん、ん、ん……！」

悲鳴のようなティタの絶頂の声を、ジュストがくちづけで奪い、自分だけのものにする。

ぱたぱたっと自分の下腹に落ちてきた熱蜜に、ティタは荒く胸を喘がせてキスに溺れた。

「んんっ、ん……、んんん……！」

ティタの小さな体をほとんど覆い隠すようにして、ジュストが深くまでくちづけながら、震える性器を擦り立ててくる。強い指先に、残滓《ざんし》を放ち終えてもなお責め立てられ続けて、ティタはたまらず身をよじった。

「や……、や、ジュスト、様……」

かすれた声で名前を呼んだティタに、ジュストがグルル、と低く喉を鳴らす。高いところに連れていかれたまま、降りさせてもらえない苦しさにティタが涙目になったところで、長い指先はようやく離れていった。

は……、は、と息も絶え絶えになりつつも、ほっとしたティタだったが、身を起こしたジュストはティタの顎を優しく噛むと、喉、鎖骨とその愛咬《あいこう》を下げていく。薄い赤に色づいた胸の尖りをざらりと舐め上げられて、ティタは息を呑んだ。

「あ、あの、ジュスト様……、……っ！」

その先は、と制止するより早く、スッと下に移動したジュストがティタの下腹に顔を近づけてくる。ぬる、とそこに散ったままだった白蜜を舐め取られて、ティタは慌ててジュストの大きな頭を両手で摑んだ。

「だ……っ、駄目です、なにして……っ、あっ、あ、駄目……！」

「綺麗にしてやるだけだ。それに、そなたのすべてはもう、私のものだろう？」

だったらこれも、私のものだ。

そう囁いたジュストが、ティタのささやかな抵抗などものともせず、大きな熱い舌で下腹を舐め回し、飛び散っていた白花をすべて舐め取ってしまう。

「な……、う、うう」

なんてことを、とカアッと頰を染めたティタをちらっと見やって、ジュストは続いてティタの両足を軽々と抱え上げてしまった。

「や……」

優しく、けれど強引に足を開かされ、なにもかもすべてを眼下に晒される。あまりの恥ずかしさに、もはや蚊の鳴くような声しか出せなくなってしまったティタに、ジュストが苦笑を零した。

「……あの夜が嘘のような初々《ういうい》しさだな。もっとも私にとっては、どちらのそなたも愛おしくてたまらぬが」

すう、とアイスブルーの瞳を細めたジュストが、ティタの目をじっと見つめたまま、中心に顔を近づけてくる。

大きなユキヒョウの口に、くったりと力を失った花茎が咥えられる光景に、ティタはなすすべもなく目を瞠り続けた。

「だ、め……、駄目……、あ、あ……！」

「……ん」

「ひ……っ、あ、あ、んんん！」

熱い獣の口腔に含まれた途端、ぎゅっと爪先を丸めて身を強ばらせたティタの腰を抱え込み、ジュストが白蜜をこそげ取るように、さりさりと舌を這わせ出す。すぐに芯を取り戻した花茎を愛おしげに舐め上げて、ジュストは更にその下にある蜜袋にも舌を伸ばしてきた。

「あっ、ふあっ、んんっ、そ、れ……っ、それ、駄目……っ、駄目、です……っ」

大きな舌がぬるんぬるんと膨らみを舐め回すたび、濡れた感触が後孔にもちらちらと当たる。それがどうしても怖くて、びくびくと腰を震わせながら怯えた声を上げたティタに、ジュストが低い唸りを堪えるような声で囁きかけてきた。

「大丈夫だ、ティタ。そなたのよいところは、ちゃんと覚えている」

「っ、あ……！」

熱い吐息と共に触れてきたぬるりとした感触に、

ティタはびくんっと大きく身を跳ねさせた。ん、となだめるような声を発したジュストが、広げた舌でゆっくりとそこを舐め溶かしていく。

ひくつく襞をたっぷりと舐め濡らしてから、ジュストは艶やかな声を響かせた。

「ティタのよいところはここ、だろう……？」

「ん、あ……、やっ、入っちゃ……っ、あ、あ」

ぬぷ……、と入ってくる舌に、ティタは不自由な身を必死によじり、敷布をぎゅっと握りしめた。すぐに浅いところにある敏感な膨らみに辿り着いた舌先が、そこをトントンと優しく叩いて刺激してくる。

「んー……っ！　はっ、や、や……っ、それ……っ、それ、あああっ」

尖らせた舌先でこりこりとそこを嬲《なぶ》られて、ティタは目が眩むような感覚にびくびくと腰を震わせ、高い声を上げてしまっていた。

「ああ、あぁうっ、あああ」

こんなあられもない声を出してしまうなんて恥ずかしくてたまらないのに、ジュストの舌にそこを舐められるとても声が抑えられない。揺れる腰が、嫌がっているのか、もっとねだっているのか自分でも分からなくて、でもじっとなんてしていられなくて。

敷布を握りしめ、花茎に透明な蜜を滲ませて身悶えるティタの痴態《ちたい》に、ジュストが一度ぬるうっと舌を抜いて目を細める。

「……ん……、そなたのここも、私を覚えてくれていたようだな、ティタ？」

「そ、な……、そんなの……、わ、分かんな……」

荒く胸を上下させながら、羞恥と快感で真っ赤に染まった顔を背けたティタに、ジュストが微笑んで言う。

「恥じることはない。私がそなたの体を変えたのだからな。……私も、そなたの中で果てるのが最も深い快楽を得られる体に変わってしまった」

「あ……、ジュスト、様も……？」

「ああ。そなたが私の心に愛を教え、満たしてくれたおかげだ」

自分だけではない。ジュストもまた、自分によって変わったのだと聞かされた途端、指先までジンと甘い痺れが走る。

花茎からとろりと蜜を滴らせ、後孔をきゅうっとひくつかせて身も心も歓喜に震わせたティタをじっと見下ろして、ジュストが低く囁いてきた。

「……だから、もっと深いところもちゃんと私を覚えているか、そなたの心も私で満ちているか、確かめねばな……？」

「ジュ、スト様……、あ……、あ……！」

再び顔を伏せたジュストが、ぐじゅりとそこに舌を押し込んでくる。優しく強く、奥へと進んでくる大きな舌に、ティタはとろんと瞳を蕩けさせた。

「ふあぁ……、あ、ああ、あ……」

とんでもないところを舐められているというのに、ジュストの言葉で歓喜してしまった体は強引な舌を拒むどころか、嬉しげに収縮してもっともっとと絡みついてしまう。熱くて太い、力強い舌が、自分でも触ったことのないような場所を押し開き、愛してくれるのが嬉しくて、気持ちがよくて。

「ああ、ん、んん……っ」

にゅぷにゅぷとくすぐるように舐められている内壁のその先が甘く疼くのに気づいて、ティタは息を詰め、敷布をぎゅっと握りしめた。

ジュストの言う通り、自分の深いところがジュストに愛される悦《よろこ》びをすっかり覚えてしまっているのが分かる。

とろとろの蜜が、焦らすようにゆっくり伝い落ちてくるのがもどかしくて仕方がない。

舌では届かない奥がくちゅりと濡れた音を立てるたび、後孔がきゅうっとジュストの舌を締めつけて、少しでも深くへと引き込んでしまう。

あの夜のようにたくさん、そこを愛してほしい。今よりもっともっと深いところまで、ジュストの熱がほしい――……。

「ジュスト、様……っ、あ、あ……！　も……っ、も……！」

もうやめてなのか、もっとしてなのか、自分でも分からなくなりながら切れ切れに訴えたティタに、ジュストがグルル……、と喉を鳴らしながら舌をそっと引き抜く。くたりと四肢を投げ出したティタをそっとうつ伏せにさせ、ジュストが背後から覆い被さってきた。

「う、しろ、から……？」

戸惑うティタの肩にキスを落としつつ、ジュストが押し殺したような声で言う。

「……こちらからの方が、ティタが楽だ」

は……、と苦しげな吐息をついたジュストは、その大きな手でティタの腰を摑むと、ゆっくりと上に引き上げた。

すっかり蕩けさせられた後孔に、張りつめた雄の先端があてがわれる。ぬるりと滑ったその熱さと大きさに、ティタは思わず背を反らせるようにして前に逃げかけた。

けれど。

「ん……っ、っ、あ……！」

「こら、どこへ行く」

低い唸り声を上げたジュストが、ぐっとティタの腰を引き寄せ、首のつけ根を甘嚙みしてくる。硬い牙の感触に思わず身を竦ませたティタの肌を傷つけない強さで何度も咬みながら、ジュストはぬるぬるとそこに滾りを押し当ててきた。

「……愛している、ティタ」

「あ……！　あ、あ、あ、あ……！」

狭い場所を、まるで押し潰すみたいにして熱い熱い雄蕊がこじ開けていく。

グルル……、と唸りながら咬みついてくる獣の牙が、より一層強く肌に食い込んできて、ティタはぶるりとその身を倒錯に震わせた。

もしもこのままジュストに食われてしまったら。

そう思うと怖いのに、もっと強く咬んでほしいと思ってしまう。

もっと、この人に求められたい。

もっと、この人が欲しい――……。

「は……、あ、あ……」

「ティタ……」

震えるティタの体を抱き竦め、太い部分をゆっくり慎重に押し込んだジュストが、ハ……、と苦しげな息をつく。少し赤くなってしまった噛み痕を舐めながら、ジュストはそっと聞いてきた。

「すまぬ……、痛かったか？」

耳を伏せて窺うように見つめてくるジュストに、ティタは微笑みかけた。

「だ、いじょうぶ、です……。それより……」

半身をよじって、ティタはジュストの顔に手を伸ばす。察したジュストが、ティタの手に鼻先を擦りつけてきた。

グルグルと喉を鳴らしながら目を細めるジュストをうっとり見つめて、ティタはその顔を自分の方へと引き寄せる。

「キス……、キス、したいです……」

「……ああ」

頷いたジュストが、大きな獣の口を近づけてくる。ん、ん、とざらざらの舌に夢中で自分の舌を擦り合わせていたティタは、くん、と繋がったままのそこを軽く突かれて甘い声を上げた。

「ふぁ、あ、んん……」

「ん……、動いてよいな、ティタ……？」

「は、はい……」

さり、とティタの唇を舐めたジュストが、ティタの耳の後ろに鼻先を押し当て、その匂いを確かめながらゆらゆらと体を揺らし出す。奥に嵌《は》め込まれたまま、ぐっぐっと腰を押しつけるようにして突き上げられて、ティタは思わず目の前の敷布にしがみついた。

「あ……、んんっ、あ、んぁ、ああ」

やわらかな被毛に背中を包み込まれ、いっぱいに開かれたそこをぐちゅぐちゅと太い雄茎で擦り立てられる。ゆさゆさと優しく揺さぶられるたび、目の前がふわふわと霞《かす》むみたいな心地よさが込み上げてきて、ティタはぎゅっと目を瞑って必死に声を堪えようとした。

けれど、いくら声を堪えても、ジュストにはティタの感じている快感が筒抜けで。

「は……、よい、匂いだ……」

グルル、と喉を鳴らしたジュストが、ティタの首筋の匂いを嗅ぎながら、うっとりとした声で囁き、くんっと奥を突いてくる。

「んぁあ……っ、ひっ、あ、あぁっ」

驚いたように高く短い喘ぎを漏らしたティタを抱きしめて、ジュストはゆるやかに前後するだけだった熱情をリズミカルに抜き差し始めた。同時に、前に回した手で、膨らみきったティタの花茎を擦り立ててくる。

「あんっ、あ、あうっ、あ、あ、あ……！」

ぐじゅっ、ぐちゅん、と恥ずかしい蜜音と共にお尻に打ちつけられるジュストのやわらかな被毛の感触に、ティタは頬を真っ赤に染めながら意味もなく頭を振った。

ぬるぬるの隘路が逞しい雄に貫かれるたび、いやらしい形に広げられ、その気持ちよさを教え込まれる。ひっきりなしに熱塊が行き来する後孔も、蜜にまみれた大きな手で扱かれている性器も、このまま燃えてしまうんじゃないかと思うくらい熱くて、熱くて、気持ちよくて仕方がない。

長い腕の中に閉じ込められたまま、猛る雄でぐりゅぐりゅと中を捏《こ》ね回される。舌でくすぐられるだけでもどうにかなってしまいそうなほどよかったあの膨らみを、獣の雄蕊で容赦なく押し潰され、擦り上げられて、ティタは押し寄せてくる濃くて深い快楽に惑乱の声を上げた。

「んぁあっ、あうっ、あ、あ……っ、へ、ん……っ、変、なっちゃ……っ、なっちゃうぅう……っ」

体中、指先まで自分のものではないみたいに感じて、感じすぎて、もうわけが分からない。

「だ、め……っ、だめ、んんんん……！」

「……っ、ああ、ティタ……！」

敷布を握りしめながら、懸命に理性にしがみつこうとするティタの匂いを深く吸い込んだジュストが、かすれた呻き声と共にぐうぅっとその雄を膨らませる。狭いそこを中から押し広げられる感触に、ティタはびくっと身を竦ませて震え上がった。

「ひ……っ、あっ、おっき……っ、や、や……っ、大っき、い……！」

広がりきっていた隘路が更に開かれ、目を瞠るティタの足に、ジュストの長い尾が絡みついてくる。

片手でティタの性器の根元を、もう片手で腰を摑んだジュストは、軽々とティタを抱え上げると、上から勢いよくその腰を叩きつけてきた。

「っ、あ……！　ひ、……っ、……っ！」

ばちゅんっ、と突き込まれた雄が、これ以上ないと思っていたその先までティタを貫く。重い蜜袋に強《したた》かに入り口の襞を打たれ、声も出せずに身を竦ませたティタだったが、ジュストはますますきつくティタを抱きしめると、続けざまに激しく腰を送り込んできた。

「ひぁっ、ああっ、んんんっ、や……っ、やぁっ、あああっ、あああああ！」

足が浮いてしまいそうなほど高く腰を持ち上げられ、思うさま奥を突き上げられる。先ほどの蜜音の比にもならないほどあからさまな、はしたない交合の音にひっきりなしに耳まで犯され、すさまじい膂力で揺さぶられて、ティタはその激しすぎる快楽にたちまち悲鳴を上げた。

「や、や……っ、こ、わ……っ、怖い……！」

今にも弾けそうなほど張りつめた花茎も、まるでそこが心臓になってしまったかのように熱く脈打っている隘路も、よくてよくてたまらない。

けれど、一気に膨れ上がった快楽が、どうしても怖くて、受けとめられなくて。

「ジュスト、様……っ、ジュスト様ぁ……っ」

気がつくとティタは、必死にその名を呼んでいた。目元を涙で濡らし、指先が白くなるまで敷布を握りしめ続けているティタに、ジュストがハッとしたように動きをとめる。

「っ、ティタ……」

呟いたジュストは、ハ……ッ、ハッ、と熱く息を切らせ、くっと呻きを漏らした。その砲身を深くおさめたまま、ぎゅっとティタを抱きしめてぴたりと動きをとめる。

「く……っ、ウ、ウゥウ……！」

激しい情動を堪えるように全身の被毛を逆立て、ティタの首筋に鼻先を埋めて狂おしげな咆吼を噛み殺す。どくどくっとその太茎を脈打たせながらも、ジュストは今にも暴走しそうな獣を必死に押さえつけようとしているようだった。

「す、まぬ……、ティタ……。優しくすると、言ったのにな……」

「あ……、んー……！」

「そなたが愛おしくて、私を好きだと訴えるそなたの匂いが甘くて、夢中になってしまった。……許してくれ」

フーッ、フーッと熱い息を何度も吐き出しながら低く呻いたジュストが、慎重に腰を引き、雄を引き抜いていく。

ずるる……、と長いそれが抜け出ていく感覚に息を詰めたティタは、繋がりを解いたジュストがそのまま身を起こし、離れようとする気配に気づいて、慌てて半身をよじった。

「ま……、待って……、待って、下さ……」

大きく胸元を喘がせたジュストが、美しいアイスブルーの瞳を見開く。

「……ティタ？」

「ん……、い、から……」

先ほどと同じように片手を伸ばし、ジュストの顔を自分の方へと引き寄せる。驚いたように目を瞠り続けているユキヒョウの恋人に、小さく笑みを零して、ティタはその牙にちょんと求愛のキスをした。

「……離れるの、嫌です」

頬を染めながら、小声でそう告げたティタに、ジュストが迷うように声を揺らす。

「ティタ……、だが……」

「ゆっくりだったら、平気です。あと、あの……、やっぱり前からが、いいです」

この体勢だとキスもうまくできないし、それにジュストに抱きつけない。なにより――。

「僕も……、僕も、ジュスト様が僕のこと好きって思ってくれてる匂い、嗅ぎたいです。この匂いは僕の……、でしょう？」

自分の全部がジュストのものであるように、ジュストの全部がほしい。

この人を全部、自分のものにしたい。

ん、と力の入らない体をどうにか動かして、ティタはジュストの下でもぞもぞと仰向けになった。

ジュストを見上げ、まだ驚いたように固まっている彼に向かって両腕を伸ばす。

「来て下さい、ジュスト様」

ティタを見下ろしたジュストは、しばらく呆然としていた。やがて、我を取り戻すように幾度か瞬き、低く呻きながらゆっくりと覆い被さってくる。

「私はもう、そなたに勝てる気がせぬ……」

「……なんですか、それ」

くすくす笑うティタの唇が、ジュストのそれで塞がれる。ん、と詫びるように丁寧に舌を舐められて、ティタはジュストのふかふかの被毛に覆われた首元をぎゅっと抱きしめた。

「悪かった、ティタ。私はそなたのこととなると、自分でも驚くくらい、我を忘れてしまうのだ。そなたが愛しくて、そなたが欲しくて、それだけでいっぱいになってしまう。そなたしか見えない、そなたの声しか聞こえない獣になってしまう……」

「……ジュスト様」

グルル、と唸ったジュストが、滾る雄茎を入り口にあてがい、そっと聞いてくる。

「今も、そなたが欲しくてたまらない。……続きをして、よいか？」

「はい、……ん、ん……っ」

熱い吐息を零しながら頷いたティタを、嬉しそうに目を細めて抱きしめ、ジュストがゆっくりと腰を押し込んでくる。

ぬぐうう、と蜜路を押し開いてくる獣の雄に、ティタは背を仰け反らせて艶声《つやごえ》を放った。

「んぁあ……！」

「……っ、ティタ……」
ハ、と息を切らせたジュストが、ティタの顎を舐めながら番の匂いを深く吸い込む。ティタもまた、ジュストのこめかみに頬ずりして、その甘い甘い匂いを胸いっぱいに吸い込み、自分のものにした。
「この匂い……、大好きです」

自分よりもずっとずっと大きなジュストの体に手も足も絡みつかせて、思いきりぎゅっと抱きつく。

重く逞しい体も、やわらかな被毛も、なにもかも全部が愛おしくてたまらない。

「好きです、ジュスト様……。大好き」

「ああ、私もだ。……心からそなたを愛している、ティタ」

目を細めて囁き返したジュストが、ゆらゆらと体を揺らし出す。さりさりと唇と舌を舐められながら、優しく奥を突かれて、ティタは夢中でジュストにしがみついた。

「ジュ、スト、様……っ、あっ、あっ、んんっ」

「ティタ……、ん……、つらく、ないな？」

「んっ、ん、は、い……っ、きも、ち、い……っ、あっ、んん……っ！」

答えた途端、低い喉鳴りを響かせたジュストが、深くくちづけてくる。

大きな獣の舌で舌をまるごと舐め上げられながら、隙間なく埋められた滾りで蜜にぬめる隘路をねっとりと擦り上げられて、ティタはたまらずジュストにねだっていた。

「あぁ、んんっ、も……っ、もっと……っ、それ、もっと……っ」

激しいと怖がったばかりだというのに、もうほしがるなんて、自分でも恥ずかしくてたまらない。けれど、びくびく震える熱い熱いそれが気持ちよくて、もっとほしくて仕方ない。

きゅうきゅうと舐めしゃぶるように内壁を疼かせ、浮かせた腰をゆらゆらと揺らめかせては身悶えるティタを愛おしげに見つめて、ジュストが低い声で囁いてくる。

「ん……、もっと、だな？」

グルグルと喉を鳴らしながら、ジュストが先ほどより少し強く突き上げてくる。張りつめた花茎をくちゅくちゅと擦り立てられながら、ぐずぐずになった奥を力強く、優しく甘やかされて、ティタは身も心もたちまちとろとろに蕩けてしまった。

「ふぁあっ、あんっ、んんっ、んぁあ……っ」

「ねだるそなたも愛らしいが、感じているそなたも愛らしくてたまらぬな……。もっと、私でいっぱいになってくれ、ティタ。私がもう、そなたのことしか考えられぬように……」

「そ、な……っ、なって、ます、もう……っ」

自分だってもう、ジュストのことしか考えられない。そう告げた途端、ティタ、と焦がれるような声で名前を呼んだジュストが、逞しいその腕でしっかりとティタを抱きしめてくる。

「愛している、ティタ……、ん……、愛している」

「んんっ、は……っ、あ、ジュスト、様……っ」

ひと突きごとに尖った八重歯を舐められ、ひっきりなしに愛を告げられて、もう本当にジュストのことしか分からない。

ユキヒョウのやわらかな被毛をぎゅっと握りしめ、

愛おしい熱を奥の奥まで受け入れて、ティタは極上の快楽の階《きざはし》を駆け上がった。

「あっあっんんん……っ、んんんんん！」

びゅくっ、びゅっとジュストの手の中でティタが弾けた直後、ジュストがブルルッと身震いして白銀の斑紋が浮かぶ背中の被毛を膨らませる。

狂おしげな唸り声を上げ、びくっびくっと腰を震わせながら自分の中で達するジュストを強く抱きしめて、ティタは注ぎ込まれる白濁の熱さに瞳をとろりと潤ませた。

「あぁ、あ……、ん、ん……」

体の奥深くで、ビューッと濃厚な雄蜜が放たれているのが分かる。どくんっ、どくっと雄茎を脈打たせながら、ジュストはティタを深く抱き込んで、ぐっぐっと執拗に腰を送り込んできた。

「ティタ……、……ティタ」

己の証を刻むように、匂いを覚え込ませるように、ティタの名を何度も呼びながらたっぷりと精液を放ち、なすりつけ、またビュウウッと注ぎ込んでくる。泡立った熱蜜が、ぶじゅぶじゅと内壁を伝って奥に流れ落ちてくる感触に、ティタはぎゅうっと爪先を丸めて身悶えた。

「あ……、あ、あ……」

なにもかも溶かされてしまいそうなくらいの熱さが怖いのに、それがジュストの絶頂の証だと思うと頭の芯が痺れるくらい愛おしくてたまらない。

奥の奥までジュストの匂いでいっぱいにされて、嬉しくて、嬉しくて、幸せで。

「んん、は……っ、すき……、好き、ジュスト様」

あ、あっと射精されるたびに悲鳴のような喘ぎを零しながらも、ティタは無我夢中でジュストにくちづけた。力強い腕の中で身を震わせ、とぷとぷと白蜜を零しながら、脈動する雄をきゅうっと締めつけて快楽を享受《きょうじゅ》するティタに、ジュストがその美しいアイスブルーの瞳を細める。

「好きだ、ティタ……。私の身も心も、そなたのものだ……」

「ん……、んん……」

揺らめくオーロラのような瞳に閉じ込められた自分自身を見つめながら、ティタは己の番と熱い吐息を絡ませ合った。

二つの月が浮かぶ夜空に、くちづけを交わす二人の睦言《むつごと》がふわり、ふわりと溶けて、匂い立つ。

それは、花の蜜のように甘い、甘い、恋の香りだった――……。

10

よく晴れた青空の下、茜色の髪の少年がこちらを振り返り、大きく手を振る。その傍らにはユキヒョウの獣人がおり、同じくこちらを振り返っていた。

彼らの頭上では、瑠璃色の翼を広げた鳥人がゆっくりと旋回《せんかい》しながら大空を舞っている。

サーベルタイガーの集落から、北の果てにあるユキヒョウ一族の地を目指して旅立った、ティタとジュスト、ロウの姿だった。

「……行ってしまいましたね」

丘の上で彼らに手を振り返しながら呟くルシュカに頷き、ディオルクはその肩にそっと手を回した。

ディオルクたちよりも高い場所に上り、ティタとジュストを見送っているのは、ハワルとゾンに伴われたティタの母だ。氷の花の薬を飲んでから二週間が経ち、もうすっかり元気に歩き回れるようになった彼女は、この日、息子の旅立ちを見送りに来ていた。

数日前、ティタから赤き月の番と巡り会ったと聞かされた時の彼女の喜びようは、大変なものだった。

人間姿にしかなれない一人息子を、ずっと案じてきたのだろう。ぼろぼろと泣いて感謝していた彼女は、相手がユキヒョウ一族の長、ジュストだと聞いてさすがに驚いてはいたものの、故郷を離れることを決めた息子を快く送り出すことにしたらしい。

離れることは寂しいが、息子に運命の相手が見つかったことは嬉しくて仕方ないのだろう。体力が戻ったらユキヒョウ一族の地まで赴《おもむ》き、挨拶したいと言う彼女に、ジュストもまた、是非おいで下さい、その際はお迎えに参りますと答えていた。

「……僕もなんだか、寂しいです」

遠くなる息子に手を振り続けているティタの母を見つめて、ルシュカがディオルクの胸元にこてんと頭を預けてくる。

珍しく甘えるような仕草《しぐさ》をする恋人に目を細めつつ、ディオルクも頷いた。

「ああ、そうだな。……それに少し、心配だ」

身じろぎしたルシュカが、ディオルクを見上げて聞いてくる。

「心配って……、なにがですか？」

「ティタのことだ。オラーン・サランの絆で結ばれるほどの番が見つかったことは喜ばしいが、相手はユキヒョウの獣人で、しかも長だ」

ユキヒョウの一族が暮らす土地は、ここから何日も歩かなければ辿り着けないような、北の果てにある。彼らが滞在している間にジュストから聞いた話では、一年の大半が氷と雪に覆われている、極寒の地だということだった。

「南国育ちのティタにはつらい環境だろうし、同じ獣人とはいえ、向こうは習慣も常識もまるで異なるだろう。長の伴侶ともなれば、それこそ様々な責務を負わなければならないだろうし……」

ティタがこれから直面するだろう苦労を数え上げ

たら、きりがない。大丈夫だろうか、と難しい顔で唸ったディオルクだったが、その時、腕の中でルシユカがくすくすと笑い声を上げて言った。

「ディオルク、なんだかティタのお父さんみたいですね」

「……当たり前だ。俺は一族の長だからな」

族長である自分は、サーベルタイガーの一族一人一人に対して、常に責任がある。ましてやティタは、尊敬していた武人の忘れ形見だ。

父親代わりのような気持ちは強いと呻いたディオルクを見上げて、ルシユカが微笑む。

「大丈夫ですよ、ディオルク。ディオルクが思うよりずっと、ティタはしっかり者です。だって彼は、自分が周りとは違っていてもずっと努力し続けて、ちゃんと皆に認められるほどの実力を身につけた、立派な薬師じゃないですか」

「それは、確かにそうだが……」

実際、今回のユキヒョウ一族の騒動でも、ティタの薬師としての腕はとても頼りになったと、ジュストも言っていた。

それでも心配なものは心配だ、とまるで頑固親父のような顔つきでため息をつくディオルクに、ルシユカが苦笑を浮かべて言う。

「ディオルク……。大丈夫ですって。だって、僕にディオルクがいてくれるように、ティタにも彼の伴侶がいるんですから」

「……ルシユカ」

「たとえどんなに大変でも、好きな人と一緒にいられるのなら、頑張れると思います。……少なくとも僕は、そうでした」

はにかみつつもそう言ったルシユカに、ディオルクはそっと手を伸ばした。鋭い爪が当たらないよう、慎重に指の背を頬に触れさせる。

こんな獣の手で、これほど綺麗で小さな生き物に触れて、本当に怯えさせないだろうか、傷つけやしないだろうかと、いつも心のどこかで思う。

けれど。

「……ディオルク」

嬉しそうに目を閉じて呟いたルシュカは、その小さな両手をそっとディオルクの手に添えると、なんの躊躇いもなく頬を寄せてきた。

片手ですっぽりと包み込めてしまう、小さな顔。

少し力を入れただけで折れてしまいそうな、細くて華奢《きゃしゃ》な指を、腕を、体を、なんの迷いもなく自分に預けてくれている恋人に、熱いものが込み上げてくる。

ああ、彼は今この手に、信頼を寄せてくれているのだ。

塵《ちり》ほども俺のことを疑っていないのだ。

そう思うと、心が、震えて。

「……お前の言う通りだな、ルシュカ」

細いその体をふわりと抱え上げ、片腕に腰かけさせて、ディオルクは己の美しい伴侶を見つめた。

「俺も、お前と共にいるためならば、どんなことでもできる。……たとえどんなことをしても、俺が必ずお前を守る」

低く喉鳴りを響かせたディオルクの首すじに、ルシュカが腕を回してくる。はい、とくすぐったくなるような声で頷いたルシュカが、ディオルクの大きな牙にそっとくちづけてきた。

「……大好きです、ディオルク」

求愛の証をくれたルシュカに、俺もだとくちづけを返して、ディオルクは遙か遠くにそびえ立つ山々に視線を戻した。

一行の後ろ姿が、北へ北へと遠ざかっていく。

名残《なごり》惜しげに何度もこちらを振り返って手を振りつつも、夕焼け色の髪をしたその少年は、目指す地に向かってまっすぐに歩いていった。

傍らを歩く白銀のユキヒョウと、しっかりとその手を繋いだまま――。

あとがき

こんにちは、櫛野ゆいです。お手に取って下さり、ありがとうございます。

今回のお話はユキヒョウの獣人を書いてみましたが、いかがでしたでしょうか。私はネコ科の動物がとにかく好きで、いつかユキヒョウも書きたいなと機会を窺っていたので、こうして書くことができて嬉しいです。

ユキヒョウの魅力は、美しい被毛やしなやかな身のこなし、大きくてふかふかの手足、太くて長い尻尾など数え上げたらきりがないのですが、中でも可愛らしい習性が、動揺した時などに落ち着くため、自分の尻尾を咥えてしまうという習性で。今作のユキヒョウ族の子供には、寝る時に親の尻尾を咥える習性があるのですが、実際のユキヒョウは大人でも自分の尻尾を咥えてしまうそうです。中には咥えたまま移動する子もいるとか。ユキヒョウ、尻尾で検索すると、はむっと尻尾を咥えている癒し画像がたくさん出てきますので、是非お試し下さい。

そんなユキヒョウ族の長であるジュストは、一見冷たそうに見えるけれど、仲間にはとても優しく情の深い、まさにユキヒョウのイメージそのままの人です。若干天然でツンデレかな？ 基本的に獣人は人間姿になっても美形のつもりで書いているのですが、中でもジュストは飛び抜けた美形なのではないかなと思っています。なにしろユキヒョウ様ですので！

獣人の姿になれない獣人のお話を書きたいと思っての本作でしたが、ティタはそんな境遇にも負けない、素直な頑張り屋さんになってくれました。お話が進むにつれ、凄腕の薬師って実は最強では、と真顔になってしまったのですが、多分ジュストたちも一緒だったんじゃないかな。

脇役でお気に入りなのはやっぱりカミラさんです。姫様至上主義の彼女は、書いていて楽しくてたまりませんでした。ロウのことは呆れつつも、憎めないと思っているんじゃないかな。でもカミラさんがロウに振り向く日はまだまだ遠いと思います。頑張れ、ロウ。

さて、そろそろお礼を。今回も挿絵をご担当下さった九重シャム先生、お忙しい中ご尽力下さり、本当にありがとうございました。前作同様、色鮮やかな表紙が夢のように綺麗で、ティタの笑顔が眩しいくらい可愛くて、そばかすと八重歯にした自分グッジョブと思いました！　ジュストとティタの体格差も素晴らしくて、これこれ、とどの挿絵にもテンションが上がりっぱなしでした。素敵なイラストを本当にありがとうございました。

今回は大幅改稿続きで、担当さんには本当にご迷惑をおかけしました。ティタとだいぶ体格差のあるジュストのことを、「まさに櫛野獣人ですね」と言っていただいたのがとても嬉しかったです。新単語を作って下さり、ありがとうございます。

最後までお読み下さった方も、ありがとうございます。少しでも楽しんでいただけていたら幸いです。今回脇役で出てきたルシュカとディオルクが主役の『サーベルタイガーの獣愛』も、もし未読でしたらお手にとっていただけたら嬉しいです。

それではまた、お目にかかれることを祈って。

◆初出一覧◆

ユキヒョウの獣愛　　　　　／書き下ろし

世界の乙女を幸せにする小説雑誌♥
小説
ビーボーイ
b-BOY
読み切り満載!!
4月, 10月
14日発売
A5サイズ
多彩な作家陣の豪華新作、
美麗なイラストがめじろおし♥
人気ノベルズの番外編や
シリーズ最新作が読める!!
イラスト／蓮川 愛
イラスト／笠井あゆみ
ビーボーイ編集部公式サイト
http://www.b-boy.jp
雑誌情報、ノベルズ新刊、イベント
はここでお知らせ!
小説ビーボーイ最新号の試し読みもできるよ♥

ビーボーイ小説新人大賞募集!!

「このお話、みんなに読んでもらいたい!」
そんなあなたの夢、叶えませんか?

小説b-Boy、ビーボーイノベルズなどにふさわしい小説を大募集します!
優秀な作品は、小説b-Boyで掲載、もしかしたらノベルズ化の可能性も♡

努力賞以上の入賞者には、担当編集がついて個別指導します。またAクラス以上の入選者の希望者には、編集部から作品の批評が受けられます。

大賞…100万円+海外旅行

入選…50万円+海外旅行

準入選…30万円+ノートパソコン

佳　作　10万円+デジタルカメラ

努力賞　5万円

期待賞　3万円

奨励賞　1万円

※入賞者には個別批評あり!

◆募集要項◆

作品内容

小説b-Boy、ビーボーイノベルズ、ビーボーイスラッシュノベルズなどにふさわしい、商業誌未発表のオリジナルボーイズラブ作品。

資格

年齢性別プロアマを問いません。

注意!
・入賞作品の出版権は、リブレに帰属します。
・二重投稿は堅くお断りします。

◆応募のきまり◆

★応募には「小説b-Boy」に毎号掲載されている「ビーボーイ小説新人大賞応募カード」(コピー可)が必要です。応募カードに記載されている必要事項を全て記入の上、原稿の最終ページに貼って応募してください。
★締め切りは、年1回です。(締切日はその都度変わりますので、必ず最新の小説b-Boy誌上でご確認ください)
★その他の注意事項は全て、小説b-Boyの「ビーボーイ小説新人大賞募集のお知らせ」ページをご確認ください。

あなたの情熱と新しい感性でしか書けない、
楽しい、切ない、Hな、感動する小説をお待ちしています!!

ビーボーイノベルズをお買い上げいただきありがとうございます。
この本を読んでのご意見・ご感想をお待ちしております。

〒162-0825 東京都新宿区神楽坂6-46
ローベル神楽坂ビル4F
株式会社リブレ内 編集部

アンケート受付中
リブレ公式サイト http://libre-inc.co.jp
TOPページの「アンケート」からお入りください。

BBN
B●BOY NOVELS

ユキヒョウの獣愛

2018年10月20日 第1刷発行

著 者――櫛野ゆい

発行者――太田歳子
発行所――株式会社リブレ
〒162-0825 東京都新宿区神楽坂6-46ローベル神楽坂ビル
営業 電話03(3235)7405 FAX 03(3235)0342
編集 電話03(3235)0317

印刷所――株式会社光邦

Printed in Japan
ISBN 978-4-7997-4054-5

BBN
B•BOY NOVELS

ユキヒョウの獣愛

櫛野ゆい
イラスト／九重シャム

この物語はフィクションであり、実際の人物・
団体・事件等とは、一切関係ありません。